锐眼撷花
文丛

野莽 —— 主编

蜻蜓

黄孝阳 著

中国言实出版社

图书在版编目（CIP）数据

蜻蜓 / 黄孝阳著 . —— 北京：中国言实出版社，
2020.9
（"锐眼撷花"文丛 / 野莽主编）
ISBN 978-7-5171-3492-3

Ⅰ . ①蜻… Ⅱ . ①黄… Ⅲ . ①小说集－中国－当代
Ⅳ . ① I247

中国版本图书馆 CIP 数据核字（2020）第 139255 号

出 版 人　王昕朋
责任编辑　宫媛媛
责任校对　代青霞

出版发行　**中国言实出版社**
　　　　　地　　址：北京市朝阳区北苑路 180 号加利大厦 5 号楼 105 室
　　　　　邮　　编：100101
　　　　　编辑部：北京市海淀区花园路 6 号院 B 座 6 层
　　　　　邮　　编：100088
　　　　　电　　话：64924853（总编室）　64924716（发行部）
　　　　　网　　址：www.zgyscbs.cn
　　　　　E-mail：zgyscbs@263.net
经　　销　新华书店
印　　刷　北京中科印刷有限公司
版　　次　2021 年 1 月第 1 版　　2021 年 1 月第 1 次印刷
规　　格　880 毫米 ×1230 毫米　1/32　8.75 印张
字　　数　180 千字
定　　价　42.80 元　　　ISBN 978-7-5171-3492-3

山花为什么这样红

在花开的日子用短句送别一株远方的落花，这是诗人吟于三月的葬花词，因这株落花最初是诗人和诗评家。小说家不这样，小说家要用他生前所钟爱的方式让他继续生在生前。我从很多的送别文章里也像他撷花一样，每辑选出十位情深的作者，将他生前一粒一粒摩挲过的文字结集成一套书，以此来作别样的纪念。

这套书的名字叫"锐眼撷花"，"锐"是何锐，"花"是《山花》。如陆游说，开在驿外断桥边的这株花儿多年来寂寞无主，上世纪末的一个风雨黄昏是经了他的全新改版，方才蜚声海内，原因乃在他用好的眼力，将好的作家的好的作品不断引进这本一天天变好的文学期刊。

回溯多年前，他正半夜三更催着我们写个好稿子的时候，我曾写过一次对他的印象，当时是好笑的，不料多年后却把一位名叫陈绍陟的资深牙医读得哭了。这位牙医自然也是余华式的诗人和作家：

"野莽所写的这人前天躺到了冰冷的水晶棺材里，一会儿就要火化了……在这个时候，我读到这些文字，这的确就是他，这些故事让人忍不住发笑，也忍不住落泪……阿弥陀佛！""他把荣誉和骄傲都给了别人，把沉默给了自己，乐此不疲。他走了，人们发现他是那么的不容易，那么的有趣，那么的可爱。"

水晶棺材是牙医兼诗人为他镶嵌的童话。他的学生谢挺则用了纪实体："一位殡仪工人扛来一副亮锃锃的不锈钢担架，我们四人将何老师的遗体抬上担架，抬出重症监护室，抬进电梯，抬上殡仪车。"另一名学生李晁接着叙述："没想到，最后抬何老师一程的是寂荡老师、谢挺老师和我。谢老师说，这是缘。"

我想起八十三年前的上海，抬着鲁迅的棺材去往万国公墓的胡风、巴金、聂绀弩和萧军们。

他当然不是鲁迅，当今之世，谁又是呢？然而他们一定有着何其相似乃尔的珍稀的品质，诸如奉献与牺牲，还有冰冷的外壳里面那一腔烈火般疯狂的热情。同样地，抬棺者一定也有着胡风们的忠诚。

一方高原、边塞、以阳光缺少为域名、当年李白被流放而未达的，历史上曾经有个叫夜郎国的僻壤，一位只会编稿的老爷子驾鹤西去，悲恸者虽不比追随演艺明星的亿万粉丝更多，但一个足以顶一万个。如此换算下来，这在全民娱乐时代已是传奇。

这人一生不知何为娱乐，也未曾有过娱乐，抑或说他的娱乐是不舍昼夜地用含糊不清的男低音催促着被他看上的作家给他写稿子，写好稿子。催来了好稿子反复品咂，逢人就夸，凌晨便凌晨，半夜便半夜，随后迫不及待地编发进他执掌的新刊。

这个世界原来还有这等可乐的事。在没有网络之前，在有了文学之后，书籍和期刊不知何时已成为写作者们的驿站，这群人暗怀托孤的悲壮，将灵魂寄存于此，让肉身继续旅行。而他为自己私订的终身，正是断桥边永远寂寞的驿站长。

他有着别人所无的招魂术，点将台前所向披靡，被他盯上并登记在册者，几乎不会成为漏网之鱼。他真有一双锐眼，撷的也真是一朵朵好花，这些花儿甫一绽放，转眼便被选载，被收录，被上榜，被佳评，被奖赏，被改编成电影和电视，被译成多种文字传播于全世界。

人问文坛何为名编，明白人想一想会如此回答，所谓名编者，往往不会在有名的期刊和出版社里倚重门面坐享其成，而会仗着一己之力，使原本无名的社刊变得赫赫有名，让人闻香下马并给他而不给别人留下一件件优秀的作品。

时下文坛，这样的角色舍何锐其谁？

人又思量着，假使这位撷花使者年少时没有从四川天府去往贵州偏隅，却来到得天独厚的皇城根下，在这悠长的半个世纪里，他已浸淫出一座怎样的花园。

在重要的日子里纪念作家和诗人，常常会忘了背后一些使其成为作家和诗人的人。说是作嫁的裁缝，其实也像拉船的纤夫，他们时而在前拖拽着，时而在后推搡着，文学的船队就这样在逆水的河滩上艰难行进，把他们累得狼狈不堪。

没有这号人物的献身，多少只小船会搁浅在它们本没打算留在的滩头。

我想起有一年的秋天，这人从北京的王府井书店抱了一摞西书出来，和我进一家店里吃有脸的鲽鱼，还喝他从贵州带来的茅台酒。因他比我年长十岁，我就喝了酒说，我从鲁迅那里知道，诗人死了上帝要请去吃糖果，你若是到了那一天，我将为你编一套书。

此前我为他出版过一套"黄果树"丛书，名出支持《山花》的集团；一套"走遍中国"丛书，源于《山花》开创的栏目。他笑着看我，相信了我不是玩笑。他的笑没有声音，只把双唇向两边拉开，让人看出一种宽阔的幸福。

现在，我和我的朋友们正在履行着这件重大的事，我们以这种方式纪念一位倒下的先驱，同时也鼓舞一批身后的来者。唯愿我们在梦中还能听到那个低沉而短促的声音，它以夜半三更的电话铃声唤醒我们，天亮了再写个好稿子。

兴许他们一生没有太多的著作，他们的著作著在我们的著作中，他们为文学所做的奉献，不是每一个写作者都愿做和能做到的。

有良心的写作者大抵会同意我的说法，而文学首先得有良心。

野莽

2019 年 9 月

目录

蜻　蜓

1

你可能没听过我的名字，但中国玩极限运动的高手都知道我。我叫释元。极限运动有很多种，攀岩、滑翔、高山滑雪、极限越野等。最主要的是滑板、直排轮滑、山地车。我这三个轮子都玩得不错，以滑板最好。一个据说拿过 X Games 大赛季军的美国人克鲁兹在互联网上看到我的视频与一些吹捧我的文章，便特意到北京找我。

我问他有什么事？

克鲁兹的中国话说得不大流利，借助那两只毛茸茸的手，倒

也把意思表达清楚了，问我是否有意去参加明年的 X Games 大
赛，与世界顶尖高手同台献技。

我说没兴趣，谢过他，拔腿就走。这个讨厌的洋鬼子就大吼
大叫，说网上的视频是假的，我不可能做出那种难度的动作。我
没理他。傲慢的美国人啊！我跳上出租车，回到住处，在推开房
门的一刹那，我感觉到自己的心脏要破碎了，像有人把拳头握成
锥形，在胸口猛击一下。我沿着房门滑下去，大口喘气，再一点
点咽下嘴里腥咸的液体，等眼睛适应光线，才发现这并非想象。
黑暗中浮出几张脸庞。是大头。他的脸是斜的，上面写满仇恨与
愤怒。"今天十一点，青山游泳馆。"

大头往我脸上吐了一口唾沫，带人走了。我在地板上放平身
子。痰粘在脸上，湿湿的，是一个被撕裂的永远不会痊愈的伤
口。这是上天给我的惩罚，我必须心平气和地接受。黑夜拍打窗
帘，拍打出一块块细微的让人黯然伤神的阴影。它们像是鸟蜷缩
的翅膀。从窗帘底部漏下的光线是一堆明晃晃的几何体，与钻石
差不多。但我捡不起其中一粒。

2

十一点整，我到了游泳馆。大头站在一个浸泡在池水里的男
人后面，手里拿着毛巾。他的拳头此刻温驯如同羊羔。那男人背
上文着九爪青龙。大家叫他龙哥。池里还有一个男人，一个我不
认识的男人，懒洋洋地靠在池沿，露出大块胸肌，在埋头嚼西
瓜，嘴里吐出瓜子，嘴角滴出鲜红的汁液。男人身后有七八个面

目犟傲的年轻人，踩着滑板，身子晃来晃去。一个黄发女孩的身手不错，滑板飘上池边的不锈钢栏梯，轮子在摩擦系数接近零的栏杆上一蹭，重心稳稳地立在那个肉眼看不见的点上，滑板180度旋转，团身半空翻转，可能看见了我，脚尖一点，呼啸而下，像一张飘出的飞盘，自池沿上一掠而过，眼看要撞上我，左脚抬，右脚踩，脚踝一扣，优美的弧线打出一个漂亮的结。女孩的鼻尖几乎要贴住我的脸，声音是冷的：你就是释元？你的板呢？

我朝龙哥走去。大头回过头，眼神凶恶。若不是因为龙哥，他可能早就把我撕碎了。我默不作声。池那头的男人扔掉西瓜，反手撑住池沿，跳坐上去，身子绷得笔直。

龙哥转过身，瞄了我一眼，上了岸。龙哥是市前景公司的老总。承蒙他大恩大德，借了我七十万。我答应替他出场一百次。今天是最后一次。龙哥在沙滩椅上坐下。椅子旁边有一块板，板边有一个黑色手提箱，箱里都是钱。池那头的男人身边同样有一个手提箱。我要替龙哥把那只手提箱赢过来。比赛分两个环节。首先，比速度，沿着池边那道二十五厘米宽的椭圆形状的池沿，中间要跳上两座一米宽的扶栏，以滑板不下池沿，在最短时间内回到原点者为胜；其次，比技巧，看谁在那两个不锈钢扶梯上待得时间长，动作齐全漂亮。我开始热身。今天的对手估计是这位模样嚣张的女孩儿。她的确不错，不过，仅仅只是不错。这并不需要信心，我不过是陈述事实。我对龙哥鞠了一躬，取过板子。这是小薏送给我的板子，我了解它的每一寸，我信任它。小薏死后，我能够信任的也只有它。但龙哥说要等我赛完这最后一场才能把它归还我。我跳上池沿，静静地看着已滑至我身边的黄发女孩。四百米周长的池子，我最短的用时是三十二秒零八。

池那头的男人突然说道，龙哥，今天换个比法。

怎么比？龙哥从椅台上的烟盒里抽出一根烟。大头凑过身，点燃它。龙哥从嘴里吐出一团轻雾。

我看过这位小老弟的视频，也听过他的不少传闻，身手确实了得。不过，今天我这边出场的是个女孩，一男一女比速度，这不公平。我们比比难度与胆量。男人仰起头，指了指池边十米高的跳水台，说道，让他们踩着滑板从台上跳下来，看谁的动作更难，空中造型优美，翻腾转体更迅速，入水时人还必须踩在滑板上，来一个一苇渡江。

仇老三，这样就公平吗？龙哥眯起眼。

怎么，你不敢啊？仇老三的声音在穹形泳馆里回荡，我刚才也是突发奇想。放心，我这边的人原来并没有练过，不会欺负你的。仇老三的话音里带着比较浓重的南方口音。龙哥望向我。我望了一眼那高高的跳水台，点下头。

龙哥摁灭烟，那就这样办。

我不知道女孩在想些什么。她显然很乐意接受这样的挑战，眼里顿时发了光，踩着滑板，用蟹步一级级跳上跳水台。但当她从台上跃下的那一刻，我知道仇老三说了谎，这女孩肯定受过严格的跳水训练，向前翻腾一周半，转体三周半，动作优美舒展，完成得非常干净，而且更为难得的是，她对滑板的控制。板子自始至终粘在她脚尖，好像是从她身体里长出来的。大片水花击溅而起，她穿过千万滴水珠，以一个漂亮的空中转体上了池。女孩看着我，右手打出一个响亮的榧子。仇老三呵呵地乐，拍起巴掌。龙哥脸色没变。他嗓子里恐怕已经有了一只苍蝇，手轻轻拍了两下。我不知道他对我的信心有多大，但我知道如果自己不能赢下这场比赛，我的腿就要被他打断。我并不害怕断腿，但我是释元，从未输过的释元。

我拎起滑板，一步步走上跳水台。金属楼梯在脚下咯唥咯唥响，内部藏着火焰。它是快的，也是慢的；它是轻的，也是重的；它是丰富的，也是简单的。它勾勒出空间所拥有的种种可能，为那些想飞的人提供了不受现实约束的梦。不过，梦也是牢笼。我深深地吸气。从台上往下望，他们都很小，小得似乎伸出一根指头就能摁死他们。我没再想什么，在台上做了几个花式，让手脚都处于最协调的状态，猛地纵身从台上跃下，直体、屈身，再抱膝，向前翻腾四周半，在脊背快要接近水面的瞬间，身子翻转，踩住滑板，借助巨大冲力所形成的水浪，高高飘起，空中腾挪，翻出一个甩板，跃上池边不锈钢护栏，在上面团团几转，稳稳停住。

我赢了。并不需要多么公正的裁判。龙哥与这位仇老三都是专家。龙哥嘴角挂起一点笑容。仇老三哈哈一笑，把手提箱抛来。他的眼睛很细，刀片一样。他的手劲真大，这么远的距离也能一掷而至。龙哥说，仇老三，有你的，给我下套啊。仇老三摆手，她确实没练过。跳水与踩着滑板跳，这是两回事。再说，你还不是赢了？我说这位小兄弟，你怎么能把力量控制得这样好？仇老三大抵是问我最后停在护栏上的那一下。

我摇摇头，若我说我也不知道，他信吗？我朝龙哥又鞠了一躬，准备退出泳馆。龙哥说话了，释元，仇老三是我的兄弟。他这次来北京是来找高手出战 X Games 大赛。出场费五十万元，你干不干？我继续摇头。大头闷哼，就想搡我。龙哥伸手拦住，释元，甭急，你回去考虑一下，明天晚上再给我答复吧。

龙哥没为难我。我回了家。我终于还清了所有的欠债。我洗了一个热水澡，冲去疲乏，但我冲不掉骨头里的寂寞。脚踝处有点肿，不知是在哪儿碰伤的。我在浴缸里躺下，怔怔地看着凌乱的房间。水淹没至胸口。水波轻轻摇晃，散发出甜甜的沐浴乳的清香，好像是小蕙的胸。我从衣兜里掏出 MP3，默默地听。

3

我出生在有钱人的家庭，不是一般的有钱。父亲曾以他特有的精明把握住中国的四次致富浪潮，到一九九八年，野心勃勃的父亲已构建起一个庞大的企业集团，主营地产，并涉足制药、商贸、交通、酒店、百货等领域，拥有内地及香港两家上市公司。

父亲雇用的员工最多时达到一万二千人。

这是一个独立的王国，一个果壳里的宇宙。父亲用他那双柔软的大手，为这个宇宙建立了一种在背后不动声色地制约并支配一万二千人的生活习惯甚至是思维方式的秩序。这是一个建立在数学基础上的严整系统，由接近于无限行的数字构成，且在不断繁殖中，是几何性质的繁殖。它们通过一张张表格交换着对世界的某种把握，如一面面对立的镜子，把空间拉成一根无穷无尽的线，看上去，包含了几乎所有的真理。这让人恐惧，至少我这样觉得，虽然我也暗自崇拜他这双能对镜子做出如此巧妙布置的手。可我真想从自己的躯壳里逃逸出来，变成另外一个人，不再被他那不可置疑的威严的光所笼罩。

镜子是光的故事。最早它是被巫师们用来占卜未来，当作通向极乐世界或者地狱的门户。后来，人们终于发现这个奇特的平面，既能揭示真相，也能掩盖事实。

一九九八年的东南亚金融风暴是父亲的滑铁卢。确信真理是不可辩驳的，且一直握在手中的父亲并未读过数学中的歌德尔命题——在任何系统中，总有些真理游离于逻辑之外。事实上，就算父亲读过，他对此也一定会嗤之以鼻，他不会相信理性的局限，不会相信这世界上存在着无法用理性证明的直觉，不会相信这世上竟然还存在着一部分不愿意服从现实法则的人。在出事前的那几年，父亲以为自己是神。

灾难像海啸一样不期而至，摧毁了沙滩上的王国，在一夜之间，夺走父亲所有的财产以及他的三个千娇百媚的女人，其中两个女人的年纪并不比大四即将毕业的我大多少。我是父亲的独生子。亲生母亲早在我十岁那年就已带着怨恨与不甘离开人世。我是在学校的足球场上接到父亲的噩耗的。当我匆匆赶回父亲身边，他已经丧失语言的能力，浑身被雪白的绷带裹紧，被人搁在病床上，鼻翼上还插着两根塑料管子，表情是那样无助。生锈的铁架子床下挂着半袋子尿液。病房里只有一个穿白大褂用口罩包住大半个脸的小护士。她注视着我没有眼泪的脸庞，悄悄离开。我蹲下身。父亲朝我眨动睫毛，艰难地，一点点地抬起他巨大的手指，指向窗外。然后，他的手臂重重地摔落在床架上，手指头仍保持着刚才的姿势。

我握住父亲的手，头皮发麻。它们越来越凉。它们曾经能从干沙子里挤出水分，现在它们什么也干不了。死亡在用凿刀雕刻它们。石头屑子滚入我的眼睛里。墙壁上的石英钟发出微妙的又清晰可闻的声音，好像是足球场上裁判嘴中的口哨声。我被一大团白色的棉花包裹，头重脚轻，好像倒立在天花板上，而病床上那个僵硬的死者与病床边痴呆的年轻人与自己毫无关系。我甚至嗅到了窗外走过的那个七岁小孩手中甜蛋筒的滋味。那个快乐的少年应该是医院职工的家属，他大摇大摆地从摆有棺材的临时停尸间前走过，把蛋筒舔得吧唧响。

死者被城市驱赶。父亲未能在他盖了几百万平方米建筑的城市里找到三尺之地。我把他带回他出生的地方。那是一个因为父亲摆脱贫瘠的村庄，有着方圆五十里唯一一条两车道的通往县城的水泥马路。村人并未因此而感谢父亲。上了年纪的老者拍打着黑布衣裳上的水珠，坐在月牙状的门槛上，用长长的烟杆敲打地面上的卵石，拖长声调说，这是报应呀。雨丝绵绵，杂草淹没我

的脚踝。我扶着灵柩茫然无语。山上没有林木。许多山仅仅覆盖
了一层薄薄的杂生灌木。记忆中曾经遮蔽天穹的鸟群都不见了。
一只色彩斑斓的叫不出名字的鸟儿在苍白色的天空中孤单地翻
着跟斗，翅膀好像一小团炙烤着我的灵魂的火焰。被雨水洗刷后
的暴露出大块嶙峋石头的山体刺疼了我的眼球。我闭上眼睑，听
见父亲在棺木里的喘息声。他一定感到了不舒服，骨头在咔嚓作
响。棺木太轻，是杉木做的，榫结之间并不严实合缝，蚂蚁能轻
易地爬进去。也许，它们会把父亲一向自许为逻辑严密的大脑当
成美味佳肴。杉木上的油漆尚未干透，上面有抬棺人留下的乱
七八糟的掌印。它被放入父亲的父亲——我从未谋面的祖父坟边
临时掘出的泥坑里。掘墓人就像往里面扔进一块石头。泥土在上
面堆起馒头包。一些孩子在远处的山冈上跳跃奔跑。身影模糊
成雾。我在雨中吐出一口气，接过抬棺人递来的公鸡，拧断它
的脖子，把血洒入湿润的泥土里，再烧着一叠纸钱。我对父亲
说，愿上帝保佑你。

　　我对抬棺人说，这是给你们的工钱，每人五十块，一共
二百块。

　　他们走了。夜被漆过了。我对着地底下的父亲，对着泥土里
的菌子、蚊虫以及地面上的蕨草、苔藓喃喃低语。风自深邃昏
暗处吹来。我的骨头挣脱了肉体，在蓝汪汪的月光下跑，骨架
上布满细细密密的疑问，比如父亲的真正死因。但我并不打算
去解开它们，那是一个只应该存在于西方古寓言里的"戈尔迪

乌姆之结"。我不是亚历山大,手里没有剑。我也不可能在这片九百六十多万平方公里的土地上找到一把勇武之剑。所有的剑早已变成锈迹斑斑的铁。我的怀里只有一块劳力士金表,它曾经被父亲戴在手腕上,现在贴紧我的心脏,并以某种节奏跳动。这是不可更改的节奏。感谢把表给我的小护士。摘下口罩后,她的眉是山峰聚,她的眼是水波痕。眉眼清澄的她真美。

我在父亲的坟边打起盹。骨头已经跑得筋疲力尽。风落下来,盖在上面。冰做的,不可见的寒意从月光里掉下来,掉进骨头里,重量极轻,似乎是一只只毛毛虫在嚼着树叶。骨头缓缓裂开。在这万籁寂静的时刻,我听见父亲在泥土里放声歌唱,声音平直低哑,嘎——

我的眼泪夺眶而出。

4

我去了北京。我不知道前面有什么在等着我,也许是一只兽,一只身上披满各种词语的闪闪发光的兽。我在许多本书上看到过它的样子。

时值仲秋,天上跑着几只秋老虎。车子摇摇晃晃,像小时候骑的木马。车速很慢。路很难走,正在大修。这是一趟开往省城的中巴车。我将在那里转搭去北京的火车。未被清洗的车体很脏,糊满秽物。车厢里有异常难闻的气味。旅客并不多,多半睡着了,表情凝固。汗水渗出他们的脸,让光与影发生微妙的扭曲,乍望去,就像在看一尊尊正在溶化的蜡像。我打开行囊,找出一瓶矿泉水，喝了几口。身体因为水的滋润，从梦里挣扎出来，轻飘飘的，有点恶心。车窗的搭扣坏了，几根铁丝把玻璃固定在金属上。上面有一方口香糖，被阳光晒白了，生出细小的裂纹。天上有很多云，重量让人捉摸不透，一会儿下坠，一会儿上旋。风在拨弄它们，把三角形的拨成椭圆形的，再拨成长方形的，又拨成矩形的。云朵下面是山。山坳处有几户人家。正是午时，烟囱里冒出奶白色的烟雾。它们沿着山坡的坡度奔向云朵，如恋爱中的少女奔向情人，步履轻快，眉间羞涩，手里还拿着几片在阳光里亮闪闪的树叶。

我把矿泉水倒入后衣领。天太热了。这要热死人的。

热寂。对的，就是这个词，这个热力学第二定律的宇宙学推论。一个眉眼不错的妇人嘴角垂下一丝晶亮的口涎。口涎滴入她敞开的衣襟，那里有两团若隐若现的温腻。口涎与乳房之间存在一个温差，热将在它们之间传递，使温差趋于消失。这个过程中必然出现一种不可逆转的耗散，即熵在增加。车子突然停下。妇人醒了，揉揉惺忪的眼，瞟了眼窗外的阳光，像是自言自语，到哪儿了？妇人发觉嘴角的口涎，忙伸手抹去了它，脸颊映出晕红。

梨花岗。

精瘦的司机跳下驾驶室，蹲到路边的沟渠边，拿着一个空雪碧瓶，灌满水，再回到车内，支起车盖，骂骂咧咧地把水往发动机上浇。水雾腾起。无数水分子以各种各样的速度朝着各个方面做着混沌无序的运动，也让我汗流浃背。妇人扯好滑落的衣襟，闭目不言。一个浓眉大眼的小伙子用一种不无猥亵的语气对司机说道，梨花岗的女人俏啊，水汪汪的。

司机哼了声，俏什么俏？都上南边卖身去了。

满车人都笑起来，似乎梨花岗的女人卖身是一件非常幽默的事。这可能与去年发生的事有关。一位梨花女人在卖身寄钱回家赡养瘫痪的丈夫与念书的孩子时，每天还不忘折一只千纸鹤、写一封情书来抒发对亲人的爱。后来，女人被一名赖账的嫖客掐死了。她留在出租屋里的九百九十九只千纸鹤与三本厚厚的日记被以煽情窥私为己任的记者公之于世，大肆报道，还派来小车采访那位可怜的丈夫，问他有什么感想，是否清楚妻子是靠卖淫养活他。从那以后，人们说起梨花岗的女人们，就会想起"卖淫女"三字，想起那些梨形的腰臀。

可耻的人。

我给自己一个嘴巴，下车，伸了一个懒腰。一只红色的蜻蜓，像一点口红，点缀在路边灌木的叶子上。它的重量让这片叶子有了轻盈的舞姿。叶子与叶子重重叠叠。光线从这片叶子飘向另一片叶子。光是始，暗是终，蜻蜓存在于互相渗透的光与暗中。一只背壳上有着黑白图案的甲虫在蜻蜓上方的枝蔓处爬过。我向蜻蜓缓慢地伸出手，慢得我自己都纳闷自己的手究竟是在向前伸还是在向后退。

慢，是否可以躲过蜻蜓那双几乎可以看见任何方向的复眼？或者说，慢，是否可以充分掩饰起我想捕捉它的心？当指尖要触及蜻蜓尾翼时的一刹那，蜻蜓飞起来，好像是武侠小说里拥有

"移形换影"绝技的高手，悬空浮起，被太阳照成一个近似透明隐隐散出红光的点。

点永远在，永远在变。万物之和必然会带大于或小于其数学概念上的整体范畴。没有精确的"等于"。一个妇人加上一只蜻蜓并不等于二。

我皱起眉头。这一刻，中巴车的发动机冒出突突的响声；一只蜜蜂钻入在丝瓜架子上开得轰轰烈烈的黄花丛中；一颗子弹旋转着击中某个头颅；一滴水打湿干裂的嘴唇；一条狗吐出舌头；一头野猪撞向冒出火光的铳；一匹老马被捆住四蹄轰然倒地；一把刀刺入温热的肉体，并在里面搅了两下；一位女士打开双腿中间那团黑色的谜语，不管爱人是否猜中谜底，他们都将合为一体；一双某名女人的丝袜在拍卖师的槌下卖出十万元人民币的天价，不动声色的买主在步出大门后随手把丝袜扔入垃圾筒；一根绳子已勒紧某男人的脖子，在与别人的妻子度过销魂之夜后，他要付出生命的代价；一只碗被孩子失手打碎，暴躁而穷困的母亲已拎起椅子准备砸下；一轮圆月在地球的另一边正从海面上冉冉升起，月光里有尺许大不断跳跃的鱼；一艘轮船上的水手听见长头发塞壬女妖们的歌声，眼里流出泪水；一管针剂被注入病人的臀部，杀死数以亿计的病毒；一叶扁舟从湖光水色中飘出，那撑篙的老者唱起山歌；一个老女人在高潮来临时，发出喊叫，她将爱上小她二十岁的男子，她将与男子合谋杀死丈夫，当谋杀被发现后，他们将争着为对方脱罪，说自己才是凶手。

手上落满细小的光点，皮肤上有微微的刺疼。我回到车上。

蜻蜓消失了。我本来可以逮住它的，逮住这只让整个世界随同它的翅翼一同震颤的红蜻蜓。我坐在臭烘烘的又开始上下颠簸的车厢内，突然想起梨雅，想起那个眸子清亮、下颌尖尖的女孩。梨雅对我说过的一句话：要抓停落的蜻蜓，只要用手指由远而近地在它眼前不停地画圆圈，它那双宝石般的复眼就会不停地随着人的手指旋转，一会儿工夫，它就头昏眼花，看不清眼前的人，束手就擒。

我认识梨雅时，她是某农学院的大四学生。我们同年同月出生，我比她大三天。她常为此取笑我不是一名用功读书的好学生。我从她嘴里得知了关于蜻蜓的习性与种类等各种知识。那时，我念大三，就是香港回归祖国的那年。农学院离我的距离并不远。从我住的寝室楼出发，步行十三分钟可抵达梨雅的寝室楼，中间要穿过几条小巷及一个住宅小区。在农学院的后面，有一块荒地。我与梨雅并肩在山坡上走着，手握着手。

空气湿润，树叶吐出清香。一只只蜻蜓迎面飞来，平伸翅膀，雕有精细花纹的翅膀上带着我们熟知的预言，在地面飞翔盘旋，倏忽来去，突然停下，停在细细的树枝上，尾翼颤动。我伸出手，想抓住它们，但总是落空。

梨雅甩开我的手，抓住一只蜻蜓，接着，又抓住一只，短短几分钟的时间，她就抓了七只蜻蜓。这不是可以用运气解释的。我对她神奇的捕蜻蜓手法瞠目结舌。

梨雅骄傲地说道，你知道吗？它们用复眼里藏着的两万个小眼睛观察世界。复眼上半部分的小眼睛，专门看远处；而下半部分的眼睛，则专门看近处。

我说，不知道。我若有这么多双眼睛就好了。两万个眼睛，那同时看两万个美女不就是小菜一碟？梨雅揍了我一拳，去你的。梨雅放飞了手中的蜻蜓，说，当蜻蜓低飞时，天就要下雨了。它们是雨的精灵，来自在我们头顶聚散的云层。当雨点落下，它们会顺着密密的雨丝回到天上，等到雨停后，再回到地面上观察土地是否足够湿润。

我觉得梨雅可以去舞台上表演诗朗诵，就夸奖她。梨雅笑了，笑得甜蜜蜜。

我在那时，是愿意做她手里的一只蜻蜓的。我并不清楚做一只蜻蜓意味着什么。蜻蜓没有螃蟹的钳子，没有蛇的芯子，没有毛毛虫的毒毛，连蝴蝶也不如。蝴蝶还有保护色，懂得调整形体以及翅翼上的颜色来拟态。它们就傻乎乎地飞，六足四翼，鼓翅而起，白天啄蚊虻，晚上饮甘露，想学与世无争的隐士，结果却变成了孩子手中彼此用来炫耀的法宝，变成了孩子们用来满足那颗盎然童心的玩具。它们细长轻颤的尾翼、青褐色或深蓝色的胸腹以及那双美丽的复眼就是这种可怜生物不可饶恕的原罪。

孩子们挥起网兜、粘有蛛网的竹竿还有扇子，粘住它们，或打晕它们。然后快乐的女孩子把蜻蜓的尾翼翘起来塞入它嘴里，拍手欢叫，蜻蜓吃尾巴啰，蜻蜓吃尾巴啰。男孩子自是看不起这种小打小闹，或者扯下它的头颅把蜻蜓扔在蚂蚁窝边，或者用线系住它，一根线上系一只，手上拿着十几根线头，大大小小的蜻蜓就绕着自己飞，飞到后面，线打起结，怎么也解不开，就干脆把线团下再绑上一块石头，把一团乱七八糟的蜻蜓扔在河里，看水怎么把它们淹死。

换句话说，若想做一个人手中的蜻蜓，就得忍受他或者她所给它的种种折磨。

不知从哪天开始，梨雅发生奇怪的变化，开始不大爱讲话。过去的她是话痨子，现在修起闭口禅。初秋的阳光照耀着梨雅年轻的眼。那双晶莹的眼眸里有许多我猜不透的谜语。滔滔江水自脚下流过，激起一个个漩涡。万千水浪发出震颤。江面上的小舟像几只土褐色的蜻蜓，轻轻立于浪头。岸边巉岩耸立，又似一只只收拢起翅膀的鸟，瞪着黑色的眼球。不远处，是那巍峨的南京长江大桥。它连接此岸与彼岸，沟通你我，让人们不必再千辛万苦跋涉至河流的源头。它是一种比喻，包含了对现实与理想最深刻的认识，出现在水面、陆地、峡谷，还出现在人与人之间以及各种词语之间。它也是一种危险的比喻。猛烈的洪水、突如其来的地震、桥本身的设计缺陷、建筑质量，都将导致这个比喻的坍塌。而已经习惯通过这种比喻来交谈的人们将落入水里。我低下头，细细思索自己这些日子的所作所为。我已经看见了梨雅那颗正在产生剧烈化学反应的内心。

　　梨雅说，释元，你看，这桥像不像一只大蜻蜓。到了夜晚，桥上泻下的那些灯光就是它的翅膀。梨雅的嘴唇颤抖起来。唇上歇着一只肉眼看不见的蜻蜓。梨雅说，我们分手吧。梨雅走了。我身体的某一部分消失了。我没问她为什么。我对着江面上的那些小蜻蜓以及那只大蜻蜓说了整整一天的话。我对它们说，它们并不是蜻蜓，是桥，是船。所谓蜻蜓，不过是人们一种别有居心的比喻。

　　子在川上曰：逝者如斯夫，昼夜不停。我没再去农学院。一九九八年的春天的某个上午，我在湖南路散步时，看见婚纱摄影店里的梨雅，她在一个四十来岁的英俊男士手臂里浅笑嫣然，是那样美丽。隔着落地玻璃窗，我嗅到了她身上一抹淡淡的毒药香水味儿。这几个月，我陆续听到过梨雅的一些传闻。她毕业留校了。那位男士是农学院园林系的年轻主任，是一位国内小有名气的学者，是广西人。梨雅是他的学生，是他的第二任妻子。我为自己的愚蠢感到悲伤。女人真是撒谎的天才啊。

　　梨雅并不清楚我是谁的儿子。在与她交往的日子里，我就是一名普普通通的大学生，衣着普通，学业普通，谈吐普通，也在小酒馆里喝酒，也在足球场上踢球，也在太阳底下流着汗排队考驾照，也去勤工俭学做家教，也给女友买一些廉价的小饰品，也说一些无关痛痒的甜言蜜语。如果梨雅知道——只要我愿意向父亲开口，我可以立刻开上奔驰，她还会做出一样的决定吗？而且，父亲每个学期还会把一笔钱打到以我的名字开户的一张存折上。

喜欢我，与喜欢我父亲的钱是两回事。但幸好梨雅做出这种选择，要不，她就要跟我受苦了。我回到车上，闭上眼睛。

5

我是在那辆中巴车边认识小薏的。

当时她正背着一个大大的行囊在徒步穿越中国，独自一人在路上走了半年。她在路上，我在车上，我们俩之间本来并不存在相交的点，但中巴车翻了，事先没半点征兆。当我从迷迷糊糊中清醒时，人已经站在车外。中巴车四脚朝天，遍地都是车窗玻璃的碎碴子。驾驶室的车门在来回摇摆。热辣辣的阳光在马路上跳动。我没闹明白发生了什么事，脑子里有雷声。那个精瘦的司机站在我身边惊疑不定，身上有血。我手上也有，一大摊。那个梨花岗的女人半个身子在车窗外，白白的手臂瘫软在外。我以为自己是在做梦，这倾覆的车厢以及呻吟声都是幻觉。我准备闭上眼睛，眼前垂下一片血红的帘子。我伸手一抹，是血，鲜血正从额头激涌而出。我这才明白发生了车祸。这该死的司机是怎么开车的？我撩起衣襟擦去鲜血，顺手抓起一把泥土堵住创口，死死捂住，嘴里吼道，快，救人。

那司机如梦惊醒，往车厢那儿走了几步，身子一弹，迅速往后退去，消失在拐弯处。他跑得比老鼠还要快。这不奇怪。内心的恐惧打垮了他。或许不仅仅是这个原因。从田野里已跑来拿着锄头的人。一个年轻司机被一个在车祸中死了妻子的丈夫用锄头敲碎头颅。他们跑得真快，好像是从土里冒出来的。我说，救人啊。额头像被刀劈了，剧烈的疼痛让我快站不住了。伤势比想象的严重，这不是我拿在足球场上受伤时抓泥土应急的那一套可以对付的。我坐在地上，心底渐渐生出寒意。我不知道这些被汗水浇透了的黝黑脸庞在等什么。他们交头接耳，窃窃私语。车厢里已流出血，蛇一般吐出分叉的芯子。那梨花岗的女人眼神在逐渐涣散，喉咙里已发不出声音。

然后我就看见她。我不清楚她是怎么出现的，总之，当我看见她时，她已经在人群中。个头不高，比我矮一点，脸是圆的，齐耳短发，上身是磨砂牛仔服，头上还罩着一块暗色方巾，眼睛很大，小鼻子，小嘴儿，看着也就二十刚出头儿的样子。她看了我一眼，眉头皱起，目光又往那梨花岗的女子瞄去，飞快地卸下肩膀上半人高鼓鼓囊囊的行囊，掏出一沓钱，高高举起，声音尖厉，救出一个人，给二百，不，给三百。人群顿时轰动。她高高举起的手臂与火炬一样。我松懈下来，眼角余光瞥见这个身材瘦小的女孩从行囊里掏出一个那时并未普及的手提电话，晕了过去。

等我醒来，身边已停了两辆救护车。她拿着一块绷布捂住我的头，满脸不高兴。

我说，你怎么了？

她的回答简短迅速，我没钱了。还有，他们——她指了指正忙着把担架床弄进车里的医生，说，他们要我在这里等交警，说我是目击证人。喂，你才是当事人。你说当时都发生了什么？司机呢？她说话时的样子与从嘴里吐出葵花籽壳差不多，我一时入了迷。她瞪起眼，你看什么看？

我说，你长得好看。她哼了声流氓，转过脸，把绷布扔在我手上。血不再流了。我支撑起身体，回到车厢，从座位边捡回包裹。救护车走了，农人数着手中的钞票散开了。太阳把身体都快烤没了。我说，你真在这里等交警？

那你说怎么办？她的口气有点不耐烦，别烦我。

我知道她在烦什么。金表、证件与存折我都随身带着，放在裤子的暗兜里。我从包裹里取出钱包，里面大约有六千块。我数了一半递给她，说，给你。

她没接，为什么要给我？

我说，学雷锋。免得你饿死，渴死。说到渴，嗓子眼里顿时冒起火。我望了一眼她身边的行囊，小声说道，有水吗？她嘿嘿乐了，掏出一个喝了小半瓶的水壶，顺手把那三千块钱拍进包里，嘴里说，你付的水钱。

有这么贵的水吗？我差点呛死，刚想把壶从嘴边挪开，她继续说道，你已经喝下去了，就算你吐出来，那也不是你曾经喝下去的水。供求关系决定商品的价值。在失事没有淡水的舰艇上，一滴淡水抵得过一大坨金子。她眉开眼笑。我一闭眼，懒得与她分辩到底是劳动决定商品的价值还是其他鸟东西，把这瓶水咕噜喝了一个底朝天，终于神清气爽了。

她愤怒了，给了我几个白眼。我说，救人一命，胜造七级浮屠。她的脸上现出几丝与她年龄不相当的哀伤，她说，那些人，会死吗？我摇摇头。

她叫小薏，是北京人。比我大一岁。刚从学校毕业，念的是商业。目前还没有找工作。说是要在工作之前走完中国。我佩服她。一个人走出遍布钢筋水泥的城市，投身于峡谷山巅河畔密林，这需要十分的勇气。而一个女孩子则需要十二分的勇气。那时，还没有背包族这一说法，叫户外旅行者。我在学校与梨雅曾经去过一次虎跳峡，在山路上看几个这样神情疲惫的旅行者，背Pepsi大包，戴Gucci表，蹬耐克鞋。但多半是外国人。有热心的司机试图搭载他们一段路程，他们操着半生不熟的汉语摇手谢绝。梨雅说，他们都是一群有毛病脑子进水的人。

我说，你真行。

她说，你懂什么？

我们在太阳底下等了足足一个小时，都快要变成两条晒干的鱼，交警们才匆匆赶到，做完笔录，把我们带到了附近的县城。

县城不大，就两条商业街。说来也令人恼怒，等我们到了县城，雨就下起来了。突如其来的阵雨，夹杂着滚滚雷声。雨过后，还有大片大片的蜻蜓迎着我们上下飞舞。

翅透明，腹部橙红色的蜻蜓叫薄翅蜻蜓。胸部蓝灰色略带一点紫光的叫霜白蜻蜓。复眼黑色，胸部深蓝，后翅有褐斑的叫乐仙蜻蜓。全身淡蓝色且具有许多黑色斑纹、腹部膨大的叫粗腰蜻蜓。胸腹部均为黑色、腹部有蓝灰色粉末的叫鼎翅蜻蜓。这些是常见的，还有许多不常见的，比如浑身漆黑的，通体湛蓝的，甚至还有一只蜻蜓拥有蝴蝶一样的翅膀，这是在书上也找不到的变异品种。或许它们是蜻蜓家庭里的先知。

我对着这些蜻蜓指指点点。

小蕙显然吃惊于我对蜻蜓的知识。我当然很乐意炫耀，告诉她，蜻蜓的幼虫叫水虿，很凶猛，相貌很像一只大肚子蜘蛛，下颚长着一对很大的大钳。它们捕食线虫、孑孓和蜉蝣幼虫，大的还吃小鱼和蝌蚪。蝌蚪长成青蛙后就开始报仇。这是一个奇妙的轮回。

我说，是否可以这样说：蜻蜓是在为自己的前世——那只丑陋的水虿赎罪？又是否可以这样说：寿命只有水虿十分之一的蜻蜓是昆虫里面的凡·高，为了那些鲜艳的色彩，为了那双能飞上天空的翅膀，连命都不要了？

小蕙哈哈乐了。

我问她打算去哪儿。

她说，去省城，再沿铁路回北京。

我说，我去替你买票。我也去北京。

她用看大熊猫的眼神看我，看得我浑身起毛。我问她怎么了。她用鄙夷的口气说道，我徒步。我说，你不是就剩下三千块钱吗？这哪里够路上开支？她说，这你就管不着了。我拍拍脑袋，手一伸，拿来。她问，拿什么来？我说，钱。你肯定带了可以在各地邮局支取的存折。她嘻嘻笑了，说，小气鬼，拿你的钱回去。她去掏行囊。我赶紧制止。她若真把这钱还我，我倒要羞愧难当。我问她为什么要徒步。她耸耸肩，说，不为什么。我说，你有毛病啊。她眯起眼笑，难道你就没毛病？我挠挠头，觉得她说得有道理。天底下的人都是有毛病的人。我说，那我跟你一样徒步去北京。怎么样，欢迎不？她说，你有毛病？我说，我也没别的事干，闲着也是闲着。再说，读万卷书不如行万里路。你刚才就晓得拿钱招呼那些农民救人，我就不懂。可见走路的好处。从明天起，做一个幸福的人。喂马劈柴，周游世界。

　　我的恭维取到了一定的效果。可能是海子这两句臭了街的诗所取得的效果。她眨眨眼，说，我问你一个问题。我说，问吧。她说，有一个人在沙漠中，头朝下死了，身边散落着几个行李箱子，而这个人手里紧紧地抓着半根火柴，这个人是怎么死的？我想不出答案。她破口大骂，说我笨死了。然后掏出一盒火柴，折断其中一根，双手背在身后，瞪起圆圆的眼，说，看在那三千块钱的分上，再给你一次机会，你抽签吧。摸到长的，你就跟着，摸到短的，你就不准跟。这回我没有犯糊涂，我说，万一你把这两根火柴都折短了，或者说，你的手法堪比魔术大师，我岂不是要吃亏？她哈哈笑了，夸奖我没有蠢到不可救药，把两根短火柴与指缝里藏着的两根长火柴抛在地上。

　　我按照她的指点，在街上的小超市里买来一个大背包以及电筒、食品、草帽、饮用水、正红花油、创可贴等。她的户外经验十分丰富，手指头在空中指指点点，指挥我就像是将军指挥他唯一的士兵。我不明白我一个大男人为什么要买根拐杖。她屈起指节在我的头上敲了一个板栗，说，猪啊，不懂就别问，叫你买你就买。我们花了一个下午，把东西备齐。夜晚也就来了。我说住哪儿。她骂了我一声白痴，说，住小旅馆。我不依不饶地问，你一个女孩子就不怕有危险？这小旅馆住的可都是五湖四海的人物。她嘿嘿地笑，翻手从裤兜里摸出一把瑞士军刀，上下挥动，说，我就阉了他。这又不是腌白菜。我觉得她龇出牙齿的样子蛮好看，提醒她身为一个女孩子不应该说脏话。她愈发地乐，收起刀，没再理我。一夜无眠，觉睡得很不踏实，脑子是乱的，不晓得自己的决定为何这样仓促。我把绵羊数到一千零九十九只时，晨曦亮了，她在房外用力敲门，大叫大嚷，我数十下，你不起来，我就走了。我赶紧蹦下床，在短短的十秒钟内把衣服套上身。

人群从身边流过。他们走着路，或者骑着车，或者坐着车。望着从身边呼啸而过的车辆，我心里有了奇异的感觉，好像旧日的那个躯壳碎掉了，废墟里长出几片绿叶。曾熟视无睹的灌木与丘陵都有了不可言说的美妙的线条。我突然感激起自己昨日这个仓促的决定。也许，每个人都应该经历这样一次充满不确定性的、冒险而有趣的旅行。它或许能改变我们看世界的方法，让我们得知自己的狭隘与无知。

这是一趟让人汗流浃背的旅程，可因为负重、行走以及其他原因，我在恍恍惚惚中似乎听到了一个陌生而遥远的呼唤。

这应该是一趟从身体出发最终抵达心灵的旅程。它能帮我找回失落已久的勇气，找到一颗澄明的心。如果能这样一直走下去，走过小桥流水大漠人家，从那亘古千年的山峰翻入人迹罕至的原始森林，与那些聚在篝火旁身着少数民族服饰的异族女子喝酒对歌跳舞，一直到天亮再酣然睡去，又或者当夜幕来临的时候，在溪水间脱去鞋袜，洗掉灰尘与烦忧，然后躺在石头上，仰望遥远天空里的点点繁星，什么也不说，什么也不想，那该有多好哇。

徒步旅行确实辛苦，没有坚持到底的决心是不可能经受住这样的考验的。经过头两天美妙的幻想，第三天，我躺在床上不能动弹，觉得骨头都碎掉了，脚底触地生疼，上面长满血泡。小蕙有个习惯，睡觉前喜欢泡脚。我问她为什么她脚上别提鸡眼、胼胝，连个水泡也没有？她抬起眼皮，说，你的鞋子不合脚，有穿皮鞋徒步旅行的吗？要穿旅游鞋，拣轻便舒适、大小合脚的。我气得半死，说，你咋不早说。

她哈哈大笑，说，不让你吃点苦头，你咋会听话？要想领略风土人情、增长知识、陶冶情操、锻炼身体、磨炼意志，怎么可以不付出一点小小的代价。

我没话说了。小蕙帮我挑去血泡，敷上药，在旅店休息半天。第四天，小蕙有意放慢行程，开始给我讲长途步行要注意的种种事项。比如，腰要直，负重时会感到比较轻松舒适，消耗能量小，较能持久；重心要稳，步幅和步速应尽量均匀，最忌快一阵、慢一阵；手要自然摆动，可以减轻疲劳感；不要蹦蹦跳跳，尽量走石阶，少走斜坡；尽量在水泥、沥青、石板等硬地上行走。我见她说得头头是道，很好奇，问她为什么不制订一个计划，每天大约走多少路程、游玩哪几处地方，在哪里吃饭、住宿等。凡事预则立，不预则废嘛。

她嘿嘿笑，犯得着吗？确实犯不着，人生哪里可以计划？几天前，我能想象自己在路上行走吗？计划没有变化快。

我与她用了三十三天的时间，走到北京城。我们每天步行的公里并不一致，最多时，走过七十公里，最少时，也就走个二十公里。小蕙每天并没有什么严格的计划，很随意，走到哪儿就算哪儿，有时错过集镇，就在荒山野外搭帐篷。在她的谆谆教导下，我懂得了地钉钉入的角度应与地面成 45 度角，且一定要把地钉顶部的拐弯也钉在地上，牵绳的角度也以 45 度角为宜。收帐杆时先从中间拆开，对折后再从中间拆开，直到全部拆开。我甚至学会用一瓶矿泉水洗澡。这不是吹牛。我没想到我可以走到北京城。不过，当路的尽头出现时，我惊异地发现心中也没有多少喜悦。似乎这是一件理所当然的事。我甚至想，若是北京城永远到不了，一直这么走下去，那也不坏。

小蕙问我，有何打算？

我说，先找间地下室住，再去找工作。你呢？

她露出一口白色的牙齿，说，回家，洗澡。再好好睡上几天。其他的事等睡醒了再说。

然后，我们分手了。她边走边向我招手。我觉得很郁闷，觉得她不应该这样待我，她完全该把我邀请到她家里洗个热水澡嘛。这是一个没心没肺的女孩子，枉我一路上主动地买吃买喝，真是把钱打了水漂。我有点遗憾，这么一场惊心动魄的邂逅为何不能发展成一场美妙无比的艳遇？可见写书的人都是骗子。整整三十三天，这中间，我都不知道拉过多少遍她的手，可我们之间什么也没有发生，连一个吻也没有。唯一一次搂她的腰，还是在一座每次只能承受两人通行的摇摇晃晃的吊桥上。她一脚踩空，差点掉下去，下面是湍急的水流与石头。我搂着她的腰，把她从两块木板间一点点拔了出来。严格说起来，我是她的救命恩人。我感慨几句，转身回走，走过一个街角，她从一辆的士上跳下来，不由分说抓住我的手，往车上拽。我说干吗，男女授受不亲。她说，看在那三千块钱的分上，给你介绍一个落脚处。不收钱。

车子七拐八拐，北京城大得在我想象之外。我看着窗外的车水马龙，看着这个与南京城迥然相异、节奏异常迅速的城市，没想明白自己来这里干什么。车子在一间欧式风格的别墅前停下。小薏跳下车，背着包大摇大摆地走进去。我迟疑地跟上。我说，这是你家？小薏摇摇头，是我爸家。不是我家。小薏指了指在门口廊柱下踩着滑板步伐像猫一样的少年说，我弟，大头，与我不是一个妈生的，你甭睬他，他嘴臭。

这是一户非常奇怪的人家。独自在外面漂泊了大半年的姐姐回家了，做弟弟的也当没看见。屋子里很静，一个穿用人服饰的老妈子在擦拭已经干净得不能再干净的玻璃茶几，见我们蓬头垢面的样子，皱起眉。小薏没理她，拽着我径直上了三楼。三楼有六间房，小薏推开靠楼梯口的房门，你睡这。看见没，过道尽头是卫生间。旁边是盥洗室。

楼梯咚咚地响。那个叫大头的少年胳膊夹着滑板上了楼，看我的眼神极是不屑，嘴里说道，怎么，从路上捡了这样一个垃圾回家？两眼无神，印堂发暗，恐怕活不过二十三啊。

这家伙的嘴是臭。小蕙的眉毛忽地一竖，舌底绽出雷，滚。

我挠起头，这里恐怕并非好的落脚处，还是自谋出路的好。这种人家少不了纠缠不清的恩怨，自己还是不当夹心饼干的好。我提起包，我还是去别处吧。以后，有机会电话联系。

小蕙没再拦我，抓起纸笔写了一串数字，这是我在北京的手机号码。记住了。

我举步往楼梯上迈，大头突然扔出手中的滑板，我这一脚踩上，重心顿时失去，身子前仆，一个月前受伤的部位重重地撞在墙壁上。我的怒火上来了，跌跌撞撞爬起身，仗着老爸有钱是不？我老爸过去恐怕比你老爸更有钱。瘦死的骆驼比马大。我二话不说，一个箭步跳上去，扼住大头喉咙，提膝对着他的小腹猛力一撞。大头闷哼出声。我抹掉头上的血迹，恶狠狠地瞪了他一眼，捡起包，抬头看看小蕙。小蕙笑呵呵地拍起巴掌，竖起大拇指，干得好。不过，你得当心，晚上小心被他打闷棍。这活儿他拿手。

6

我在北京城待了下来。我以为自己与小蕙的关系就到此为止。茫茫人海，大家都是一个小水泡。我在一家快递公司找到活儿，每天背着一个大行囊，穿着后背印有"大田速递"的制服，骑着公司配发的山地车，在城里疯转。没两个月，我熟悉了小半个北京城。但我还是不清楚自己来北京做什么。我交上几个朋友，都是同事，同住在朝阳区某大厦的地下室里，四个人一个房间，房间二十平方米，与大学时住的寝室差不多。赵志明念过高中，整天念叨"天将降大任于斯人也"。小黑平时话不多，做事有板有眼。李强的性格比较懦弱，跑腿的杂活儿往往是他干，晚上喜欢磨牙，还说梦话，喊妈妈。他们是农村的孩子，分别来自福建、山东与河北。我挺喜欢他们。他们三个都是精力旺盛的家伙，骑了一天的车，下了班后仍有精力在大厦前的空地上练车，光着膀子玩各种让人匪夷所思的花活儿。

小黑车技最好，能把车子拎在空中玩神龙摆尾，通过双手对笼头的控制，能让车子始终处于一个平衡点上。赵志明的速度最快，冲刺时好像骑在子弹上。李强无师自通了一手精湛的修理活儿，能把车子的每个零件都调养到最佳状态。我跟着他们学玩车。我应该是有一点儿运动天分，在大学踢足球时基本上能做到每场进一个球，人送绰号独狼爷，意思是讲罗马里奥看到我也得喊一声爷爷。很快，我掌握了其中的一些要领。比如冲刺，发力加速要平滑流畅。在竭尽全力的同时，为了保持对车的控制，当一侧的腿用力向下踩动踏板，同侧的手臂要用力拉车把。上身要放松，车身不要左右大幅度摇摆，那样会使车子难以在一根直线上冲刺，而且如果地面上有什么滑的东西，如水、沙子和油等，倾斜的车轮将会侧滑，让自己跌得人仰马翻。我最感兴趣的还是小黑的平衡技巧，关键点是手眼心的同步协调，脑子里最好是空无一物。但我总比不过小黑。他是玩山地车的天才。没目睹的人是没法理解一辆车也可以有这么多种骑法，后轮着地，365度转圈，再跳跃式前进；在高速行驶时，双手松开，人跳上车座；蒙着眼在20厘米宽的圆花坛上兜圈；至于骑车上台阶那更是小菜一碟。我觉得小黑没去杂技团真是可惜了，那些杂技选手也没有他骑得好。

天渐渐冷了。一个星期天的下午，我在放了寒假的某大学操场与小黑他们玩车，小蕙出现在我面前，脚下踩着滑板疾速而来，眼看要撞到我，前脚离板时后脚踩板尾，板子跳到她手中。小蕙嘴角挂起笑，仿佛我们昨天才分开，说，释元，你的车玩得不错嘛。我指指小黑，说，他是我师傅。小蕙想起什么，从口袋掏出一叠钱，给你，还你的钱。我想了想，把钱装进口袋。经过这几个月，我发现赚钱确实是一件很辛苦的事。我可没有煮熟的鸭子那样硬的嘴。我说，你现在玩滑板了？小蕙说，滑板至尊。我没了话。小蕙说，再见。我向她摆摆手。小蕙踩着滑板走了。我心里怅然若失。李强跑过来问我这女孩是谁。我说，关你屁事。

这天晚上，我们四个人在小酒馆喝了三瓶白酒。

我酒量不是很好，没多久，醉了。回到住处，他们睡下了，我一个人跑到外面发呆，看着浮在灯光里碧绿的草以及远处熊熊燃烧的霓虹，只觉得骨头里都是火药。我很难受，但不清楚自己为什么难受。这是我自找的生活，如果我愿意，随时可以离开，在某公司找份朝九晚五的工作，过上所谓的白领生活。生活是一剂鸦片。我并不想向父亲学习，虽然我不可能取得他那样的成功。我总觉得有什么东西是独立在生活之外，与这些在黑暗中沉默无言的建筑无关，与这些躲在屋子里生死病老的人无关。我想了半天，在街边的公用电话亭拨通小薏的电话，我说，你来一趟。半个小时后，小薏从的士上跳下来，拨弄着额头上的短发，说，我以为你都忘掉我了。我说，没忘，一直在心里头搁着。小薏说，有什么事？我说，没事，就想看看你。小薏说，现在看完了吗？我说，没看完，我想看你一辈子。小薏沉默了，转移话题，你们几个人的车都玩得不错，为何不组织一支车队，去比赛？赚的钱多是另外一回事，关键是做自己喜欢做的事。

我说，哪里有比赛？小薏白了我一眼，说，猪待在猪圈里当然不晓得外面的事。有许多俱乐部都搞这样的比赛，有奖金。许多人私底下还比，下的赌注就更大了。怎么着，要不要我带你去见识一下？我说好。我们拦下一辆的士，朝首都机场的方向而去，大约四十分钟后，车子拐上一条幽静的小路，不多时在一间工厂门口停下。里面灯光大亮。音乐声震耳欲聋。一路上，小薏没说话，似乎在沉思什么。她的脸闪出柔和的光泽。我问她这是哪儿。小薏说，大山子。原来是废弃的工厂，后来被人买下来，改装成现在这个模样，是一个私人户外俱乐部。主人姓侯，叫他侯子就可以了。小薏是这里的常客，熟稔地与人打招呼。厂房很大，约有三层楼高，靠东边的墙被装饰成悬崖，四个腰间系着保险绳的年轻人正在徒手攀登。西边墙下是一组由木材、沥青、水泥搭成的障碍台，还有几个横七竖八的汽油桶、巨大的电缆辊子和大货车的外胎。一个戴头盔的人在做自行车攀爬，行进中的转身很漂亮，两轮同时离地，车身腾空转出一个锐角，不过没有小黑摆出的角度大，动作也有点局促。三个年轻人在下面拍手叫好。大厅尽头是一个 U 形滑板台。上面也有两个穿着肥大衣衫的人在做着种种让人心惊肉跳的花哨动作。小薏冲那个骑自行车的人喊了声，侯子。

侯子回头看了一眼，摆转龙头，从油桶上跳下，动作熟练流畅，每一次起落都掌握得恰到好处。侯子摘下头盔，这是一个非常英俊的男人，要比我大上不少，可能有三十岁。侯子说，小薏，这么晚还赶过来啊。难得。这位是？侯子把手伸给我。他的手挺硬的，手心中有茧子。小薏说，释元，我朋友。他的车玩得不错。我摇摇头，我的车不行，我朋友的车还不错。侯子把手中的头盔递给我，怎么着，上去试试？我看看小薏。小薏点点头。我戴上头盔，顺手拎起车，真是一辆好车啊，简直与雀巢咖啡的广告词差不多。自行车攀爬运动的规则很严，我在书中看到过，脚落地、手触障碍或移动位置都要扣分，只能凭借自身的力量，在保持平衡的同时，用"蹬推"动作攀越几乎让一般人走也走不过去的障碍物。但这几个月的工夫不是白下的，在驶过辊子中间的轴心时，我把车轮子从上面轻轻一点就凌空而起，稳稳地落在前面的木台上。下面响起巴掌声。我低头往下一看，小薏已是满脸笑容。可惜当我几乎要完成整个攀越过程，准备从木平台跃上最后一个油桶时，距离把握得不够好，没能凭借腿部力量提起悬空的后轮，结果受力点正好落在油桶突出的边缘上，掉下来。我取下头盔，挠挠头，很惭愧地笑。侯子说，练了多久了？我说两个来月。侯子赞道，不错，有前途。如果最后一下你能把脚踏板当成受力点，就能保持身体平衡。

小薏说，侯子，他还有几个同伴，手艺不错。不是说过些日子有个什么障碍赛吗？

侯子叼起一根烟，带过来让我瞧瞧。

第二天晚上，小黑用他那辆送信的山地车震了全场。攀爬就不提了，动作干净利落，还表演了一套自创的"龙卷风"——双手抓住车把，车子在身下飞快旋转，就没法理解他是用什么办法在保持平衡的同时在车上翻过来、跳过去，有时跳到前轮，有时跳到后轮，一连转了九个圈，旁边的人都围上来，啧啧称赞。侯子大喜，当场表示叫小黑加盟他那儿。侯子没提我，也没提赵志明与李强。这个结果本在我预料之中。小薏的脸色难看了。我没想到的是小黑竟然一口回绝，说，我们四个人是一伙，是兄弟。要上一起上。山东人就是够义气。我有些感动。侯子没再说什么。回去的路上，我劝小黑机会难得，大家是兄弟不假，但兄弟中有一个因缘际会成了龙虎，其他人也高兴啊。赵志明与李强也在一边帮腔。小黑的心活动了。小薏在一边发话，我瞅你们四个谁也不比他们那车队中的几个人差，得了，你们不如干脆成立一个车队，报名我来想办法。现在你们差的就是一辆好车子以及专业人员的指点。这一番话就拨了云雾。小黑顿时嗷嗷叫唤，好主意，就这么着。

　　只是买车的钱与请教练的钱从哪里来？李强问小黑。我还没吭声，小蕙说，我有两万多块钱，借给你们。你们拿了奖金后还我。李强吐出舌头，乖乖，万一我们没拿到名次，这钱岂不是打了水漂？小蕙呵呵地笑，没说什么。我也笑。如果小蕙不先开口，我也会拿出父亲留下的存折，虽然我至今也没去银行查看里面到底有多少钱，但买几辆三四千块钱的比赛用车应该不是问题。受教育的程度以及物质的有无对人的影响是很大的，或许可以这样说，穷对人最大的损害，就是思维上"穷"的烙印。

　　一个月后，一九九九年新春的第三天，我们的"龙之形"车队在京城自行车攀爬赛中横空出世，获得团体第一。小黑还拿了个人冠军。个人奖三万元，团体奖四万元。小黑很慷慨地提议把他那三万块钱打进来平分。李强欢天喜地。赵志明笑得合不拢嘴。我看看小蕙。小蕙说，你们可以辞了快递公司那活儿。为做一个职业车手奋斗吧。我指指小黑，那是他的事。我们三个都没有这个天分。许多事不是靠勤奋就行的。

　　那你想做什么？小蕙问我。

　　我说，你信不信，这个龙之队不出半年就要解散，除非小黑肯一直做牺牲。但我想，他很快会交上新的朋友，别人会告诉他这样做太傻了。小蕙说，为什么这么悲观？我说，我只是陈述将要发生的事情。小薏横了我一眼，你以为自己是诸葛亮，能掐会算？我说，人性的幽微处大抵如此，说到底，人是一种趋利避害的熵。小薏愣了一下，那你对我也是一个熵？我摇摇头。我说不上我对小薏是什么感情。

"那一月，我转过所有经筒，不为超度，只为触摸你的指纹；那一年，我磕长头拥抱尘埃，不为朝佛，只为贴着了你的温暖；那一世，我翻遍了十万大山，不为修来世，只为途中与你相见。"这是六世达赖活佛仓央嘉措写的。我在大学里就能背诵他写的那七十四首情歌。

我的"你"就是小薏吗？也不知道梨雅现在过得好不好。我发起愣。小薏问我在想什么。我说，很厌倦。小薏说，我也厌倦。我说，我明白，所以你玩攀岩、徒步、滑板、轮滑，从身体出发并不一定能抵到心灵，但在那充满危险的边缘，至少可以让汗水与心跳驱赶掉乏味与沉闷。小薏说，你吟诗啊。小薏的笑容很甜，像山坡下的一泓水。我心中一荡，脱口而出，我们做爱吧。小薏说，好啊，你找个地方。小薏的反应让我吃了一惊。我说，你没听错吧？小薏耸耸肩膀，笑了，你是男的，我是女的。我们之间是男女关系。男女关系不就是你进我退、你疲我打、你驻我扰、你退我攻，最后以上床做一个总结陈词？上床也好，省得我老惦念着你。

那算了，不做了。我说。

别后悔哦。小薏咯咯地乐，踩在滑板上晃晃悠悠。

我说，你教我滑板吧。

这天晚上，我与小薏躺在一起。她不是处女，我也不是处男，在认识梨雅之前我就不是了。所以我们俩配合得很好。小薏的皮肤像绸缎，像咖啡色的绸缎，像一匹光滑的让指尖发烫的绸缎。小薏的脸在夜色里发光，声音很细，释元，你说我们为什么活着？我想了想说，这样的问题没有答案。镜中花，水中月。只会越想越难过。不过，你为了我，我为你，我们为了彼此的需要而活着，这种选择还是不错，可以让我们在死去的时候没有遗憾。

小薏把头枕在我胸脯上，真的可以这样吗？为了一个人，彻底地，没有任何保留，完完全全地奉献出自己？

我说可以。信徒就是这样爱他们心中的神的。

那我做你的信徒吧。小薏轻轻呢喃，腮边有泪。我帮她擦去了。

7

"龙之形"车队解散了，来得比我想象的快，不是因为分赃不均，他们的腿被人打断了，被小薏的弟弟大头打断的。我们根本没想到自己的成功是建立在别人失败的基础上，而小黑他们贫贱的出身，无疑是扇了那些纨绔子弟们一个响亮的耳光。事实上，他们三个也认为"龙之形"所取得的一次次胜利是对有钱人的羞辱。矛盾早已出现，在一次街头比试中，脾气火暴的赵志明差点与西直门那一带一个叫甲壳虫的车队动起手，还是小蕙把他们的拳头拦下来的。说实话，若非小蕙带着我去拜访这个圈子里能说得上话的人，"龙之形"根本没有上场比赛的机会，只能在街头弄点小钱。这个社会就是这样，根本没有什么公平可言。我倒看得开。李强不满，说我们辛苦赚来的钱凭什么要拿出一部分给那些人？我试图给他解释。话绕来绕去，李强就屈起手臂让我看他结实的肱头肌，说，我就不信老子赤手空拳打不出一个天下。李强平时的武侠小说真是看多了。我没话说了。

那天下午下着雨，我们在一间烂尾楼的二楼练车，主要是他们三个练，我练滑板。

侯子说我在滑板方面有天分，有着无与伦比的板感，尤其是起跳时，身体能处于一种完全伸展的状态，这是许多骨灰级玩家也缺少的东西。侯子这人的眼睛确实毒，三天时间，我就学会了豚跳，即用双脚带板起跳，这个动作是进入滑板自由世界的门槛。没半个月，我能做出小蕙也做不出的动作，过了一个月便大模大样地去王府井、和平街、北展等几个滑板人常聚集处抖一下身手。板子是沸点旗下的 boiling。我本来想随便买一张板子就行。小蕙骂我猪头，说我的书都念到猪下水里。不仅要买一块好板子，还不能去一般的体育用品店买，得找玩滑板的骨灰级玩家托他们从国外带过来。我说，那要等到猴年马月？小蕙笑笑。第二天，小蕙给我带来一块九层枫木板微波冷压制成的滑板。还有一双滑板鞋、一套滑板服、一个背包以及头盔、护膝、护腕、护肘等。我被全副武装起来。这些东西价钱贵得令人咋舌。我估计一个轮子至少要一百块钱。而背包里光轮子就有八九个，适合粗糙地面硬度 87A 的，适合街区硬度 95A 的，适合滑板场、U 池等平滑地面硬度 99A 的，规格也有好几种区分。

我说，小蕙，你真有钱哪。

小蕙翻起眼，又没花你的钱，你着急啥？

我说，从哪儿弄来的？

小蕙说，这你就别管。你只管替我练好了，我还指望着拿你赚钱呢。练不上，我就把这板子当柴火劈了烧了。

隔几天，我带着这副行头去侯子那儿。侯子的眼睛绿了，说，你真有福气。我笑了笑，没说什么。在侯子眼里，我的形象恐怕比较接近吃软饭的小白脸。侯子看我没什么表情，又补充一句，这是小蕙她爸从法国带来的，你知道值多少钱吗？小蕙自己平时都舍不得拿出来练，现在倒好，让你整天折腾。我没问侯子脚下的滑板到底值多少钱，再贵，也是放在脚下踩的，不是搁在屋里头让虫蛀的。不过，我确实有点感动。我没想到小蕙会这样待我。

小蕙爱我吗？我不知道。我爱小蕙吗？我也不知道。我只晓得爱是抛弃了信仰，舍弃了轮回，也是水遇上水，水遇上火，还是水火交融后出现在空中的那只红蜻蜓。但我没在北京看到一只蜻蜓。我是书读多了，坏掉了脑子。我所谓的"晓得"其实根本是"不晓得"。

那天下午，我眼皮老跳，还让滑板打了一下脚踝，疼得要命。我坐下去揉，等抬起头，四周围上八九个少年，就像杜琪峰拍的《古惑仔》系列，个个手拿铁管以及棒球棍。大头对着我笑，眉毛挑得很高。这些日子，我没少在北展、和平街、王府井这几处碰上他。他对我虽然没有什么礼貌，但没像头一次见面时故意挑衅。我说，大头你干什么？大头拍拍旁边一个套圆领衫少年的肩膀，说，帮我哥们儿出气。"圆领衫"有点脸熟，该是被"龙之形"扫过场子的。我说，你想怎么出气？大头的大拇指跷向"圆领衫"，他说咋办就咋办。"圆领衫"抖抖手腕，你废话真多。打啊。"圆领衫"手中的棒球棍呼地一下扫在赵志明的腿骨上。这些少年，说动手就动手，动手之狠，比起山鸡他们更是青出于蓝。赵志明惨叫，就剩下躺在地上让人狂扁的份儿。小黑抓起自行车试图抵抗，一根铁棍敲在他膝盖上。这哪里像街头斗殴的小混混？比黑社会还黑社会。两个少年七手八脚按住我，反剪起我的双手。我没反抗。面前还有一个少年双手紧握铁棒，双眼怒睁，看那架势，就等着我的天灵盖了。"圆领衫"跳上我的滑板，在上面做了一个大劈叉，突然喝道，给我打断他们的腿！

我蒙了。出气就出气吧，有必要这样恶毒？眼瞅着这些少年狞笑的脸庞，心中一叹，算了，断了腿，做乞丐也还是可以的。大头说，等等。这是我姐夫，打不得。打成瘸子，我姐要杀了我。"圆领衫"笑了，那你说打哪个？大头摸摸头，眼珠子亮了，这么着，咱们也讲一回民主，让他们三个互相讨论一下，看打断谁的腿好。若讨论不出结果，就打断三个人的腿。三是奇数，少数服从多数。哈哈。大头说着，自己乐了，姐夫，我这主意不错吧。大头拍拍我的脸，用力一拧，猛地提膝往我小腹上撞，嘴巴贴近我耳朵，说，我等这一天，等得好辛苦。我都天天练这一招呢。

我还能说什么？鼻涕眼泪全出来了。我并不害怕疼痛，但我还是无法克服疼痛所带来的生理反应。这也是身后那两个少年拎着，要不，我准得瘫地上。

我以为小黑、赵志明、李强三个人都会破口大骂。我没想到李强却在拿着铁管的少年逼过来时，扑通一下跪在地上，哭着喊，不要打断我的腿。他这一跪，"龙之形"就垮了，再好的外科医生也没法接起其中裂缝。小黑暴怒，李强，你是孬种！大头就笑，用铁管敲小黑的头，那你说打断谁的腿好？赵志明在一边吼，有本事把老子两条腿打断。少打断一条，你就是婊子养的。大头变了脸色。小黑赶紧喊，你打我吧。大头一铁管抽在小黑的小腿胫骨上，再一铁棍敲在赵志明的腿骨上，左腿敲一下，右腿敲一下，回过身，一脚踏翻李强，冲着他的脚踝处也是一下。四声脆响。

大头扔掉铁管，回到我面前，从"圆领衫"的裤兜里掏出一个信封，塞进我怀里，脸上没有什么表情，姐夫，还得麻烦你把他们送到医院去。这是医疗费。

他们走了。我从地上爬起来。我无话可说。我很清楚，从这一刻起，我就不再是他们的兄弟，而是打断他们腿的人的姐夫。我也清楚，赵志明与小黑会继续做兄弟，但李强不再是他们的兄

弟。"龙之形"这个本来有机会成为特技自行车队的神话就这样
轻而易举地结束了。现在的少年真是可怕，心机太过深沉。小薏
摊上这样一位弟弟，日子不好过。

　　我把他们送进一家骨科医院，在病床前，把大家这大半年攒
下来的钱，做了分配。李强哭了。小黑与赵志明没理他。我拍了
拍李强的肩膀，叫他别哭。是人都会犯错误。我问小黑有什么打
算。小黑是天才。可惜了。他虽然不是粉碎性骨折，但身子不可
能再有以前灵活。赵志明最惨，一条腿粉碎性骨折。李强没什么
大事，就是脚踝肿了。小黑发了半天愣，说，我想回家。有了这
几万块钱，我就可以在老家娶上一个媳妇了。我想了想，把我名
下分到的那笔钱放在桌上说，李强，这点钱，你拿着，替我好好
照顾你的两位哥哥。等他们伤势好得差不多了，送他们回家吧。

　　赵志明吃了一惊，释元，你想去哪儿？

　　我笑起来，替你们出气。再见。我的兄弟们。

8

　　我坐在邮局的台阶上耐心等待。

　　一辆奔驰在我面前停下。轮胎与地面接触的那个飞速滚动的
点戛然而止。这是一堆内部藏有火焰的金属，是人类文明的综合
体。它能缩短时间，让甲处与乙处重叠，也能让生者与死者在一
瞬间互相凝视。车门开了，是一个穿低腰短裙的少妇，肚脐眼上
绘着一只漂亮的蝴蝶。少妇从副驾驶座上牵下一个小女孩。女孩
眼睛又大又圆又亮。我看着她。女孩挣扎起来。少妇低下头，细

声细气地问，你想干吗？

妈妈，妈妈，这个人真可怜。我要把这一块钱给他。女孩儿跑过来，手伸向我，巴掌摊开，掌心赫然是一枚晶亮的硬币，像她的眼睛。给你，钱。有了钱，你就不必饿得发呆了。女孩奶声奶气，声音里有黏黏的糖。我拿不定主意是否要接受她的施舍。我对着她笑。这是一双不含一丝杂质的眼睛。我接过硬币，说了声谢谢。

少妇用奇怪的眼神瞟了我一眼，拉过女孩匆匆迈上台阶，脚迈得很开。她的腿型很美，修长光滑。石阶缝隙里的蚂蚁以及土壤深处的精灵可以看见她飞扬于裙袂下的私密。那被布条所隐藏的结实坚挺的臀有着什么样的颜色？是羊脂白还是玫瑰红？女孩子伏在母亲的肩头朝我招手。我把硬币抛给石阶下摆摊卖旧书刊的老人。硬币在空中划出弧线，掉在肮脏的塑料膜上。鼓着眼珠的老人飞快地捡起硬币，左右看了看，放入嘴里嚼了嚼塞入上衣口袋，把它紧贴心脏。

这就是我们的生活，每一个细节都宛若打开后盖的钟表里的齿轮，也都是上帝的旨意。

我眯起眼，阳光晒得我软绵绵的。他终于来了。那个"圆领衫"。

街对面的空地是他与几个少年常来练车的地方。他喜欢喝可乐，每次来，背包的系带上都绑了一瓶。现在，我手上也握了一瓶。我用一次性注射器往里面注入一些药粉，用透明胶带封住针眼，摇匀。我将绕过人群与车辆，借助灌木的掩护，把这两瓶可乐对调。他要受到惩罚，应该在医院待上十天半个月，忍受疾病与疼痛的折磨。

我站起身，悄无声息地移动。

当满头大汗的"圆领衫"拧开瓶盖，嘴对嘴把黑色的液体灌入嘴里后，我走开了。

9

年轻的国王整天忧心国事，披肝沥胆，夙夜不寐。为了能拥有更多的时间，他向巫师寻找帮助。巫师给了他一罐神奇的药。国王喝下去后精神百倍，从此不再入睡，也自然丧失了做梦的权利。某天，几乎是在一瞬间，国王感到厌倦。堆在桌上的文件比山还要高，且每时每刻都在变高。它们是一种能够无性繁殖的奇异生命体。大一点的字是卵子，小一点的字是精子。国王这么想着，嘴角露出笑容。他侧过头，想看看笑容是什么样的形状。若有必要，他甚至可以考虑举行一场盛大的宴席来庆祝笑容对他的眷顾。但镜子如实地呈现出一个衰老的人体。国王吓了一跳，怔怔地放下手中的笔。事实上，他整天所做的工作也无非是拿起笔在每页文件的最后签上名字。国王的脾气变坏了，玩心大发，在文件上画加菲猫、米老鼠、唐老鸭、小熊维尼以及种种在瞬间浮出脑海的形象，可文件发下去后，并未如他想象中的那样引起骚动，就像雪花飘入水里。忠心耿耿、训练有素的大臣们的脸上没有一丝与昨天不同的表情。他们穿着与昨天一样的朝服，迈着与昨天一样的步幅，说着与昨天一样的话。国王愤怒地撕碎了所有的文件，可等到他转过身，那些文件又重新出现在桌上。

　　国王终于沮丧地发现，没有他的签名，甚至说，没有他，这个世界仍然能运转正常。而推动整个世界动转的那个齿轮严丝合缝的庞大体系更是独立于他的意志之外。他不得不承认，他有太多能干的下属。国王是善良、有智慧的国王。他不会像明末著名的万历皇帝那样与官僚阶层赌气而二十年不上朝，不会像夏桀商纣那样用大臣们的肉体来发泄心中的怒火，可他也不愿意做一个端坐于龙椅之上的抽象的人。

　　当所有人离开庙堂之后，国王用手托住腮，倾听着宫殿内外的各种声音。老鼠在咀嚼椅腿、蚊蚋在天花板上降落、蚯蚓在窗外湿地里伸腰、蚂蚁在缝隙中搬运食物、飞蛾在黑暗中交媾。声音初始很轻极细，好像月光溜进窗棂，渐渐大起来，越来越大，变成了巨大的钱塘江潮——国王在一本封面泛黄的书上读到过对潮水的种种令人目眩神迷的描述。白雪皑皑的原野，星星点点的人家，河流在皎皎月光中散发出银子一般的光泽。国王闭上眼，感慨着，沉默着。

　　这时，夜空出现一道红色的球形闪电，国王被惊醒了，诧异地发现深藏于内心的幻想竟然得到实现。他拥有了翅膀，一双透明的翅膀。他情不自禁地飞起来，在室内兜了一个圈，差点与一根朱红色的柱子撞了满怀，但很快，他就掌握了飞行的要领。国王飘出窗户，决定去看看他的被夜色隐藏起来的大臣与子民，当然，还有他的王后。

　　接着，他又发现肩膀上的这对翅膀竟然可以把他带入别人的梦里。这是多么神奇美妙的事。

小男孩梦里有一根可以次次考一百分的笔。小女孩的梦里有一个比天空还要大的嵌满葡萄干的奶油蛋糕。老妇人的梦里有一块可以把皱纹从脸上擦去的橡皮。老爷爷的梦里有一管烟草总也烧不完的烟斗。国王满意地离开，顺着青灰色的月光飘向另一户人家。在这趟奇异的旅程中，国王看见了魔裤，里面总有闪闪发光的金币；看见了葫芦藤，梦的主人可以沿着它爬进天堂；看见了想去哪儿就能马上到那里的飞毯；看见了能让主人的容貌变得漂亮的水晶鞋；看见了一面可以偷窥女人洗澡的镜子……也有许多令人不那么愉快的东西，比如一个可以窃听任何人思想的铁盒子，一根充满仇恨的毒蛇化成的能钻进人骨头里的鞭子；一把老悬在别人后脑勺吹出阵阵凉风的剃刀，一个专说谎话的发音管；一台把灵魂从肉体中抽走的机器，以及一架专门孵化美女的装置——国王在这个装置前停留了相当长的一段时间，被五十七个肌肤雪白、乳房像青杏一样可口酸甜的处女所吸引。可惜梦的主人发现国王的踪迹，愤怒地发出咆哮，并吐出长长的獠牙。国王赶紧溜走，又得到了一个教训：任何人在他自己的梦里都是拥有无可置疑的权力的上帝。

国王来到王后住的地方。这是一个充斥着金银器皿、香油花瓶的空间。四周是用金线银丝与丝绸混纺而成的帷幕。墙壁上挂满奇光异彩的镶嵌画。喷金熏笼于搁满象牙雕刻的几案上吐出阵阵龙涎清香。国王靠近王后的床，然后看见了自己搁在银盘里的头颅。美丽的王后一边摇晃着妖娆的胴体与众人行淫，一边用手中寒光闪闪的利刃拨动银盘上的头颅，指甲上的蔻丹鲜艳欲滴。

国王叹息一声，离开了王后的梦，回到自己的宝座，发现上面有一本《一千零一夜》。这是一个迷人的书名，应该是那道球形闪电带来的另一个礼物，可惜当时他太急于体验翅膀所带来的惊喜，并未发觉它的存在。国王打开书，一字一字地读起来。当天色亮起来的时候，他走出了故事的迷宫，顺着那湍急的词语之河，找到了属于他的山鲁佐德，或者说是一个隐藏在山鲁佐德那盈润的嘴唇以及梨形骨盆后面的存在。他流出眼泪，脱下明黄色的王袍，摘下镶有璎络的王冠，取下代表着无上权威的戒指，捡了一匹粗糙的白布裹住身子和肩膀上的翅膀，慢慢步出王宫。王宫的门在他身后缓缓关闭。国王没有了。这个世界上多了一个可有可无的脸庞黧黑的说书人。这是他接受了翅膀后的宿命——若把翅膀撕掉，这并不困难，他仍然可以回去当他的国王。

他风尘仆仆地行走，白天，他为劳作终日的人们讲述他在梦里所见到的种种趣闻；晚上，他潜入人们的梦里，把一面渔网悄悄捞起那些残暴的暗黑的荒淫的词语，在黎明的时候埋在一个没有人可以抵达的山谷里。

人们欢迎他。一个流着鼻涕的孩子嚼着肯德基香辣鸡翅，用沾满油渍的手摸他的头，问，你叫啥名字？

他想了想，笑了，说，我叫释元。

10

窗外流光万千，雨点在马路上轻轻地弹。屋子的东南角一个男人在弹着拉赫玛尼诺夫第二钢琴曲。琴声忧郁，是那样宽广。

忧郁的温暖的宽广啊。我坐在小薏对面，慢慢地喝着杯子里的水。水清澈身体，但没法清澈灵魂。

释元，你要走了吗？小薏没看我，默默地望着窗外，继续说道，在墨西哥某个旅游胜地有一个奇怪的风俗。那些帮客人往山顶上的房子搬运行李的工人，走一段路就会停下来。他们不是停下来休息，也不是因为想看四下的风景。你猜得到原因吗？

我摇摇头。小薏说，你还是这样笨。他们是怕走得太快，把灵魂也丢掉了。我笑起来，没作声。

我爸叫我去英国念书。学校已经联系好了。我也要走了。小薏说。

恭喜你，我说。

再见。释元。我的释元。小薏轻轻说道。

我的心蓦然一疼，眼泪差点掉下，赶紧拿起水杯。水杯里有一只眼睛，看不大清。也许是上帝的眼睛，它在看着我。我说，你送给我的滑板，我带来了，你拿回去吧。我用不上了。我踢了踢脚下的包裹。小薏点点头，提起背包，推门走了。她的身影消失在雨点里。这个堆满传说、神话、故事与寓言的北京城并不属于我。我吐出一口气，起身离开。我并不清楚自己想到哪里去，我只想早一点离开这个由建筑、马路、人流、车辆堆积起来的庞然大物，离开它那个巨大的胃。我厌倦了这个找不到一只蜻蜓的城市。

几分钟后，当我走下地铁在站台上等候二号线地铁时，高高的台阶上飘下一个身影，好像是一只蜻蜓，滑板是她的翅膀。她从步履匆匆的人群中轻盈地掠过，然后在我面前变成了一束盛开的百合花。是小蕙，鼻子、嘴还有眼睛都在笑，我想好了，我跟你一起走。你说的故事好听。我要天天听你说故事。

小蕙脸上都是水，是雨水还是汗水？

我抱着她，吻她。她嘴里的清香让我晕眩。

11

我们踩着滑板在一尘不染的天空下飘行，一直飘进隐藏在日常生活底下的那个童话世界。每天晚上的星辰都好像浅水滩上拳头大的卵石，光与影不断扭曲，一张张陌生的脸转瞬即至，与我们交谈，指点我们方向，在留下一个个被面具与脸谱所遮掩住的真实后，又随歌声远去。感谢父亲，他留下的那张存折里有三十多万块钱。小蕙始终没问我哪里来的钱，但每到一个城市，她总会把我拖上街头，表演各种滑板花活。慷慨的人们在欣赏完毕后，总会扔下几个硬币。而一些年轻人总是忍不住上前挑战。我让他们心服口服。

我与小蕙在中国走了三年。蓝天如海，白云壁立。我们像风一样自由。没有暴力、没有谎言、没有欺骗、没有虚伪、没有狡诈，那些尘世上的龌龊都与我们无关。白天，我们行走；夜晚，我们做爱，就像一团火迎向另一团火。我最喜欢小蕙的脚，走了这么多的路，她的脚还是那样美，如玉之润，如缎之柔。脚心能放下一枚杏子。脚指头好像弯弯的钩拢在一起，趾甲晶莹剔透，比来自波斯古国的明珠还要光亮。每根脚指头都是这世上最稀奇的宝物，只溶于口不溶于手。每天夜里，我都会把它们含在嘴里轻轻吮吸，这是上天对我的恩宠。

我与小薏讲起梨雅，讲起我的初恋，讲起那只红色的蜻蜓。我说，我以为自梨雅后，我不会再爱了。我没想到我会爱上你。事实上，我现在认为，初恋并不是爱，而是对爱的一次学习过程。所以我只爱过一个女人，那就是你。你是我的过去，也是我的现在，还是我的未来。小薏，你还记得吗？我们在北京的最后一个下午，你说"我的释元"。也许我就是从那一刻爱上你了。你说得对，我是你的。我的鼻子是你的。我的嘴是你的。我的眼睛是你的。我的耳朵是你的。我的十二指肠都是你的。

小薏哈哈大笑，我才不要呢，脏死了。

我说，那我也不要。把它割掉。我要把一个清清爽爽的自己给小薏，让她用牙齿咬，用手指掐，用脚指头摁倒。咬碎了还会完整，掐坏了还会重新变好，摁倒了呢，又会马上站起来，让小薏再次抬起脚指头摁倒。

月光蹑手蹑脚地来到窗外，洒下一种奇妙的光线。小薏浮在月光里，身体比月光还要轻，还要白，还要软。小薏胸脯上有许多金灿灿的露珠儿，那是她身体里流出的泉水。我挥着手为她驱赶小旅馆里的蚊蚋，数她一分钟要呼吸多少次，数她弯弯的眼睫毛到底有几根，也数她鼻翼上的小斑点。小薏的头发变长了，我还可以把它们编成辫子，编成各种各样的辫子，在她快要醒来的时候，再一一解散。

我说，小薏，这天下人，加在一起，都没你的一根脚指头重。

小薏说，你就瞎说说，可我爱听。

我给小薏讲了许多故事，有书上看来的，有自己临时编的。我常混淆了它们之间的界线。所以小薏有时候会用她那像小鸟脑袋的脚尖堵住我的嘴，提醒我不准抄袭，必须原创。

我提出抗议，这世上哪来这么多原创？大多数人都是在说着前人说过的话，做着别人做过的事，重复着别人的故事。事实上，重复是克里丝蒂娃说的互文性，一切存在都是对先它之前的存在的解释，任何文本都是其他文本的熔铸与变形，也都是那万千根树木所构成的美与庄严的规律。重要的并不是重复与否，是隐藏在重复后面的生命。

可小薏说，我不管，我就要听我没听过的故事。

夜深了，大大小小的房子都睡去了，发出轻微的鼾声。窗外的黑凝然沉寂，天上的星星缓缓飘下，化成一地的露珠儿。小薏说，要是咱们能去南极看星星多好啊！那里干净，离星星也近，说不准星星能听见我们说话。若饿了，逮一只企鹅扔雪里冰冻再架火烧烤；若累了倦了乏了，就裹一身冰雪互相抱紧酣然睡去，待千千万万年后，后人在冰雪里发现我们。那时，我们的眼睛是冰，脸是冰，手是冰，腿也是冰，冰得蔚蓝且清澈，身体里面没有一丝杂质。哇，他们一定会说，好浪漫哦。

风有甜的腥味，里面还夹杂着阵阵吼声，那是我们第二天要去漂流的盘龙峡的水流声，该交的钱已交了，该签的生死状也签了，这种漂流对我们来说早已像晚餐后的一道甜点。我笑起来，说，会的，我们会去南极，一起天荒地老。我确实有了这种想法，去南极？这是一件多么令人热血沸腾的事啊。

12

我没想到，自己竟然遇上梨雅。

当漂流公司的工作人员分发救生衣时，她喊出我的名字。她的丈夫未与她同行。一个瘦削的女子与她并肩站着，咬着唇，脸色有点发白。山崖跌宕，水浪奔腾。岩壁上挂满青苔老藓。天光云影，万千水浪，构成无数旋涡，它们互相撕咬、拉扯，俯冲往下，大有壮怀激烈踏破贺兰山缺的气势。眼前的激流险滩，对于一个缺乏漂流经验的人来说，是有点惊魂。但这种由漂流公司搞的漂流其实并不危险，或者说，它只具有想象中的危险。真正危险的是"野漂"，稍不留神，或者说缺乏技术与配合，都会艇覆人亡，我与小薏好几次都一脚踏进了鬼门关。

梨雅微笑着，指指身边的瘦削女子，说，我朋友齐芳。目光又投向小薏，释元，这是你的女朋友？很漂亮啊。介绍一下？

梨雅并没有因为我们曾经的关系以及在我们中间流过的几年时光而有任何尴尬与不自然，熟稔地抓起小薏的手，夸奖起她的容貌。小薏看看我，眼神里是疑问，仿佛是在置疑我过去怎么会喜欢上这样一个自来熟的女人？我惭愧地笑，给她们做了介绍，不咸不淡地说了几句客套话，拉着小薏赶紧离开。梨雅的样子并没有发生多大改变，但我们好像已经是两个世界里的人。水雾打湿我的额头。我皱起眉。小蕙突然说道，她的腰蛮细的哦。小蕙的声音甚是暧昧。我瞪过去一眼，脸红了少许。小蕙曾问过我，她与梨雅哪个人在床上更好。我当然对她赞不绝口。小蕙咕咕笑了。我也笑。

十几分钟后，我又与梨雅碰上了，天杀的漂流公司把我们安排在同一条艇上。小蕙脸上的笑意更盛。我当没看见。艇上还有一名漂流公司的工作人员，用不着我去教梨雅如何系救生衣、戴安全帽。齐芳看看我，看看梨雅，看看小蕙，脸上也绽出古怪的笑意。估计她是梨雅的闺中密友，梨雅或许对她讲过一些不该讲的东西。她的眼睛老往我下半身看。

工作人员耐心地讲解起划船与压艇的技巧。皮筏慢慢移动。我划起桨，尽力不去看梨雅的脸。艇上还有两个人，是一对青年男女，加上工作人员，一共七个。七，是一个好数字，具有神秘的力量，"天数以七纪"是为其一，璇玑玉衡以齐七政是为其二，而上帝造这世间万物也只用了七天，是为其三；它还是一个变化之数，内部是一个三元四时的空间。

我胡思乱想，任凭那密密实实的水花劈头盖脸。齐芳不再看我了，嘴里不断地发出尖叫，她的心脏应该是悬在喉咙处在与舌头打架。小蕙一边划艇一边看我，突然凑过嘴，在我脸上亲了一下，再得意地笑。梨雅的脸色煞白，没有在岸上的从容镇定，死死地抓住工作人员的肩膀，害得那位年轻人不得不回头说道，没事的。你轻一点儿，我都要被你推下艇了。那对青年男女也是一脸紧张。

河水以崩天裂地之势冲腾奔泻，转过弯，峡口双峰突然合紧，若门半开。河中央出现若干巨石，水流与巨石相互搏击，轰鸣之声如千军万马奔腾而来。那年轻人显然吃惊我与小薏的划艇技术，不时扭头来看。水面渐渐开阔，两岸高山对峙，群峰插云，山坡陡峻，巨岩壁立。年轻人放下桨，讲起这条河的传说。艇上梨雅、齐芳的脸恢复了血色，那对青年男女甚至唱起山歌。唱得不赖，一声情哥哥，一声情妹妹。

皮艇接近一堵巍然屹立的石壁，年轻人指着石壁上一块凌空飞起的巨石说，知道吗？这叫望夫石。它有一个美丽动人的爱情传说。当年男人们撑着竹筏沿江放排时……我与小薏对视一眼，都笑了。中国的望夫石咋这样多啊，就不能编一个新鲜一点儿的故事出来？我抬起头，去看那石。石头下有一丛青草，草尖歇着一只蜻蜓。真奇怪，蜻蜓怎么会飞到这里来？我长长地吐出一口气。异变瞬间发生，我眼角的余光猛然瞥见岩壁间正缓慢地绽开一条缝。也许是前几天连绵的雨，也许是石壁再也无法重负那个凝眸了千千万万年的身影。我的毛孔一下子全炸开了，揉揉眼，再看，不是幻觉，这石壁确实要坍了。我狂叫起来，快，往外划。话音刚落，石壁轰然倾下，诸多大石滚滚而下，一块石头擦着我的额头落在皮艇中央。巨大的水浪把皮艇高高掀起，然后翻转它。我拉住小薏，小薏的身子在往水里沉。

小薏的腿断了，小腿以下都没有了。那块落下的石头像刀一样。我待在小薏的病床边没有眼泪。梨雅活着，齐芳死了。那对青年男女，女的活着，男的死了。漂流公司的年轻人也死了。梨雅的丈夫来了，一些陌生的脸庞赶来了。他们在号啕痛哭，在与漂流公司争论辩驳。生命如樱花飘落，再多的钱也没法唤醒那几张已经逝去的脸庞。

为什么伤的不是我？如果那块石头能砸在我额头上，就不会砸在小薏腿上。为什么我在发现异常情况时，不能扑到小薏身上？我把头埋入小薏胸前，泪水不可抑止。小薏摸着我的头，轻轻地说道，释元，你为什么要难过呢？

13

我把小薏带回北京。我没有找到小薏的家。那幢欧式别墅上贴着法院的封条。上面沾满尘土。一年前，小薏的父亲因为经济案入狱。小薏的腿伤已经导致严重的并发症，她时而清醒，时而晕迷。为了能够付清医疗费，我卖掉父亲留下的金表，仍然不够。我找到侯子。他似乎不认得我了，我跪下来求他，他叹口气，叫我去找龙哥。我到了龙哥那儿，遇见大头。大头已经跟着龙哥混了很长一段日子。龙哥借给我七十万。我把大头带到小薏病床前。大头像疯了一样打我。我没有辩解，怔怔地看着他。他是小薏的弟弟。他有这个权利。他叫过我姐夫。

几个月后，小薏死了。在圣诞节的晚上，她爬上窗台，跳了下去。她手里握着一个 MP3，那是我买给她听音乐的。音乐没有了，只有她的声音：

释元，我的释元啊。我不能陪你去南极了。我走后，你要开开心心地过日子。与你在一起的这一千多个日子真是开心，所以我一点儿也不遗憾。你给我讲了这么多好听的故事，我也给你讲一个吧，你别笑话我讲得不好哦。

小薏的声音停顿了一下，继续说道：

那个仲秋的黄昏，雷声像玻璃弹珠在天空中跳来跳去。天上也有这样淘气的孩子呀。他们躲在云朵里，打开一个个灰色的不同形状的铁皮盒子——每当他们这样做时，盒子里便冒出一道道闪光，那是阿里巴巴在四十大盗的藏宝洞前呼喊的那句神秘咒语的不同版本——然后他们手中多出一堆大大小小的弹珠。大者有山巅上的湖泊一样大，得使出吃奶的力气，才能把它扔出去；小者仅指甲盖大小，用手指头轻轻一弹，就会飘向远方。

他们多半是男孩。女孩没有这样顽皮。一些胆小的头结双髻穿粉红衣衫的女孩儿还被吓得聚在一棵桃树上哭。弹珠上不时溅下许多图钉般大小的雨屑。它们虽然没有刺破她们的肌肤，但确实弄疼她们的脸颊。她们忍不住扬言要把这些坏男孩捉去喂树底下的蚂蚁。可男孩玩得这么开心，根本没时间理睬她们朝着天空挥舞的小拳头。他们把一个个铁皮盒子弄成刀枪剑戟的模样，拿在手里，大声砍杀，步伐非常灵巧，能踩着弹珠从山脚跳向山巅再跳向天空，也能踩着弹珠滑过水面，滑过点点潸涟，在水波与石头的相接处单足站立，让那些蜻蜓也自愧不如。女孩子有了勇气。她们传递眼神，互相鼓励，一个接一个跳下树，跳到屋檐上，跳进水渠里，与风捉起迷藏。

风并不欢迎她们的加入，吐出黑色的牙齿，像胁生双翼的老虎，扮出凶神恶煞的样子。可这些女孩子骑在上面，把这一头头老虎当成脚下的滑梯，并在老虎身上涂抹着一种类似水银的油彩。油彩包裹住它们的身体，也逐渐改变了它们的模样。它们的爪子变成蹄子，本来比哨棒还要结实的尾巴变成一大团飞扬的鬃毛。这令它们恼怒，它们把蹄子湿淋淋地举过头顶，鼻孔里喷出冰凉的气息，想弄清楚是怎么一回事。可那些讨厌的女孩子呀，腰肢是那样柔软，眼神好像飞起来的乳白色的蒲公英。更可恨的是，她们从飘飘衣裾下伸出的雪白赤足就踩在它们的鼻尖，踩得它们浑身又酥又软。它们终于乖乖地低下头，匍匐在女孩子手中细细的皮鞭下，偶尔轻轻地叫上几声，埋怨女孩子手中的皮鞭没抽对部位。

男孩子看傻眼，停止厮杀，互相张望，互相询问这些女孩子的秘密。毫无疑问，她们为世界提供了一个镜像，即，存在的意义并非你死我活，把彼此打得鼻青脸肿。

一朵椭圆形的云终于发现自身内在的丰盈，欢喜出声，第一个咩咩地叫。于是，一眨眼，漫空都是羊的叫声。玻璃弹珠们不见了，天空一点点变明亮。上帝打开刻有宇宙法则的门。雨点唰唰地落下，开始有点粗，后来越来越细，丝丝密密，如针如线。这是女孩子们最擅长的女红哪。

男孩吃惊地看着眼前的变化，垂头丧气地坐向一边，不时扮出几个鬼脸儿。其中一个坏脾气的男孩愤愤地抓起几朵还来不及变化的云，把它们拧成榔头一样的东西，用力地敲自己的脚尖。为什么会这样？我还没玩够呢。

为什么不可以这样？女孩在清澈的雨中欢笑。雨水打湿她的睫毛。她的手臂又白又长，牙齿如糯米一样香甜。她蹲下身，伸手招呼每朵云的过去与现在，为它们洗去身上的脏泥巴，并从头上拔下木梳为它们梳理毛发，嘴里唱着歌儿。她还朝男孩招手，过来一起玩吧。

玩什么？男孩子瓮声瓮气地问。

放羊啊。等羊吃饱了，我们再把它们赶到天的那边，那边还有一个天空。女孩子认真地说。

男孩笑了，接过女孩子手中的皮鞭，在头顶甩出一个个响亮的词语，甩得噼啪作响。是的。词语。所有把我们联系在一起的词语。这个世界因为词语而开始富有意义。被饲养的羊群沿着这条词语之河，慢慢向前走去。当夜幕来临的时候，它们消失在月光里。月光是另一个世界的大门。当微笑的羊群都穿越这扇无边无际的门后，男孩与女孩的肩膀上会长出一双翅膀，那时，他们就是另一个世界里的天使。

14

这是小薏给我讲的第一个故事，也是最后一个故事。我是在仲秋的时候认识小薏的。在我的记忆里，一直只有"热"这个字眼，小薏却记住了"热"之后在县城里下起的那阵雨，那阵被我忽略掉的雨。

小薏说得没错，我们都是天使。我一遍遍听着，热泪滚滚。小薏，我的小薏，我亲爱的小薏。现在我已经还清欠别人的债，可以跟着你穿越那扇无边无际的门，在另一个世界，我们一起踩着玻璃弹球，放牧天上的羊群。

阿 达

第一部分

　　父亲入狱三年零七天后，再次逃离。那几幢由规训与惩罚建造的灰色圆穹建筑被他抛在身后。秋日的河流、土地在他脚下展开，咚咚作响，呈现出一种超现实主义的油画效果，而他一路上所看见的黄昏、幽暗树林、像鸟一样叫喊出声的星辰，又为这幅油画添加了神秘的沉默。空间，或许还有时间，脱离了它们一向遵守的轨道；他灰色的头颅悬浮在众多螺旋状的光束之上，两腿变形成一种指甲盖大小的莫名生物穿过铁丝网，手掌在空中飘荡若风擦过人的脸庞。这幅油画所带来的视觉冲击力如此强大，有关于世界与人的完整性、连续性都被它无情打碎，让我在一次次的噩梦中清晰地看见那具藏在身体里的骷髅。

作为他昔日混乱生活的旁观者与亲历者，我不断地看见、听见、梦见有关父亲的一切。我不清楚父亲这次是怎么办到的。逃狱是困难的，尤其是逃离一座经过现代化理论彻底武装过的圆形监狱。这需要勇气、智慧、上苍的眷顾，更重要的两点：一是如何摆脱身边众多犯人目光的纠缠，在一个极度匮乏的环境里完成必要的信息搜集与分析整理，找到可以信赖的人与愿意帮助自己的人；二是如何在高强度劳动之余保持对自我的清醒认知，保证内心作为一个人（不是犯人）的思维体系的完整，保护对自由的渴望不会因为"身心俱疲"而干涸。

父亲有过三次成功的逃狱。这一回相对平淡无奇，稍作审视更加不可思议。他说服了一个即将退休的女狱警。她的名字极普通：王小兰。众所周知，她还有一个比花岗石还要坚硬的大脑，与一颗献身于狱警事业的心。她获得过的各种材质的荣誉勋章足有几公斤重。这次成功的说服，使父亲前三次让人们津津乐道的极富想象力的逃狱过程变得无聊且多余。她提审他，用早已录好的一段影像瞒过屋内监控探头，替他准备好警察制服、证件及易容物品。他在几分钟内改头换面成另一个人，不慌不乱地剜去手腕处植入的纽扣式 GPS 定位系统，扎好绷带，在她的目送下，吹着轻快的口哨，平静地穿过数重哨卡，在穿越最后一道哨卡后还不忘挥手向她示意再见。高墙外一条分岔小径边的树荫下停着她安排好的一辆套牌汽车。她以身陷囹圄的代价换来父亲的自由。

　　借助于监狱管理局的老朋友帮忙，我知道王小兰对自己所犯下的罪行全部供认不讳，但她始终没有交代这样做的真正理由，一直用"鬼迷心窍"来搪塞。这种自甘堕落的选择令人难以理解。她的丈夫与两个儿女因此勃然大怒，前者提出离婚，后者宣布要与母亲断绝关系。她还是一言不发。这让我好奇，想知道这是为什么，哪怕那个逃走的犯人并不是我的父亲。我来到看守所表明来意与身份，她沉默地看了我十三分钟，面容终于发生细微变化，眼轮匝肌向里收缩，眼角处形成褶皱，颧大肌非常敬业地把嘴角慢慢地向两侧、向上拉扯。无论是嘲笑、取笑、耻笑、讥笑还是开怀大笑，都只由两组肌肉主导而成。要鉴别它们却极为困难……是的，她是在微笑。

　　四周皱巴巴的，寂静压迫着耳膜。耳朵里轰隆隆地响，有一辆火车在来回跑。

　　"如果是因为我爱他，你信吗？"

　　我当然不信。"爱"这个字眼从一个五十多岁的女人嘴里说出来的情形太过诡异。我都能听见站在角落里的小警察胸腔处回荡的嘲讽声。我宁肯相信这只是她为了避免尴尬给我一个台阶下，但当她说出这个字眼时，我清楚地看见她原本坚硬的下颌在几秒钟里变得柔滑光洁。紧接着，一种痛苦把她的眉尖拧蹙。

　　树叶犹如黄金。清晨的光线刺疼了我的眼。窗外有三棵树。

中间那棵银杏树，不断地撒落下一种梦幻般的斑斓色彩。我以为自己置身梦境，几乎都要以为自己是正从银杏树上飘下的一片落叶。我不得不点燃一根烟来驱赶这种恍惚感。在许多年以前，我也曾在一个少女的下颌处看见这种"柔滑光洁"。我们甚至在众目睽睽下，发明了一套极复杂的用几何图形来表意的话语。点、线、面，繁殖出种种只有我们两个人才能心领神会的意义。这是一个危险的游戏，让我越来越迷恋于这套话语本身所拥有的智性。在一段很短的时间内，学会用它搭建出一个几何上的宫殿，并触类旁通，相继建构出物理的城堡、化学的街道、语文的广场。而当我完成这些，杏仁眼的少女已怀了他人的孩子。

"爱不是加减乘除，是高潮，戏剧冲突的顶点，音乐中最震撼人心的部分，羽毛被飓风卷上高空的时刻。"

我不再是不谙世事的少年。我在太多年轻的雌性脸上看到过这句话的各种表达。它根源于一种鲁莽而又轻率的热情。所以这些雌性，也包括那个杏仁眼的少女（她与男友共同吸毒贩毒，被执行枪决），皆不可避免堕落与被毁坏的命运。现在我又看见了它那张颟顸自得的脸庞。我该说些什么呢？

"一个老女人爱上一个小她二十来岁的男子，与他合谋杀了丈夫，背弃了孩子。后来，谋杀被发现。他们争着为对方掩罪，都说是自己独自干的。他们最后被判了死刑。押赴刑场的时候，他们许下来世结为夫妻的承诺。很感人，寒风吹动妇人的白发，吹着男子年轻的眼。影院里一片唏嘘与被刻意压抑的抽泣声。他们恨不得马上去拥抱身边的陌生人，共同分享这种动人的情感。

电影结束了，他们迟迟不愿离座，掌声经久不息。大火突然袭来，他们这才如梦惊醒，争先恐后往通道挤去，践踏别人，也被别人践踏。452 个人死于那场灾难。出席电影首映式的女主角，几分钟前还被众星捧月；几分钟后，她被踩成肉酱，肠子流了一地。"

我咳嗽起来。

吸烟有害健康。早在五年前，市政府便颁布法令，要求卷烟厂必须改良配方，烟草的味道便一天比一天难以忍受。许多人戒掉吸烟恶习，嚼食一种品牌叫"梦娜"的口香糖。而我之所以还保留这个习惯，也许是因为对母亲的怀念。

我的咳嗽传染给对面的中年妇人。她那张脸像被人重击了一拳。我掐灭烟，心里甚感抱歉。吸烟前我应该征询她的意见。我掏出一包手帕纸，想起身递给她。小警察制止了我的鲁莽。在这场谈话之前，朋友已交代了几条必须遵守的探监注意事项，比如任何未经警方检查的物品不可以直接交到犯罪嫌疑人手中。我对妇人报以苦笑。妇人平静下来，用手掌擦去鼻涕与眼泪。她的声音因为痛苦变得悦耳，是河底卵石在水流中互相碰撞的声音。

"电影把人的一生搁进九十分钟内。但没有人的一生真的就是九十分钟。这种技术上的裁剪、叙事，剔除了九十分钟以外的大量冗余。这些冗余看起来是无用、重复且难以令人忍受，但它是人的血肉，保障了人的真实性。可为什么我们还要上影院，不断地为它热泪盈眶？因为它不仅是一次虚构的热情，还是一种说谎的艺术，一个做梦的时刻。没有比梦与艺术更重要的。

"这话不是我说的。但我相信它。我用了五十多年才发现，这世上再没有其他任何一件事比梦与艺术更重要。爱，是这两者结合时的显现。

"能给我一根烟吗？"

她说得又急又快，说到最后一句话时脸上浮现出恳求之意。

我回头望小警察。

小警察迟疑着，目光瞟向屋内墙壁右上角的监控探头。

"你吸吧。我吸你的二手烟。"

她轻叹一声，耸耸肩。紧绷如弦的身体因为这声叹息松弛下来。她的眉心有一颗美人痣。我能想象出她年轻时的风韵。她细长干瘦的手指在桌面上轻轻敲打。这种有节奏的敲打是某种类似摩斯密码的讯息的传递吗？我听了片刻才哑然失笑。我真是看多了最近那些悬疑谍战影片。她不是被捕的地下党，我也不是来接头的情报人员。我目不转睛地看着她，她额头上有一些阴影，若深海处透明而又抽象的鱼。那会是头颅深处大脑皮质层的投影吗？我在梦里见过这种鱼群的游动，在一个极蓝的空间内，它们的游动纷然有序，宛若一个完整的生命体。妇人把我吐出的烟雾深深地吸入肺里，一点也没有浪费。她在仔细品咂烟草的滋味。这回她没有咳嗽，喉咙里咕噜了几声。

"怪不得他喜欢抽。"她用手背擦擦嘴，"不用多久，你就能听到你父亲的消息。到时你便会明白我这样做的理由。"她说得很慢，声音干巴巴的。这句话一下子掏空了她体内的气血，她的样子在迅速衰老下去，嘴角出现很明显的法令纹。

我准备离开，示意小警察打开房门。

她一声大喊："你不像他。你不配像他。"

我差点被她这句话揉出门外。

我不明白她为什么要这样说。我们中间隔着几米的距离，也隔着铁、猜忌与怀疑。我回身尽量让自己的语气保持平静：

"为什么要像他？他给了我衣穿，还是饭吃？是的，他提供了一个精子。我的确是他某次性冲动时射出的几千万粒精子中的一粒。但这值得我对他的性冲动感恩戴德？别说他是一个可耻的在逃犯人，哪怕他是秦始皇，我也不想与他有丝毫相同处。这是我的权利、我的意志、我的自由！"

我不明白自己为什么这样冲动，说到最后还朝她挥舞起拳头。

我有点讨厌这样的自己。一切不可被控制的，都应被剔去。

"那你为什么要来到这里？是想再次把他送入监狱吗？"她冷笑起来。一只鹰从她喉咙里飞出来，卷起一阵冷风。

父亲是在三年零七天前认识王小兰的，那是他们第一次见面。

在此之前，他们之间不存在一段不为人知的隐秘而又炽热的情感；在三年零七天里，他们之间也没有发生人们通常以为的那种爱情，当然，按王小兰的交代，他们上了床。他们之间第一次，也是仅有的一次性行为发生在父亲逃狱七天前，是她做出帮助他逃狱决定的三个月后。提审她的警察本意借这种问题，摧毁其意志，故意在细节上反复盘问。这没有取得效果。中年妇人讲完后，我那个监狱管理局的有着一双凌厉丹凤眼的老朋友，在阅读审讯笔录时，惊讶地发现，这是一篇在网络上广泛流传的色情文章。

这是一桩令人难堪的笑话。原来的审讯者被迅速替换。这回他们直接嘲笑她，指出她关于与父亲上床的交代纯属谎言。

她听着，不分辩。这个有经验的前狱警深谙审讯的奥秘。连续更换了三位审讯者后，我的朋友不得不承认，要想从这个妇人嘴里撬出一句真话，不比父亲的越狱容易。

朋友把我叫到她那个位于 27 层楼的椭圆形办公室。我们俯瞰着都市的黄昏。这是奇迹与日常碰撞之所。熙熙攘攘的车流遵循流体力学原理流过冬日的街道，车辆之间有着奇异的黏；橙黄的夕阳贴着都市塔的曲线一点点下坠，塔座上悬挂着巨型 LED 屏幕上在播放一则公益广告。在它光芒异彩的笼罩下，世界成了剧场，所有人都是置身其中的观众；更远处，霓虹伴随着夜前进的步伐在逐一亮起，犹如一团团汹涌的火。

天地间有一种让人屏声静气的旋律。

"这种秩序与美是值得捍卫的。"她顿了一下，转身凝视着我，"哪怕它是假的。你说是吗？"

桌上有半杯水，我把它倒入喉咙。水让身体更渴。这个念头如此真实不虚，几乎要把五脏六腑翻搅起来。但我的身体不缺少水。进屋短短半个小时，我已经喝下三大杯上千毫升的白开水。

我只是渴。

　　办公桌的电脑屏幕上有一组自动循环播放的幻灯片，主要是对父亲狱中生活的记录，或站或坐，或行或卧，有远景、近景及特写。其中几张拍摄的是睡梦中的他。这张极普通的脸上略显孩子气。很难想象这样一张脸会成为许多市民心中的图腾。

　　"对你父亲的好奇已经是我生活中不可缺少的一部分。这样一个平庸的面容下，居然隐藏着这样一个杰出的犯罪大脑。从保险公司偷数千万不困难，困难的是把这些钱交到数百名理应获得赔偿的人的手中，他做到了；把退潮时才能看见的土地拍卖给房产商也不困难，困难的是在房产商发现骗局后，因为法律手续的无可挑剔，仍然不得不把土地款转入专门为被强拆户设立的援助基金，他也做到了。"她看见我疑惑的目光，笑着解释，"所以我没法不对他好奇，纯粹的好奇。追捕他是警察部门的职责。如果我发现了什么线索，我也会及时通知他们，这是一个市民的义务。"

　　警察部门对父亲的悬赏花红已经开到令人咋舌的百万元。

　　"我这里还有一件东西。是在王小兰办公室找到的。你父亲的手笔。原件已被警察拿去。这是我搞到的拍摄件的打印稿。"她眨眨眼，瞳仁深处有一抹阴翳。

　　"也许里面隐藏着某些线索。这需要你这个心理与行为分析专家帮忙。怎么说呢，它们看上去就像是那些愚蠢的人们还阅读的……"她拉开抽屉，找出一个档案卷扔在我面前，嘴里有点不情愿地吐出一个词，"小说。"

我哑然失笑。父亲这个臭名昭著的罪犯，都市的"救世主"，在干下那么多件让人惊骇莫名的疯癫事之余，居然还有心思写小说这种早已被众生唾弃的东西。这真是一桩咄咄怪事。或许像大家传言的那样，父亲脑子里可能真的藏有一匹马，一匹额头长角、被神灵所遗弃的匪夷所思的马。

马蹄声嗒嗒。

落地窗外，一群鸟，是灰色的鸽子，以鸟类特有优美姿态，迎着霓虹所掀起的火光振翼掠过。夜，闭上了眼睑。城市上空，低垂的云层犹如一块灰黑色的帷幕。风掀着它，掀起许多褶皱与一些似是而非的图案，有的是独角兽，有的是吼声如雷的夔，更多的是那种透明而又抽象的鱼。它们在高速运动。因为游得太快，一尾鱼一头钻出自己的鳞甲，而后面那尾鱼则一头扎入那具鳞甲中，鱼身一下子鼓胀起来。整个鱼群的秩序顿时发生了一种变化。如果用流体力学里的一个概念描述，即是"雷诺数到了临界点，气流从层流转为湍流"。一尾尾鱼甩动头尾，随着一连串噼里啪啦的声音在空中炸响，我突然意识到一个事实：

这些被某个神秘意志主宰的它们在聚集成形。

帷幕中间终于出现一张虚拟的人脸，缓慢而又迅速。这张脸上同时有着金属的光泽、木的纹理、水的流动、火的颜色，以及土的气味。尽管不大真切，我还是一眼认出那是父亲的脸，一个在每位市民心里出现过的漩涡。

我惊呼出声，下意识闭上眼。等到再次睁开，过了漫长的几秒钟后，我才确信眼前所见并非幻觉。都市塔顶，确实有一台大功率的激光机在把相关图像投影至云层上面。所有人都能望见那道强有力的，要把天地贯通的光柱。

"他是怎么办到的？"

"他想干什么？"

她看看我，一脸震惊。

从技术上说，在云层投影成像并不困难，一台高功率光源再加上投影机、图案器件等若干设备就能办到。但要把这些设备搬上都市塔是困难的。作为地标性建筑，都市塔执行特级安保方案，各大门皆设双岗、中控室实行 24 小时不间断全方位的监控，对游客有着从头发梢到脚指甲的检查，塔内工作人员在内，每次进出也都要履行这套极烦琐的手续。这种警惕性让苍蝇与蚊蚋也唯恐避之不及。而且云层是不可控的，这需要有着极丰富的气象学知识，知道今晚会出现这种反射率高的云层。

父亲这样煞费苦心地折腾究竟想干什么？

我与她面面相觑，都嗅到一丝不祥的气味。我们此刻能想象得出都市塔安保人员现在惊慌的样子。他们奔跑，跺脚，破口咒骂，恨不得能在下一秒关掉那个该死的激光投影系统，这多半是徒劳无功的，电梯会无法启动，安全通道也将被封死，等到他们取来破门利器，父亲早已做完他想干的，然后像他曾经做的那样，用一只滑翔的降落伞包摆脱追踪，消失在人海里。我还能肯定的是，父亲消失的方式一定比我现在所能想象的要高明百倍。

虚拟的人脸露出一道意味深长的笑容，然后消逝不见。

云层上出现一行黑体字：

我爱你们。现在是娱乐时间，欢迎来到都市塔下。

我回头看了眼朋友。她手上多出一台高倍望远镜。因为落地窗外霓虹的映耀，她的脸色一阵白、一阵绿、一阵蓝。她搁在桌上的手机开始振动鸣响。

她抓起手机看了眼不知道是谁发来的短消息，嘟囔道："市长完蛋了。"

"他若再被逮捕，就要被绞死。丑闻不是不可以被公开，但换一个市长对他有什么好处？他还不如捏着市长软肋去弄笔钱，或者干脆换一纸特赦令。傲慢与虚荣？还是渴望革命？"她把脸埋入手掌，搓了几把，露出两只困惑的眼睛，"革命一旦爆发，便有它自己的逻辑，必将充满血腥地一浪高过一浪。若说他不惮于革命，以他的智商不可能不知道，革命只会发生于人们对苛政感受最轻的地方。"

我凝视着她身体的曲线。

她说的最后一句话，我在一本已经被禁止提起的书里读到过，因为"人们耐心忍受着苦难，以为这是不可避免的，但一旦有人出主意想消除苦难时，它就变得无法忍受了"。事实上除此之外，革命最起码还需要：组织、资金，一个"正确、坚定、有感染力"的信仰体系。而据我所知，父亲就是一个独行侠。换句话说，革命不是父亲所渴望的。

"当他选择这种哗众取宠的方式暴露市长丑闻，极可能导致民众的普遍混乱。失控的暴力一旦来临，那是所有人的灾难。对秩序，或者说对安全感的渴望，是人的天性。当流血事件发生，而且流血的，必然是那些他曾声称要为之伸张正义的弱者，他又该如何面对自己良心的谴责？"

光影在她额头上跳动扭曲，犹如一群盲目飞动的蚊蚋，让人无端心悸心慌。

她跌回到椅子里，手托住腮。

我接过望远镜。我不知道该怎样回答她的困惑。这是一个悖论。我不是父亲。我在高楼上往下看。父亲在空中打出的那行黑体字是一句神秘的咒语。许多人互相张望着，渐渐开始离开他们原本的行走路线，或者走出家门，三五成群，四六一堆，犹如不断叠合的一个个不同尺度的漩涡。人流很快形成，开始还只有铅笔画出的细线大小，眨眼就有大拇指头粗细。

这是一种具有非常怪异特性的流体。它能掀起拍沉钢铁巨舰的浪头，也会瞬间化作虚无。在人流中，不管一个人多么智慧、强壮、高尚，一旦被其裹挟就必然要跟随它移动的节奏——哪怕眼看着自己脚下有一个被践踏的人，也会身不由己地再踏上去一只脚。它能最大限度地攫夺理性，使一个人沦为一个单向度的畸形物。人流是危险的；当人流被有意引导至某个特定区域就更加危险了；而当一个能激怒他们的事实，再被不加丝毫掩饰地摆在眼前时，受到挑衅的人流，会变成一头比世界上所有恐怖生物加在一起还要可怕的怪兽。

父亲想干什么？

"我恨你们，我假装爱你们。"

也许父亲在意的，并不是对正义的诉求，他内心原有的道德体系早已在某个暗夜分崩离析，他已经成为他所憎恶的那种人。如果说他过去像罗宾汉一样替弱者打抱不平，纯粹出自一种人类与生俱来的悲悯与同情之心，而他近年的"打抱不平"，只是为一个他所津津乐道的游戏争取筹码。

我一直在观察他，一直在收集关于他的种种。他这些年的行为有太多不合逻辑的地方了。或者说，他必定有他的逻辑，而我要找到父亲，就一定要弄明白这种逻辑，即使它的实质是一个"不可能的楼梯"。

人不可能不改变，哪怕是父亲这样的人。

一个越有道德强迫倾向的人，越易坠入自己的对立面。若不惮于用最大的恶意来揣测，父亲这次完全有可能与市长的政敌们达成某种默契，或者一桩让人厌恶的交易。如果说不管谁坐在市长这个位置上，他都只能成为"市长"而不是别的什么；那么父亲根本不在意谁是"市长"，他就像一个智商高达二百的孩子在打游戏通关。

我没有说出心中瞬间转过的百般念头，胸腹处传来阵阵隐隐的痛楚。若我没有看错，都市塔下已经出现一只让人望而生畏的饕餮怪兽，通体散发出令人眩晕的光晕。广场即是火光所在，但不能说来到广场的人是一群心甘情愿地以身饲火的蛾。他们中的绝大多数是出于人对热闹与娱乐的本能追求。父亲在欺骗他们，玩弄他们。

脑子里出现一道光。

然后是厌恶感与无力感。

躯体出现异样的不适感，像躺在坦克履带下一条被碾碎的马路。我憎恶这种行径。我很想把那个叫王小兰的女警叫到窗前，问问她，这是不是她想让我看到的有关父亲的消息。朋友尖叫，从椅子上一跃而起，夺过我手中的望远镜："这不是你父亲干的。有人在栽赃！"

"你在看什么？"

"看防暴警察出动的时间。你注意看那些警察的车辆，他们对人群的隔离。天哪，他们居然连高音喇叭都准备好了。这只是一场演出。你父亲的虚荣心与智商虽然一样让人叹为观止，但这不是你父亲做事的手法，太煽情了，太无耻了。这种刀口舐血、火中取栗的做派，极可能是……"她停住嘴。

手机响了。是我兜里的。一个陌生的来电号码。

"我的孩子，想来你正在看着窗外深为困惑。这是我为你上的最后一课。"

是父亲的声音，我不可能听错。声音里有我从来没有耳闻过的一丝温情。我打开免提，将手机轻搁在几案上，朝一脸惊愕的她示意一个别出声的手势。

"编号 10787691。"

父亲的声音蓦然间变得威严而又冷漠。几乎同时，原本斜靠窗边的她猛地挺身行礼，手臂高抬右臂 45 度，手指并拢向前。她的身体把我撞开。一个念头犹如电光石火照亮了我。我毫不怀疑，就算我此刻被她撞落悬崖，她也会一直保持着这个姿势。一块巨大的阴影从心底悄无声息地升起。父亲的声音像石头一样，在房间里一颗颗滚动。

"市民需要狂欢。这是狂欢的时刻。孩子们，我乘烟火去了。从明天起，维护都市秩序的重担就交到你们手上。我的儿子，从今晚起，你的编号就是 19678701。"

一滴滴汗从她额头跳出，她没看我，身体在战抖，她的手指骨节已经发白。如果说几分钟前，我还能从她身上感受到一丝女性特有的柔软，那么现在我从这种"轻微的战抖"中所感受到的却是一种令人不寒而栗的机器轰鸣时的节奏。

父亲挂断电话。他的话短促，坚硬，难以消化。屋内死一样的寂静。几分钟后，落地窗外传来一阵阵山呼海啸的呼喊声。巨大的光影在墙壁上跳动。这不是革命，是一条被精心设计的疯狂过山车的轨道，是对人的这团混乱的激情暂时的释放。当人们走下过山车，内心会重新平静——这个盛大的狂欢节，会成为他们一生中反复咀嚼的橄榄果。那个丑闻被曝光的市长是一头养肥后被宰杀的猪。民众的仇恨与不满，会被引导集中到他身上。夜晚过去，明天来临，他们将重新拥有憧憬，能忍受他们昨日觉得已经不能再忍受下去的生活。

　　而父亲……父亲昔日的形象，自始至终只是一个被有意建构的神话。父亲与都市政府，只是一枚硬币的两面。这枚硬币，即是秩序。

　　父亲为什么要这样做？

　　他从哪里获得了这种可怕而又隐蔽的权力，又如何愿意为这种权力的行使，付出一个人所本该拥有的生活；并不惜为了使这种权力所捍卫的秩序得到延续，把自己打扮成"反秩序者"，还被自己的儿子送入监狱？

　　又或者说，这只是我的臆想？

　　这是某年的都市。一只鸽子在玻璃幕墙外的支架上缓缓敛起羽翼。这不是一只真正的鸽子，是一台被人操纵的监控系统，微弱的红光在它腹下有规律地闪烁。我对它挤出笑容，眼角余光瞥见朋友的手臂在慢慢放下。一个是"缓缓"，一个是"慢慢"。我努力翘起嘴角，挂住笑容。这很艰难，但必须这样做。

　　"你在想什么？"

　　她的声音恢复了昔日的轻柔。

　　"我会给你解释的。"

　　她把手放在我的额头上，比我的额头还要冰凉。

　　我抽出她开始给我的那份关于父亲的档案。是拍摄的打印件，但还是一眼能辨认出原件是抄写在那种八格淡黄色底的笺纸上的，纸质相当不错，这让我想起母亲在炎炎夏日中裸露的光滑手臂。我猜想父亲在书写过程中一定感受到某种隐秘的快意。

父亲书写的文字全部待在那个由锁链图案连成的大方框内，又未完全遵照笺纸给出的既定格式，横着从左至右，把那些竖排的格子线无视了。这应该是一种下意识的复杂心态，有对都市传统文化的热爱，也有对这种古老秩序一定程度上的冒犯等。

从看到这些字的第一眼，我便相信它们是父亲亲手所写。母亲留下不多的遗物里，有一本硬壳《不列颠英语大词典》，其页眉边，被这种笔迹密密麻麻地填满。我没问过母亲那是谁留下的。我知道是谁留下的。其中一段笔记，或许可以是对"这种下意识的复杂心态"最好的解释——书有横排与竖排两种。竖着读，自上至下，不断点头；横着读，从左往右，不断摇头。人类的大多数文化不约而同地认为：点头表示肯定、顺从、敬畏；摇头表示否定、质疑，不恭敬。点头与摇头是人类两种基本的行为模式。有时想，横排与竖排，看似一个简单的版式问题，却可能一直在隐秘地影响着人类文明的进程。

窗外闪过霹雳。一些光影扑簌簌落下。那是雷电，还是什么？

我还是觉得渴。我抓起办公桌边搁着的水瓶，直接把水倒入喉咙。喉咙里有火。我看见玻璃窗上映出的自己的影像。我也同时看见身边她的影像。她的丹凤眼里比昔日要多出许多内容。我不清楚我是在梦境中还是在现实里。"我们对外界感知不全由真实环境决定，而极大依赖于已有经验的映射。"换句话说，我们看见我们想看见的。我们看不见我们不想看见的。

"也许我在做梦。"

我嘟囔着。

"如果要明白，就应当相信；因为除非相信，否则永远不能真正明白。"

她在我对面坐下。

"几年前我们在一个培训班同窗时，我问你小说是什么。你说一是自我观照之镜；二是镜中虚影。影中又有自我之眸。眸中又见虚影。重重虚影，成其无尽复无尽也。又或者说，小说一直在死去，因为所有的过去（人的形象）只有暴露在美杜莎的目光下，才具有被雕塑的可能，以及必要。而要窥见这个痛苦漫长的石化过程，就要借助帕修斯手中记忆之盾的反光。"

她望着我的目光极其复杂。

我能在这双淡褐色的眸子里找到怜惜、痛苦、欣慰，等等。我不明白为什么这么多的情感能同时出现在一双眸子里。

她瞟了一眼我手中的档案袋，不无犹豫地道："我本来希望自己能把它当小说读的，但读完后背上生出一层冷汗。我犹豫了很久，还是决定让你看看。我不知道父亲为什么把它留在王小兰那里。我也不知道你能看见什么。我曾希望在你眼里，它只是一个不具有完整性的小说。现在我应该告诉你，尽管父亲虚构了许多，我还是能大致辨认出我们这个组织的起源与来历。"

她从抽屉里摸出一块"梦娜"。

"要不要？"

我接过这块粉白色的圆形口香糖。

她的手指在我掌心停留了片刻。

"有时真想到这个离我们七千八百公里的一个叫普卡的地方去看看，毕竟它在父亲的脑海里真实不虚。"

她笑起来，笑得不无勉强。她说的是"父亲"，而不是"你父亲"，这是她对"我们这个组织"表达敬意的方式吗？我把"梦娜"扔入口中用力咀嚼。口中有湿黏的感觉，像有条蜥蜴藏在舌头底下。我吐掉它。我想读完手中的这几张纸。一种难以言说的渴望抓住了我。

第二部分

普卡在一块叫"阿非利亚洲"的大陆上，在世界的西南面，那里阳光灼热，大部分是沙漠与炎热的风，也有郁郁葱葱的森林与一望无际的草原，还有一条物产丰盛的地球上最长的河流。土地多半是赭红色的，到处种满能结出红果的咖啡树。一群肤色黝黑、头发卷曲、齿白若贝的人生活在这个自然馈赠极其丰厚的国度。尽管这个星球上的其他人都觉得他们是一群同根同种、有着同样高额头、黑眼睛、宽扁鼻子的人，他们也都信奉一个披象皮的叫阿亚的女神，文字与语言完全一样，奔跑起来同样敏捷迅速，而且男性阴茎就没有不粗而大的，年轻女性肌肤也没有不丝滑若绸的，这群黑皮肤的人还是根据某个奇怪的原因一分为二，分别自称为希族人与伯族人，并分别把对方蔑称为亚族人与利族人（在普卡语中，"希"的意思是聪明智慧，"伯"的意思是勤劳勇敢，"亚"的意思是呆笨愚蠢，"利"的意思是见钱眼开）。

许多外来游客被搞得头昏脑涨，想了个简洁法子，私下里把一方称为希利人，另一方称为伯亚人。只能是私下里。早年曾有一个年轻的背包客，因为在几个特定场合未能准确区分他们的自称与蔑称，结果上午被希利人砍掉左胳膊，下午又被伯亚人剁去右胳膊。这桩惨案直接导致游客数量的急剧减少，普卡政府这才紧急出台了一项法规，规定：

希族人与伯族人都是普卡人。

普卡人欢迎全世界的人来普卡观光旅游，但请游客自重，不要故意伤害普卡人的民族感情。有违反者，视其情节轻重，不分男女老少长幼，一律处以鞭笞三记，立刻驱逐出境，其直系亲属亦被普卡政府列为不受欢迎的人。

这份通告惹来一片嗤笑。既然是"一律处以鞭笞三记"，又何必"视情节轻重"呢。不过法规一经颁布，便已生效，不容置疑。据几位不幸的游客说，那个行鞭刑者，是一个从不开口说话的普卡独眼老人，他手中握着有众多宝石装饰的鞭子，真是造物的奇迹，可能是鞭梢系有羊眼圈的缘故，第一鞭下去，便让人性欲亢奋。这本来是天底下所有性冷淡女性及男性阳痿患者的福音。可惜第二鞭下来，就让人顿感生不如死，身体像被刀子劈成了两半，一半是水，一半是火。到了第三鞭，就是纯粹的痛感，人的意识与潜意识就在脑子里做着布朗运动，瞳仁所见皆是白茫茫的一片，连挂在天上的太阳看起来都像冰天雪地里的鸟叫。

很难说，这项法规在多大程度上刺激了普卡的旅游业。短短数年内，去普卡就已风靡全球。它意味着品位、时尚，是一段非凡的体验，一种必须拥有的生活方式。有人宣称，"一个人若一辈子没去过普卡，他的一生就是不完整的"；许多人甚至宣称，当鞭子抽下来的时候，他们在普卡老人的那只布满灰翳的独眼里，同时看见镶满星辰的天堂与燃烧着熊熊火焰的地狱。可惜当老人因某种不知名的突发病死去后，这种奇迹不复再现。鞭子抽下来，只是鞭子，不再是别的什么。

普卡老人没有留下后代，他的三位妻子都未能继承他神奇的能力。尽管政府一再严令禁止，在遍布普卡街头的大大小小的咖啡馆里，人们还是情不自禁地讨论起老人的种族属性。关于老人是希族人还是伯族人的争论引起一系列流血事件。老人火化后所余下的三十七颗舍利子的归属更差点引起一场战争。政府不得不紧急出面调停，在普卡政府议会大厅，用一架天平把这些椭圆形的结晶体根据其重量均匀地分成两半，由希族人与伯族人的代表抓阄决定所得，再分别装入一个嵌有珠宝的金色锦盒与一个灰色的瓦罐内，护送至各自的圣庙，并分别办了一场在外人看起来几乎是一模一样的仪式，把舍利子安放入龛。

在这个乏味的世界里，这样的故事犹如磁铁。所有生物的目光都被吸引，连迁移越冬的斑头雁在飞过珠穆朗玛峰后，也不忘朝普卡这个方向瞥上一眼。

很快，有学者找出了那个奇怪的原因：普卡人之所以把自己分成希族人与伯族人，是因为二百三十七年前他们祖先对牛的占有数量。当时的普卡尚在白人殖民者的野蛮统治下。为了统治的便利，白人把有十头牛及以上的称为希族人，没有十头牛的就是伯族人，并实行了一整套相应的身份登记制度，规定伯族人不得与希族人通婚，不可同居一车，在路上偶遇希族人时要双手举至过肩头以为致礼。希族人杀死伯族人，需赔偿一头牛；伯族人杀死希族人，抵命，另罚妻子儿女为希族人的奴隶。

这项规定大约在一百年的时间里得到有效执行。一百年的时间虽然是地球进化史上的一刹那，却足以让许多希族人与伯族人真诚地相信：希族人天生就要比伯族人高出一等——这两个互相敌视的群体在这里取得基本一致。

他们之间的界限并不是不可逾越的刀锋。若一个家财丰厚的伯族人，自愿奉献出其财产的百分之七十，在翌年的第十七个月圆之日，那他可以来到希族人的神庙前做一个月的斋戒（每天的日出到日落期间禁止一切饮食。不行房事。不说秽语。不吸烟闲聊。只专心诵念阿亚的名）。斋戒结束，他将与那些有着同样渴望的伯族人一起来到女神阿亚在人间的化身前。那是一个面容像水果一样鲜美的瞎眼少女。他们中将有十分之一的人能获得她的青睐，去亲吻她行走过的地面。当亲吻仪式结束，那些有福的人再次站起身，他们及其直系亲属不再是伯族人了。而另外十分之九的人只能绝望地钻入从祭坛下方的一条狭窄小道匆匆离去。他们将一无所有，连原本情同手足的伯族人都会视其如仇寇。除非他们能够再次"家财丰厚"，那么他们可以再次来到希族人的圣庙前——希族人每隔数年会对这四个字的具体含义做出详细解释。希族人同样有沦为伯族人的可能。这点倒简单，只要被瞎眼少女认为是有罪的、不义的。

伯族人里就出了一个英雄，叫阿尔达。

这个据说能把一头公牛摔倒的雄俊男子，与他的几个兄弟掀起一场轰轰烈烈的反殖民的独立运动。在长达十五年艰苦卓绝的斗争后，他们用刀与长矛赶走拿着火药枪的白人，建立起一个今天人们称之为"普卡"的国家。阿尔达没有惩罚昔日高高在上的希族人，没有宣布他们是贱民，是不劳而获的剥削者与吸血鬼，是该死的秃鹫与胡狼；反而说伯族人与希族人是一家人，是阿亚注视这个世界的左眼与右眼。

披象皮的女神阿亚，这是多么荒谬的言论啊，可这是阿尔达说的，那就必定是对的。

阿尔达又说：白人之所以要把普卡人分成希族人与伯族人，就是希望普卡人分裂，继而分而治之，妄图实现其对普卡千秋万代统治的野心。

多么卑鄙无耻。几位没来得及逃走的白人妇女被从屋子里拖出，被愤怒的伯族人剥光吊死在树上。"看，这些母狗是这样的白，这是最大的罪恶呵。女神阿亚。"

阿尔达制止了暴行。

他说："把伯族人吊死在树上，这是白人犯下的罪恶。如果我们做与他们一样的事，那我们就被白人的罪恶感染了。仇恨是白人故意散播在我们心里的瘟疫。"

伯族人醒悟过来，齐声赞美着阿尔达的智慧。阿尔达的身手像山鹰一样矫健。阿尔达的心灵像平原一样宽广。阿尔达的目光像天空一样深邃。阿尔达就是女神阿亚的……弟弟！

最后一句话是一个身高盈尺的伯族妇人嚷出的。当这个声音第一次出现时，其他的声音都消失了。这种震惊体验在每个伯族人心底迅速蔓延，他们头一次发现自己原本固有的赞美格式及内容都属于想象力的极度匮乏；他们头一次发现那个瘦小且一脸惶惑的侏儒，体内竟然蕴藏着如此让人动容的真知灼见。他们不约而同地流下眼泪，奉侏儒妇人为先知，确信唯有"女神阿亚的弟弟"才是对阿尔达最恰如其分的描述。

而希族人是如何回报阿尔达的宽宏大量的？

普卡立国之初，随着对原本占统治地位的希族人不可避免的打倒、清算、财产剥夺，许多相貌美丽的希族女子境遇悲惨，沦落底层操持各种贱役。"每个伯族男子都有义务迎娶希族女子"被确认为促进普卡各民族和衷共济、和睦相处、和谐发展的国策。为鼓励两族通婚，阿尔达以身作则，在一年时间内迎娶了十二位希族少女——无数伯族少女望着那顶用象牙与紫色玫瑰装饰的花轿嫉妒得几乎要发疯。要知道，伯族少女中最美丽的阿丽儿卡，只是被阿尔达看了一眼，就幸福得晕厥倒地。少女们是勇敢的。为了接近心中的神，她们甚至愿意在深夜里化身为一只飞蛾。当时在她们中间有一首歌非常流行：

> 阿尔达，我愿是飞蛾，只为靠近我的光明我的火；
> 阿尔达，我的光明我的火，请靠近我这只飞蛾。

歌词不长，反复吟诵哼唱，便无端让许多伯族少女脸颊上挂满泪珠。

伯族少女们知道，当阿尔达娶第十三个少女时，她们中的一些人就有机会坐进那顶用象牙与野玫瑰装饰的花轿。这是阿尔达在圣庙阿亚神像前许下的承诺。她们衷心盼着阿尔达能早点娶了那第十三个希族少女。所以当那个额头上有月牙痕迹的希族少女被抬入阿尔达的帐篷后，许多伯族少女忍不住载歌载舞，看着自己在月光下优雅婉转的姿态，想象着春日里被雨点打湿的含苞欲放的花朵，与秋日缀满枝头的丰饶果实。她们怎么也没有想到，第十三位希族少女，竟然趁阿尔达熟睡之际用剪刀扎入他的心窝。

整整七天，山河恸哭，哀声如潮。伯族人觉得"天塌了下来"。大家心中只有一种感受：悲痛。数十位伯族妇女因为过于悲痛而精神失常，她们扯碎衣裳，宣称自己就是阿尔达的新娘。

这些亵渎之语招致惩罚，在侏儒妇人的指挥下，她们被装入麻袋逐一扔入阿尔达帐篷后面的那条河流里。

　　帐篷四周竖起十二具十字架。阿尔达娶过的十二个希族少女被逐一钉死在十字架上。那个额头上有月牙痕迹的希族少女，被绑在中间木柱上，眼睁睁地看着她的父族、母族，与她那个希族情人的父族、母族共三百四十二个人，被十头大象踩成肉酱。她疯了，咯咯地笑。许多人对她的疯困惑不解，这难道是某个邪恶神灵对她的庇佑吗——使她能逃脱来自心灵深处最痛苦的惩罚？侏儒妇人的话安慰了他们，因为，"从这一刻起，她就是一块徒然具有'人'形象的肉"。她被闻讯赶来的十二个希族少女的父亲一人一刀切成十二块，喂了狗。然而，这并不是结束，一夜之间，希族人沦为连狗都不如的贱民。

　　那是一场大屠杀。

　　占人口百分之七十的伯族人在国家议会上通过了一项决议。内容很简单，就九个字：

　　所有的希族人都该死。

　　希族人的圣庙被大火付之一炬。伯族男子们纷纷用刀与绳索杀死了他们各自的希族妻子。不管他们内心有多么不舍或不解。不是所有的伯族男子都这样做了。阿丽儿卡的哥哥，那个叫阿门儿卡的青年黑人带着他十六岁的希族小妻子加入逃亡人潮。他们在月光下的红果林里奔跑，跳上独木舟，借助于森林与河流的掩护，一次次地摆脱近在咫尺面目狰狞的死神。

阿门儿卡的敏捷与神奇只有他的妻子知道。在必要时候，他可以化身为河面的枯叶、山谷中的石壁，甚至是一匹头上长着犄角的马。他的法术欺骗了追来的伯族人。

他们成功地逃离普卡，来到一个叫托米尔的希族人聚集之所。不幸再次发生，阿门儿卡被希族人认出身份。当他被人喊出名字的一刻，他的法术都失去效果。他被绞死，尸体被扔入垃圾堆，被野狗分食，头颅在很长一段时间里成为希族顽童脚下的足球。他的妻子绝望而又惊恐地注视着这一切。一个月圆之夜，她离开了托米尔，在一个好心人的帮助下溜进一艘开往东方的远洋巨轮。

那时，她并不知道她腹里已经有了一个孩子。阿门儿卡留下的遗腹子，我的同母异父的哥哥。

他叫阿城，他的全名应该叫作阿城儿卡。

（父亲的笔迹在这里出现了变化。由开始的秀丽飘逸变得浓郁顿挫，能够察觉到其中一种刻意抑制的情绪。怎么说呢，就像那些体内蕴藏着火的煤炭。我不知道自己为什么会想起这个比喻。我没有抬头。眼角余光瞥见我的朋友。她还是保持着刚才的坐姿，一动不动，犹如雕塑。很多年前，我见过她这种样子。一个警察局的副局长以为她是被他的话吓傻了，结果下一刻就被她踢碎了睾丸。我抽抽鼻子继续往下看。如果我没有猜错的话，她应该是抽出了一些纸张。父亲的叙述腔调发生了变化。）

在都市，阿城是一个传奇。

最早，他只是作为女佣之子，一个皮肤黝黑头发卷曲的异类，不断地被他的同龄人嘲笑。在他还是少年时，一些人最喜欢干的事就是突然拦住他的去路。

"喂，替我去街对面拿个包子过来。"

阿城摊出黑黑瘦瘦的手掌。

"有钱我还叫你个屁呀。"

阿城不说话，低头看脚，手掌仍高高地举着。

大家就笑。有人伸手去扯他的头发，"头发烫得这样，还说你没钱？"

这不是一个笑话。大家笑得更开心了。阿城还是不说话，手掌还是高高地举着。阿城都要缩到手掌下面了。大家这才心满意足地在阿城手上放上一个硬币，"好了，现在有钱了，快去替我买两个包子来。"阿城一动也不动。一个包子要一块五。有人不耐烦，往他屁股上踹一脚。阿城只好跑到街对面，从裤兜里再摸出一个五角硬币，买了一个包子，咬了一口，跑回来，"给，三分之二个包子。一元硬币只能买到这么多。"

所有人都笑。阿城不笑。

就有人说："小黑鬼，你为啥不笑？"

阿城只好咧开嘴，露出一口雪白的牙齿。就有人捏了捏他的腮帮子，"牙口不错。小黑鬼，都市话说得这么好，谁教的？"

阿城说："妈妈。"

就有人指着他的眼睛说："这是什么？"

"眼睛。"

就有人指着他的鼻子说："这是什么？"

"鼻子。"

就有人指着他的头发说："这是什么？"

"头发。"

"不对，这不是头发。这叫……"

阿城抢拳，就有人抓住他的拳头，把他摔倒在地；阿城想踢腿，就有人抓着他的脚踝，把他重重地摔倒在地。阿城又哭又叫，就有人抓着他的四肢，把他荡成秋千，眼看着越荡越高，一松手，阿城就掉到路的那头了，等到他爬起身，只有一阵阵欢快的笑声在像河面一样宽阔的街道上飘来荡去。

阿城没有去问妈妈他们为什么要这样对待自己。阿城没读过《左传》，也没听过"非我族类，其心必异"，但父亲留在他身体里的血足够让他认清这个事实。他也曾在几个夜里想用刷子把皮肤上的"黑"都刷去，可在一次次徒劳无功后，他终于心平气和地接受了这个事实。事实还有很多个，都有各自的因，都有其伦理与路径。它们的总和，就是这个不断形成的"我"，前天的阿城、昨天的阿城、今天的阿城；它们也都是刀子，雕刻着人心，使前天的阿城、昨天的阿城、今天的阿城有了一副木讷阴郁的样子。

　　阿城的成绩不算好，中等。阿城喜欢都市字，但他的读书生涯还是在小学三年级因为一桩很普通的校园事件上戛然而止。一个同学丢了一百块钱。同学们在班长的指挥下排队打开书包翻出口袋证明清白。阿城不肯，死死抱着他的书包不放手，嘴里反复叨唠着一句话："你们没有这个权利。"这不应该是他那个年纪说的话，他偏偏就那样说了。这激怒了大家。他们一拥而上。阿城表现得像一头狮子，他把牙齿、唾液乃至身体的每部分都当成反抗的武器，还不惜在裤裆里拉了一泡屎。他的书包还是被扯开，在众目睽睽之下，课本被倒出，里面确实有一张崭新的百元钞票。

　　阿城被叫到校长办公室。几十分钟后那个小个子的黑皮肤女人匆匆赶来。尽管她一再声明，那张一百块钱是她给阿城的早点钱，可谁信呢？母为子隐，这是人之常情。一件小概率事件挽救了这对母子。黑皮肤的女人在绝望中想起被自己遗忘多年的女神阿亚。她面朝西南方向，行等身磕头礼，嘴里诵出一连串谁也听不懂的音节。她古怪的行径让大家面面相觑。几分钟后，阿亚眷顾了她。她哆哆嗦嗦地掏出钱包，从中数出十七张百元钞票。它们是崭新的，号码相连，而那张被视为"罪证"的钞票号码是其中之一。

　　阿城没再去上学。黑皮肤的女人失去了她这份异常珍惜的女佣工作。用那个走路像大象移动的主家妻子的话来说："虽然用黑人女佣是一件挺具有国际范儿的事，但万一她是女巫咋办，万一她把我家男人变成她的男人，我到哪儿去叫撞天屈？"

阿城与母亲在街头摆起水果摊。

阿城削水果的本事让人叹为观止。一只梨，眼不看它，一刀下去，数秒，皮肉脱离到底，皮薄如纸，宽窄均匀。整个过程就跟变戏法一样。用一位以研究《庄子》为己任的都市老教授的话来说："此虽小术，近于道。"学问高深的人自然不止这一个，都市文化向来博大精深。在另一位阴阳家眼里，这梨肉是白的，是为昼；削梨人若黑炭，是为夜，每个削好的梨便就有了昼夜、四季、晴明，除生津润燥镇咳化痰外，更能调和阴阳，若能日啖一颗，上能促进国运昌盛，下可改善夫妻关系。如此种种，不一而足。总之，阿城的这手绝活让许多人慕名前来。半年后，阿城与母亲把水果摊搬进一间临街店面，取名"黑人水果铺"。说是临街店面，有半截子属于违章搭建，占用了大约五平方米的人行道。阿城搬进去不久，都市要搞一场活动，整治市容这事就迫在眉睫。

阿城的母亲能理解政府。用一名城管的话来说，"不理解也得理解"；用几位学者的话来说，这是生为都市人最起码的道德与义务，否则就要丧失作为一个都市人的资格；用部分群众的话来说，政府就是爹妈，作为子女，当然政府说干啥就该干啥。不体恤爹妈苦心，光顾着往自己碗里扒拉的，那叫不孝顺。

房东却不肯理解阿城的母亲，尽管其他房东都设法给予租户一定形式的补偿。那位盘发髻的都市胖女人执意不肯退出那五平方米的收益。她拎着一个银灰色的蛇纹手袋，站在窄小逼仄的水果铺里戟指大骂。她的喉管可能与某种乐器具有着差不多的构造，颇有中古雅意的都市方言从那里冒出来后，变得又急又快，跟尖锐的锥子差不多。不仅是锥子，还有破裂的冰、机床刀刃上刚刨下的螺形铁丝、卡在喉咙里的鱼刺，等等。

路人多半情不自禁地驻足围观。围观就是力量。他们情不自禁地露出笑脸。他们一致为胖女人对都市方言颇富有想象力与现代性的革新拍掌叫好，甚至有人建议大家应该立刻发起一场万人签名活动，聘请胖女人当形象代言人。阿城的母亲都要躲进她的黑皮肤下面了。

阿城咬着唇。他都把嘴唇咬破，咬出了血，还是不能战胜心中的魔鬼。魔鬼扔出他手中握得冰凉的水果刀。刀子战胜了牛顿力学。大家明明看见刀子是朝北边的一面方镜子扔出的，可谁也不明白为什么它会在下一刻来到胖女人头顶，还割断了那个拳头大的发髻。胖女人一脸煞白，鼻孔慢慢朝上，她头一次在这个羸弱少年的眼里看见熊熊燃烧的火，同时感觉到自己额头的发丝在这种热量下正在迅速卷曲，与脸颊上那刀子一掠而过后遗下的阵阵的凉。胖女人的眼泪都要涌出来。在众人吃惊的目光下，她意识到这是一桩奇耻大辱。几秒钟后，耻辱打败了她。胖女人捂着脸一声不吭地跑出水果铺，一眨眼便消失在路的尽头。

火在阿城的眸子里跳动。这让他的形象显得格外古怪而又悲伤。谁也不清楚这些火是怎么来到阿城的眸子里的。他弯腰捡起滚落到地上的几个莱阳梨。梨的表面有褐色锈斑，有很粗糙的凸起颗粒。他叹口气把梨子摆回原处，就走出了水果铺。

他没有去把那把小刀从墙壁上拔下来。

他没有回头看缩在角落里的妈妈。

他没有看电线杆、众生的脸庞、麦当劳明黄色的标志、远处高高低低的屋檐、蔚蓝色接近透明的天穹、一只趴在垃圾桶上打盹儿的野猫。

他把手指藏进口袋。他在街道上移动着，就像一个影子，树的影子、云的影子、车的影子。

从那一天开始，阿城变了。他身边多了几个流浪少年，一个叫杨二，一个叫车三，一个叫刘四，一个叫宋五。他们用了一年半的时间便在都市闯荡出一番名气。

最广为人知的就是那场活动的开幕式。当上千名身穿红绿上衣、白色长裤的表演者在体育场内"叠罗汉"，搭起一座"通天塔"时，人们惊恐地发现场地四周的草皮下窜出成千上万只耗子，其中有一些还背负着烟花爆竹。一只老鼠被一只强大的二踢脚带至半空。"塔"迅速垮塌，在一片尖叫声中。如果说它的构建用了三十七分钟零五秒，那它的分崩离析只用了不到一秒钟的时间。犹如一幢匪夷所思的大厦，刚刚成为现实，就被外星人爆破拆除，全世界都目瞪口呆。

扁脸庞的市长反应机敏，他一眼就望见事情的实质，看到了这桩突发事件既是灾难，亦是机遇。通俗地讲，这是市民考验他们市长是否合格的关键时刻。

这将是一个伟大的时刻。

市长在赶赴主席台前，差点在木梯上失去了重心，还好，他接近圆柱的体形迅速帮助他摆脱了尴尬。

他拿起话筒，大吼一声。

全场寂静，唯有老鼠的吱吱声。

市长又大吼了一声"市民们"。

全场掌声响起。混乱的人流在掌声中恢复了秩序，他们横排竖列，纵深十九，执起想象中的标枪、盾牌、重剑，口中发出呼哨声。这是曾经在地球上摧枯拉朽的罗马方阵。在这个方阵的覆盖下，连最胆怯与懦弱的人也会成为无畏的勇士。

扁脸庞知道幸运女神已经朝自己投怀送抱了，激素急速分泌，原本隐藏在"扁"下面的五官一个个凸出，他挥舞起手，赞叹着市民的智慧与勇气，感慨起都市这座古城与老鼠的渊源（数十年前，一群守城士兵就是啃着老鼠肉成功地抵御一场残暴的外族侵略），讲到远古鸿蒙时鼠咬天开的民间传说、研究人员公布的《老鼠骨骼断层扫描图》……最后话题一转，指出在一个全球视野的社会民俗学里，老鼠早已从过去人人喊打的坏蛋形象进化成一个聪慧神秘的生灵，所有的老鼠其实都是迪士尼动画片《猫与老鼠》里的那一只，"鼠"通"福"，万鼠奔腾，实为万福奔腾；这是天人感应，天降吉兆。

扁脸庞的市长抓起一只溜进他裤管里的老鼠，当场宣布："自今日起，这只可爱又会卖萌的老鼠将是都市第一千零一位荣誉市民。"

数小时后，称职的警察在下水道里逮住阿城一伙。

如何惩罚他们的恶作剧引起一场广泛的争论。这里有一个悖论，市长已表态，这是"天降吉兆"，阿城一伙按理不仅无过反而有功；若真不罚反赏，都市的未来恐怕都要陷入这种让人啼笑皆非的恶作剧中。阿城一伙在看守所里被"挂"了起来。

几个月后，当关于这桩事件的讨论逐渐平息，他们被送到位于郊区的少年管教所。在那个风景优美之地，他们同时得到教育与改造。如果说，在进少管所之前，阿城还只是一个顽童，那么两年后，从少管所出来的他具备了一个犯罪天才所必须有的各种素质：冷静、胆大妄为、计划周密、组织能力强、行动高效、能说会道。更重要的是，他好像继承了父亲阿门儿卡神奇的法术。整整十年，没有人再亲眼看到他的踪迹；而他一手缔造的组织——创善会，以一个匪夷所思的速度在都市迅速壮大。

谁也说不清创善会是干什么的，尽管最初它只是一家小小的商贸公司。创善会的总部设在和平大道481号，是一幢灰色的占地约六百平方米的不起眼的五层建筑。市民可以随意登门拜访。只需要在保安室做一个登记手续，就算把自己的名字写成贾宝玉或孙悟空也没关系。总部前台是一个漂亮的长腿少女。她每天的工作就是对来宾鞠躬，说声"您好，请多多关照"，再继续埋头用手机阅读那些永远也看不完的网络言情小说。

她很喜欢假发套，每天的发型款式都不一样，火红、金黄、银白、纯黑。有好事者近前仔细看了，都是用真发糅制的上等货，在网商皇冠卖家处的售价通常五六百元一个。相对于这个城市给前台小姐提供的平均薪水，这太昂贵了。可这里是创善会，大家也就不大惊小怪了。但有一点人们还很疑惑，就是这个长腿少女的脸型。有人说是肉嘟嘟的苹果脸，有人赌咒发誓那是一张杨玉环式的贵妃脸，有人坚持说那分明是一粒最完美的椭圆形的瓜子脸。说什么的人都有，就是没有人敢托起前台少女的下巴，用手机拍张照片，公布在网络上。

创善会每层有二十四个会议室，大小不一。都市各行各业的人们在这里召开各种性质的会议。会议室的隔音效果很好，关上厚实的大门，就是一个不透风的密闭空间。

所有这样的空间里都有以下若干事物：

圆桌。若干把滚轮椅。数个移动麦克风。镶在墙壁中央的一副木框《创善会议事章程》。

章程共五条：

一事一议，举手发言。

所有人皆对着主持人说话，互相之间不辩论，不讨论动机。

首先表态，再说道理。言简意赅。

举手表决，过半通过。

主持人中立。

在会议室靠大门处，无一例外还有一张橡木桌子，桌上搁着一个手艺编织的竹篮。在经历最初的一些风波后，大家学会了进门第一件事即是把手机关机扔入篮内。哪怕是最肆无忌惮的人进了这些挂着厚天鹅绒窗帘的房间后，也立刻会变得严肃规矩。他们在会议室里严格按照章程议事，若会议出现争执，他们可以通过主持人申请仲裁。主持人按下桌上隐藏在一块有机玻璃下的绿色按钮，《创善会议事章程》就会往一边移开，露出一块灰色屏幕。他们对着屏幕阐释自己的理由。通常是在半个小时后，他们面前会出现一张 A4 打印纸，上面有清晰的仲裁结果与创善会那个著名的灰色 LOGO。总有人不喜欢仲裁，尤其是男人们总是渴望用更简单直接的方式来解决问题，比如决斗。如果双方都同意这样做，主持人便按下绿按钮旁边的红按钮，就有一个穿黑西装的创善会会员进来，把他们护送至大楼顶端。他们会在一间小屋子里签署一系列相关文件，并从那时起至决斗日，受到创善会的严格保护。在决斗日到来之前，任何一方皆可以退出，只需要他同意对方的条件，并支付一笔相关的服务费用给创善会。决斗过程在网络上直播，遵循公开、公平、公正的原则，武器可以是匕首，也可以是枕头、西红柿。决斗方式也可以是比赛喝啤酒、吃青蛙、吐口水等。

　　警察也在创善会大楼里开会。最早，他们想找出创善会对法律的违背处，以便名正言顺地给予取缔。很快他们发现创善会的流程设计几乎无可挑剔。所有与法律相冲突的行为，都必定发生在都市以外；又或者说，必定有一个与创善会在法律上没有关系的组织或个人，出面来承担责任。而警察自身遇到的诸多麻烦，在这幢大楼里也总是能得到更有效与快捷的解决。一些警察开始以私人名义加入创善会。这种加入能带来的好处几乎立竿见影，旋即，入其门中的警察数量以几何级数暴增。

创善会每秒都在壮大，犹如树，榕树，有着铺天盖地的气象；无数带黏性的种子散落于都市各阶层，形成寄生根。初期，蚯蚓般细小；呼吸间，便有了巨蟒掠夺绞杀之势。创善会一天比一天强而有力。但我不喜欢这样的创善会。我只喜欢那个还没有建立起创善会的阿城。阿门儿卡留下的遗腹子，我的同母异父的哥哥，我过去的梦想，我未来的形象。

第三部分

父亲的书写戛然而止。

又或者说，她能够给我看的目前就这么多。

父亲到底想说什么？

她又有什么样的目的？

为什么我从未听过一个类似创善会的组织？再猛烈暴戾的风雨在连根拔起一棵大树后，也无法除尽泥土里那不可计数的细小根须。中间究竟发生了什么？朋友嘴里的"我们这个组织"与父亲在文本里描述的"创善会"有着什么样隐秘的传承？为什么一个起源于反抗与嘲弄的创善会，会演变成为都市秩序的地下守护者？这不应该是一个自然而然的过程，谁推动了这种演变，为何要这样做，又从哪里获得了信念与能量？父亲肯定不是他所描述的阿城？又或者说，创善会只是父亲对他奉献了一生的"我们的组织"某种溯源性的想象？

　　父亲极可能继承了一种被称为隐微书写的古老的写作技艺。

　　这种书写有两种结构：一种是受过教育的普通人一望即知的，是字面含义；另一种是需要掌握某种密码才能解读的，是蕴藏于字里行间的意义。当然，对文本的探幽求玄往往求之越深失之越远。在所指与能指之间，在"人所能说出来的"与"那个绝对先验的存在"之间，语言并不能架起一座可以供所有人通行的桥梁，只能是在汹涌激流中的一叶竹筏。不是每张筏都能带我们安全抵达彼岸。可这又有什么关系呢？所有的阅读都是误读。而人的历史就是在对文本的种种阐释与纷争中形成的，甚至为了佐证某种阐释的伟大、光荣、正确，人还不惜虚构历史。

　　这段话也是父亲写在《不列颠英语大词典》页眉边的笔记。

　　我把手指下意识地放入嘴里。

　　她的脸在我眼前不断放大。

　　这个有着一双丹凤眼的女人的脸。

　　她的声音仿佛来自于另一个时空。

　　"从父亲叫出你的编号时，我就知道我们是骨肉血亲。都是使用他的精子培育出来的试管婴儿。我们之间的唯一区别在于你有一个十月怀胎的母亲。但你念念不忘的她，是一个子宫代孕的提供者。你们之间不存在真正的血缘关系。这是我刚才让人通过网络发来的关于你与你母亲各自的DNA检测报告。当然，十月怀胎以及后来对你的抚养，你与她之间的感情也确实是母与子的舐犊情深。父亲可能对她产生了某种感情。如果你允许的话，我也想去她坟前燃一炷香。她是唯一一个与父亲生活过的女性。"

她递过来几张纸，她的手掌在轻微抖动，异样的凉。

我不喜欢这种凉。

"还有这份，这是我的 DNA 检测报告。"

"我们都是父亲的孩子，完成父亲的意志是烙印于基因里的密码。不容拒绝，不可改变。我们的存在不一定会让都市变得更好，至少不会让它变得更坏，使它沦落为另一个普卡。请相信父亲的智慧。我们的组织叫阿达。比阿尔达少一个字，与阿亚有着相同的韵母。"

我不明白她的意思。

我想她应该清楚。

在这些打印件里，还有一张小纸条，是她的笔迹：

为什么低智商已经成为一个全球性的景观，随处可见惊人的无知与普遍的愚蠢？是啊，因为有惊人的无耻与普遍的愚弄。但图书馆在那里啊。为什么大多数人情愿待在电视机前娱乐至死，也不愿意去翻开书页？从德行与智性的角度来说，他们在退化，无知与愚蠢乃是他们自由意志做出的选择，不能说是一个被恶意篡改的结果。这没有什么不好。这是众生幸福。但这不是人存在的意义。

她写的字与父亲早年很像。

她不无犹豫地瞥了一眼窗外。

细微的声浪在冲刷着世界。

鸟早已离开了。

世界像一个古怪的大海螺。

"附和这个声音是容易的，也会赢得掌声。但它在这个被科学进步不断重构的今天是轻率的。这意味着人的匮乏，是哲学上的人之死。人已经枯竭，日光之下无新事；这意味着宇宙不应该像它目前所呈现的这样辽阔，这种无垠性完全没有必要。或者说，人对宇宙的理解已经接近终点，那个浩瀚的星空不是给人类准备的；这意味着人类历史的进程不受人类知识增长的影响，不管物理学家们是否能找到上帝粒子，建立起统一场论；这意味着这个原则有能力解决人所有的问题，包括那些尚未发生的，且无一遗漏。这是一个在要素不完备的情况下所进行的完全归纳法。"

我没打断她。

我很不喜欢这种乏味空洞的言论。

她的说服力比起父亲差太远了。

我再次注意到很多个时辰前发生的那个事实——

四周皱巴巴的，寂静压迫着耳膜。耳朵里轰隆隆地响，有一列火车在来回跑。

不是绿皮火车，也不是方头怪脸的运煤货车，当然更不可能是克里斯蒂笔下的那列东方列车。总之，它让我感觉到不祥；或者说，它就是不祥，是各种各样的不祥的总和，车厢是一种，靠背座椅是一种，车轮是一种，连从火车上空飞过的这张有着一双丹凤眼的脸庞也是一种。我把手伸入耳朵，试图抓住它。我本想把它拽出来砸在地上。它立刻融化于指尖，沿着经络通向了五脏六腑，好像是一个恶作剧。

　　我捏捏耳垂。

　　"人类尚在进化时。这个智慧的地球上，不管它看上去有多好，它都存在对立面，就像我们不知道痛苦就无法给出幸福的边界。系统的多样性保证系统的稳定性。也唯有此，图书馆才有存在的必要性。

　　"这是都市政府存在的根源。它是罪恶的，同样也是生机勃勃的。因为对绝望与不幸的保留，人才可能拥有警惕的嗅觉和敏捷的身手，不至于沦为被豢养的群畜；一旦人类面临一个整体性的灾难，比如外星人的飞船明天清晨出现在家门口，我们还有能力做出反应。

　　"从人作为一个物种的角度来看，某时间段的最优，并不意味着一直最优。人类正在进化时，现在已经步入一个相对有余的时代。若某日，科技不能再带来足够增长，人类再次陷入极端匮乏，怎么办？

　　"都市政府是一个被精心设计的结果。准确说，它是阿达的投影……"

我打断了她的话。

"父亲为什么要这样做？"

"一个系统设计得再精密，在光阴的河流里，迟早要出现种种污损、偏差与大量冗余信息的命运。戾气的积累不可避免，要在它爆发前，先一点点释放它。只有这样才能保证系统不突然崩溃瘫坏。要能不断地给予市民希望。让更多人获得爱与幸福感，避免大面积的流血与残酷，这是使命，是我们的光荣，是我们牺牲的根本意义。"

她说的是真话吗？

她说的我能理解。

但凭什么市民不能与都市政府以外的人们拥有一样的生活？

锡安，这个源自《圣经》的词语，从她嘴里说出来可真是颇有讥讽之意。

大脑出现短时间的麻痹。

我嗅到脑子里电路板烧坏时特有的焦煳味。

"凭什么市民不能与都市以外的人们拥有一样的生活？"

仅凭这句话，我就可以把自己送入监狱。

我为什么会这样想？

她的嘴角挂着意味深长的笑容。

这个是我看不懂的。

假若这不是一场噩梦与玩笑，那么我便不能讥诮父亲的道德就不是道德，父亲的信仰就不是信仰。我在反感什么？

厌恶他此刻强加于我身上的吗？但他所强加于我的，不正是我自认为能独立思考以来立誓要拼死捍卫的吗？是讨厌"19678701"这个编码？世界是一个数，这是对秩序最简洁的呈现。是万物的构造、细节、质地与瞬间；是真理最初的样子与最终的容颜。我有什么资格去讨厌，又有什么理由来拒绝？我是渴望选择吗？选择是有对与错的。一个普通人可以用自己一生的悲伤为某次错误选择做出承担。一旦所要选择的命题溢出私域，一个人的悲伤又何足挂齿？总体利益与公共福祉高于一切。事实上社会精英总比普通公众更能意识到什么叫作"总体利益与公共福祉"——哪怕他们在这块蛋糕中不忘替自己多切一点——一头狮子总比一百只羊在战场上更有用。

为什么父亲要选择在这个时候结束他对这种权力的掌握？

我能理解他为什么要用这种方式来结束，就如她所言，那只是一场演出。

是对自由的渴望吗？如果一个人对自由不能给出一个相对清晰的边界，那么他对"自由"的梦想，随着他握有权力的不断加大，会成为众生的梦魇。父亲的告别，难道是因为他意识到，他握有的权力太大，已近失控的边缘？还是已过天命之年的他否定了昔日的认知，对自由重新给出了一个新的边界？

究竟有一个什么样的魂灵隐藏在"父亲"这个坚硬的外壳里？我现在又有拒绝这个"19678701"编码的勇气吗？短短数分钟，脑海里已经出现了十五个问号。

"王小兰会怎样？"我想起那个眉心有痣的女人。我知道我的第十六个问题是多余的，可有什么东西在胃部重重一击。

"她会被判刑，因为执法犯法，罪加一等。她将入狱十五年。这是牺牲。"

她沉吟道："对父亲的真实身份毫不知情。她或许是爱了，纯粹的男女之爱，肉体之爱。从技术上来讲，只需要一管多巴胺受体激动药剂与适当的催眠技巧，就能唤醒这种情感，或者幻觉。药剂与催眠的作用毕竟有限，要顺势而为，这应该是父亲选择王小兰而非其他女警察的原因。我猜想是这样的。我只能是这样猜想。

"我略有些好奇，当药剂与催眠的作用消失后，王小兰的内心为什么还会仍然保持这种坚贞的爱。我想只能是这种难以理解的情感（信念），帮助她熬过了审讯中的非人折磨。

"如果，我说的是如果。如果十五年后真相被公布……这是不可能发生的事。我是说如果，出狱后的王小兰会选择拒绝这个真相，还是相信？如果相信，她是否会崩溃，又将如何审视那个把她推入深渊的字眼？如果她拒绝，她会觉得自己因为这个字眼没有虚度一生吗？当然，这些并不重要，至少她的爱，会被人们传唱，以为传奇。"

我认识这个几个时辰前是我朋友，现在声称是我骨肉同胞的女人整整七年。我从来没见过她有过此刻这样的困惑。我能相信她的话吗？文件皆可伪造。所有的事实都一定会得到某种程度的篡改。但她的困惑让我心生恐惧。她说的极可能接近那个只有上帝才能窥见的事实本身，而不是那个被众生篡改了的事实。

父亲的离开给都市带来什么，又带走了什么？

不知从什么时候起，屋外只剩下一片寂静。没有鸟、跳动的火光与巨大的喧嚣。世界好像消失了。只是黑，一种质地坚硬的存在。我看了一眼手机。她也看了一眼手机。我没起身。她抓起手机，匆匆浏览几眼，把手机扔回桌上。

"他已乘烟火去了。"

她说完这句话，抬头去看屋顶上那盏水晶吊灯。

光在屋子里荡漾，柔和纯净。如果说这百余平方米大的房间是一艘飘浮在虚空中的飞船；我与她，就像这个世界上最后两名幸存者。这只是一个拙劣的比喻。要不了多久，明天必然降临，在把今日此刻扔入遥远虚空的同时，绽放出万千鲜花、藤蔓与青枝。

这就是历史与现实。

人有生老病死，物有存住坏空。

我侧望着她的脸庞，想起了母亲。

借助于那本《不列颠英语大词典》的帮忙，父亲曾翻译出一本至今被都市新闻检察署列为禁书的书，一个名叫柏拉图的人写的《理想国》。这本书并不优美的译笔引起母亲的讥嘲。那是我第一次听见母亲对父亲的异议。那是春天的下午，栀子花开出一树树细密雪白。母亲一边坐在沙发上为我织毛衣，一边开着电话免提与人说话。隔着门缝，我能看见母亲下颌处的"柔滑光洁"。她在与那个我只在暗夜里见过几次背影的"父亲"说话。她谈到父亲译的那本《理想国》时哧哧地笑，嘴角弯弯地翘起。然后阳光跳进屋。我亲眼看见了有关于"跳"这个动作的一切。前一秒钟的阴暗匮乏处，瞬间就丰饶起来，充满晃动着的金黄灿烂的能量。父亲回答了一句话，我还记得——

经典需要不断重译，因为人类尚在进化时。人类文明史犹如船，在波涛汹涌的被伸手不见五指的黑夜覆盖了的大海上。人所能做的，某种意义上，只能是努力让船不沉没，用各自的智慧与傲慢。作为经典，那些人类文明最光辉灿烂的文本，只有被不断重译，才有可能照亮船，让那些正在与风浪搏击之人获得勇气与祷告。

鼻子有些酸楚。一些苦涩的液体在眼眶深处涌动，慢慢地，它们沉了下去，悄无声息，像一些鱼沉入黑暗的深渊。

我把粉白色的"梦娜"扔入嘴里。

父亲你好。你是我过去的梦想，我未来的形象。

是谁杀死了我

1

2007 年 2 月 11 日，我死了。

当我意识到这点后，我看见地上躺着一个口鼻流血的中年男子。黏稠的血涂在他脸庞上，像是一块脏透了的抹布。抹布皱巴巴，这让我难以辨认他的脸部表情。一块石头在他后脑砸出一个凹坑，砸出一个洞。红的与白的东西汩汩流出。因为是冬天，四下找不到一只苍蝇。土壤深处的蚯蚓在朝着这具尸体迅速蠕动。还有蚂蚁。蚂蚁不要冬眠，它们不害怕这种可怖的情形，反而为嗅到血的鲜味而激动。中年男子的掌丘几个位置并没有体力劳动者常见的老茧。代表欲望、野心、支配欲的食指外侧有长期敲打键盘的痕迹。几小团阴影在他额头移动。越来越多的树叶猝然脱离枝头，像一群在霰弹中惊飞的鸟。风吹进骨头里，冻得我直发抖。我在他身边坐下。身边是一丛丛枯草。他没有与凶手发生过搏斗。凶手应该是他熟悉的人。血迹星星点点。草很厚，掩盖了凶手的脚印。受过良好训练的警察也许能用粘胶纸在那些肉眼难以觉察处提取出脚印，并据此推断凶手的体重、年龄、性别、职业，乃至性取向。或许，警察手里还会牵来一只警犬四处闻嗅。但这里是荒郊野岭，尸体被人发现的概率太小。等到警察赶来时，他可能只剩下一副可以拿到医学院作教学研究用的骨骼。他为什么要来到这个人迹罕至处？

这是一片向阳的灌木林地。林地左边有一块宽大的岩石，垂下直角，岩壁罅隙里爬满深褐色的苔藓。阴凉的水珠自里面渗出。石壁下有一条细细的泉水，隐藏在枯萎的蕨类植物下。若非那只来饮水的鸟，还真难发现它。鸟啄起枝叶，让泉水打湿深黄的喙。是一只雄鸟。在鸟类的世界，雌性用不着这样花里胡哨。它身上这些颜色到底是怎么来的？我突然看见了这些羽毛深处的各种化学色素，以及光线折射出来的角度。很迷人，这迥异于我活着时的观察。而且，我还看见了更多。鸟的骨骼坚薄而轻，骨头是空心的，里面充有空气。身体各部位的骨椎相互错合。肋骨上有钩状突起，钩接形成强固的胸廓。非常优美的线条啊。我赞叹着，情不自禁地走去，用手掌轻轻覆盖它。我真真切切地感受到它的体温，是那样温暖，像一小团火。鸟一声尖叫，振翅飞起。飞行路线近乎一条直线，转眼便消失在天空的尽头。

残破的蛛网挂在灌木枝上，轻轻摇摆。枯枝上匍匐着几片椭圆形的细叶。叶子上有几滴血。风拽下它，把它抛向空中。半枯的叶子在空中一飘再荡，越升越高，掠过土坡与林梢，消失在冥冥中。真冷。他的"死"是我的"生"。但我无法回想起在生死交替的这一刻发生了什么。我没看见白色光环、黝黑的隧道、长着翅膀的天使……甚至记不住杀死他的人的脸庞。记忆在这里出现一小段空白，好像是被上帝故意拿走了。上帝为什么要这么干？仁慈的主没有因为他的死，及时出现在我眼前，给我解释生的奥秘与死的意义。我感到沮丧。是因为他死不瞑目，我才得以产生？我是一只怨鬼？我打了一个冷战。脑子里冒出无数个阴气森森的句子。它们有鼻子有眼，嘴里还不断地发出可怖的声响。我被魇住了，足足有几分钟动弹不了。我透不过气来。喉咙发干。这些人脸的上面写满密密麻麻的字。是汉字，有行书、隶书、楷书、草书，还有该死的小篆。我把手伸入脑子里，想把鬼脸抓出来扔掉。手指上绽放出一小团一小团幽绿的火焰。人脸消失了，这些互相缠绕的句子消失了，像出现时一样突然。我感到愤怒。我没有想到他竟然读了这么多可怕的故事。这把我吓得够呛。我想去踢他一脚。几只叫不出名字的模样与屎壳郎差不多的昆虫从他后脑里爬出来。我叹口气。我得去干点什么。不管怎么说，他是我的前生，暴尸野外，总不大妥当。如果有必要，我还要去找一下那个杀死他的人，问一问，他们之间究竟存在什么样的仇恨。

我跃上林梢。林梢上飘扬着轻飏的黑。远远近近，高高低低都是树。天穹是一块暗蓝色的绒面缎子。山巅衬映其中。天地间充溢着一种庄严的肃杀之气。我在林梢上跳跃。夜随着我的步伐往下沉。冬日里的山林比我想象中的要生动得多。盘成一圈冬眠的蛇、喁喁细语扭曲成一团的蚯蚓、在剥着坚果眉开眼笑的田鼠、挤在一起嘀咕着的斑鸠……我甚至能嗅到种子在果壳里酣睡时发出的呼噜声。这让我感到愉快，手足轻盈。当我跳上一堵石壁，宽大的夜幕猛地垂直悬挂下来。这里的星星比我生前任何时候见到的都要多，仿佛是河滩上的石头，形状不仅仅是椭圆，颜色更是丰富。在星光下，没有一样东西是粗糙或是有角的。它们不会再伤害我。事实上，再坚硬的石块都无法砸破我的后脑。或许它们意识到这一点，才向我敞开了深藏于体内的秘密。

尽管是冬日，我却感受到一股异乎寻常的温柔滴到我唇上，就像那妇人的乳房，饱满多汁。万物呈现出肉眼难以觉察的纹理。冬天的树枝，是如此清晰、敏感、坚强。它们勾勒出一幅幅图案，比凡·高笔下的向日葵更能直抵内心深处。山坡宛若一堆堆微微发光的云。石头宛若一个个神秘的咒语。空中飘来一股股极薄极淡的气味。南边的天穹里有一颗蔚蓝色的星辰。那片星光下，是他生活过的地方。风似一阵蓬松的干土，托起我。

2

我在街头慢慢走着，有点想念山林里的马尾松、核桃树与低矮的灌木，还有那个死去的中年男人。这里太吵了。我在一头巨兽的胃里。脸庞像被火烧过的老乞婆、卖羊肉串的既黑且瘦的新疆小贩、陶醉在女友嘴唇上的小男人、衣衫单薄的卖花的小姑娘、拉胡琴的盲眼老者、喝得醉醺醺的人、满脸愁苦的下岗工人……我停下脚步，注视着商店橱窗内的塑料模特。她没穿时装，店主人还没想好该怎么来打扮她。她光着身子，裸露着髋部。手臂上一些小小的伤口似是用披皴笔法斜掠出来的。皮肤与一匹雪白的裹尸布差不多。

人流向后退去，他们与我的关系是擦肩而过。我感觉到一种绝对的静止。这种静止，比在山林中所感受到的另有不同，它让人眼含热泪，让心底绽出隐秘的幽蓝的霉火。我来到一片正在拆迁的破旧民房后面。下意识地，当我抬起头时，我想起来这里是怡安花园。我似乎又回到中年男人的躯壳内，走在回家的路上。一种熟悉的生活在朝我迅速逼近。现在，中年男人死了，他是否会伸出爪牙抓住我，把我胡乱地塞入某个躯壳，让我重新服从他的意志？我在青石阶上坐下。石阶的对面有一对年轻的男女。他们的唇与舌交织在一起，散发出好闻的香味儿。石阶冰凉，非常光滑。没有蚂蚁与其他昆虫，没有草木青涩的味道。一口浓痰，在霓虹映耀的夜色里发亮，像一枚硬币。看不见的火焰在上面流淌，舔掉了经年积尘。我活着的时候，常坐在这里仰望夜穹，仰望那些在人们头顶盘根错节看不见的关系。

我活着的时候，就是他。他的名字叫李欣平。他是一位作家。作家是一种人畜无害的生物。谁会是杀死他的人？我闭起眼，突然感受到曾经在他心中出现过的喜怒哀乐。很强烈，好像

是一大股潮水。眨眼之间，海潮退去，沙滩上只留下一只保留了
人类所有知觉的贝壳。这些人类才有的心理反应并不因为我是一
个死者而对我有什么歧视。

　　尽管闭上了眼，但我仍然看得清楚，看得清过去与现在。在
直线距离约一百米远的地方，在数排楼房的后面，是几幢装饰有
浮雕与罗马柱的欧式三层小洋楼。每幢楼的面积有四百多平方
米。底层有三个车库。里面藏有许多让普通百姓瞠目结舌的奢侈
家具和昂贵装潢。在右边第三幢洋楼的屋脊上，一只鸟在跳，跳
得不慌不乱，模样与我在山林中见到的那只差不多。不过颜色是
黑色的。它是一只雌鸟吗？前些年，这幢楼里发生过一件惨事。
一个少年在与年轻继母有了不伦之恋后，割下父亲的头颅，把尸
体藏在床底下。少年的神经异常坚韧。在洗净双手后，还与继母
在床上做爱，再跑到街头去打游戏。可怜的女人半夜发现丈夫的
尸体，狂嚎着，赤脚跑到派出所。当全副武装的警察赶到游戏
厅时，少年竟然说，能不能等我把游戏打通关？警察带走了少
年。那真是一个让普通人目瞪口呆的时刻。少年有评书里的大将
风度。

　　我轻轻喟叹。我看见李欣平端坐在电视机旁边。他的妻子韩
雪林在用一把小刀削苹果。韩雪林把苹果递给李欣平，指了指紧
闭的房门，小圆的成绩最近下降了不少。你有空去老师家走走。
要多与老师联系一下感情。不要老闷在家里，跟鸵鸟一样。韩雪
林的鼻翼两侧各有一小团暗蓝色的阴影，神情有点忧心忡忡。李

欣平点点头。屏幕上的画面是市电视台的记者与那位年满十八岁、手脚上套着镣铐的囚犯。少年剃了光头，更显得眉清目秀。韩雪林说，这么好端端的少年咋会杀人哩？李欣平没吭声。记者在与少年交谈。是一名脖颈修长的女记者。女记者问大眼睛的少年，知道杀人要偿命吗？少年闷闷地说，知道。女记者又问，为什么要杀了父亲？少年不说话。女记者继续问，知道是你继母向警局报的案吗？少年摇头，眼神很古怪，让人心里发毛。记者声音小了，再问，恨她吗？少年说，不恨。记者奇怪了。李欣平脸上也露出诧异。访谈有点无聊。女记者总想把少年弄哭，可少年根本不买她的账。最后，记者问道，你最后还有什么愿望？少年沉默了。等到女记者起身准备离开时，少年突然轻轻说道，你们能否再让我玩一次《侠盗猎魔》？

少年的回答出乎所有人的意料，也包括我在内。《侠盗猎魔》是什么东西？一圈圈涟漪在暗灰色的空间里漾开。等到水波平息时，韩雪林不见了。我嗅到一点血腥味。李欣平端坐在电脑面前，双眼紧盯屏幕，手指在按动鼠标，点开《侠盗猎魔》游戏的界面。这是一款彻头彻尾的暴力游戏，杀人的目的就是杀人本身。杀的是花样百出。除此以外，游戏场景中还有大量的尸体作为装饰。没几分钟，李欣平关闭游戏，点了删除，又喝了一口水，点了一根烟。我不知道他在想什么。他的头颅有点大，脖子也粗。他用力地挤鼻尖上的黑头，脸上露出痛苦的表情。当手指上多出几粒白色的小颗粒时，他的神情有了一些快活。桌上有个很大的烟灰缸。他摸出一支烟蒂拭去手上的污渍，随手拿起一本书，翻起来。这是一本有关暴力的书，叫《上帝之城》，讲述了一群在暴力中长大的孩子的故事。大孩子杀大人，半大孩子杀大孩子，小孩子再杀半大孩子。在这里，暴力不再带有任何美学成分，它成了生活的必需品，如同吃饭睡觉般稀松平常。李欣平搁下书，在键盘上敲出三个字《暴力史》。键盘在李欣平手上噼里啪啦地响。他停顿下来，又点燃一根烟。他的左手臂上有几个烟疤。他注视着它们。门开了，韩雪林走进屋，手上端着一杯牛奶。李欣平端起杯喝了一口。韩雪林俯过身，手指伸入李欣平的头发里，来回梳理，说，白头发又长出这么多了，别动，我帮你拔掉。灯光透过她的手指。她的手指像是透明的。韩雪林把拔下的白发撮于手心，说，我去隔壁睡了，你早点歇。别熬太晚。文章是写不完的。李欣平点头。韩雪林出门了。手机响了，李欣平拿起电话，是一个女人的声音。李欣平回头看了一眼虚掩上的房门，嘴唇贴在手机键盘上，好像键盘深处藏着一个吻。他刻意压低声音，这么晚有什么事吗？

　　我没听见电话那头的女人说了什么，尽管我竖起耳朵。女人的语速很快。李欣平的眉毛扬起来，表情发生细微的变化。怎么形容呢，有点像便秘。李欣平关掉手机，在屋内踱步，十指绞在一起，指骨关节里传出响声。他脱下外衣，从衣架上取下西装，从床头摸出一条白色的围巾，胡乱地塞入衣领。他出了书房的门，在敲卧室门的刹那不无犹豫，手举着，眉头拧着。韩雪林拉门出来，见他穿戴整齐地站在门外，吓一跳，你要死啊！这么晚去哪儿？李欣平搓了搓手，来了一个朋友，在枫丹白露等我。韩雪林托起李欣平的下巴，伸手把李欣平脖子上的围巾理顺拉直，穿衣服别老这样马虎。丢人现眼。早去早回，别喝酒。李欣平凑过身，在韩雪林脸上亲了下，是喝茶，不喝酒。李欣平是一个幸福的男人啊，讨了这样一个贤惠的妻子。我感慨着。韩雪林去了女儿的房间。李欣平下了楼，急匆匆地拦下一辆的士，说，西子口公寓。

他不是要去枫丹白露吗？我跟着他跳上车，看着他下车、上楼、开门，看着一个长头发的女人扑过来。女人抱住他，像溺水的人抱住海面上唯一一块木板。月光照下来。我笑起来。没想到他竟然也玩这种老套的婚外恋——谎言、欺骗、互相折磨，以及所谓的爱。我在屋角沙发上坐下，准备欣赏一幕活春宫。屋里有惨白的光，像刀锋一样的光，这可以保证足够的清晰度。李欣平说，苏蓝，到底什么事？李欣平脸色不大好。苏蓝露出一个古怪的笑容，嘴里喃喃说道，阿平。

苏蓝的眼神是直的，身子在朝下滑，嘴角涌出白沫。我抽抽鼻子，倒抽一口凉气，跳起来，想去敲这个还没闹明白的男人的后脑勺。这女人服毒了，还不赶紧送医院？人命关天。写小说的人果然有一颗敏感的心。李欣平拉亮灯，目光在屋里一扫，望见玻璃茶几上的几个空药瓶，脸色骤变，苏蓝，你做什么傻事了？

茶几上还有两张纸，一张纸上写着："阿平。佛说六道轮回。我向上苍祈祷，希望死后成为鬼。这样，我可以天天守在你身旁。"另一张纸上是写给公安机关的，说自己是自杀。纸的上角压着一张存折。这叫苏蓝的女人很细心，很痴情，连替李欣平善后的事都考虑到了。我有点惘然。这是一出无聊的负心男、痴情女的故事吧。不过，这个有一张古希腊雕像的脸的女人似乎不应该与这种无聊浅薄的事搭上关系。这对不起她的容颜。她不是那种妖艳的女子。屋内摆设很清洁。沙发上有一件白大褂。屋子里有淡淡的福尔马林的药水味。她是医生？她若是，那么她就懂得什么药物能够马上致命，比如氰化钾。换句话说，她完全懂得她现在所服用的药物并不能在瞬间导致死亡。它们不是致命的。她为什么要在服毒前给李欣平打电话？她以这种自戕的暴力形式来实现对李欣平的情感敲诈吗？她在作秀？这封遗嘱倒是写得情真意切，大可与《诗经》里的《上邪》相提并论。

李欣平抱着苏蓝冲下楼。楼梯在他身上滚滚响。我有点烦躁。我好像看见了一个黑暗的深渊，在他们的影子里。我没有跟过去。我感到一种莫名的惊惧。我不想去医院。那里是死人最多的地方。我是害怕鬼魂吗？我为什么要害怕自己的同类？苏蓝会不会是杀死李欣平的人？这是一桩情杀吗？爱有多深，恨有多深。这是常识，是人这种生物普遍的弱点。

3

这是一套一室一厅的房子。墙壁上没有可供意识流动的霉斑污迹。靠门的立式鞋柜边搁着几双高跟鞋。阳台上晾着被柔软剂泡过的散发着香味的衣服。隔断上摆着一台三十二英寸的液晶电视。电视机旁边是一瓶用清水喂养的富贵竹。卧室狭小。一床，一柜，一桌，一椅。床上铺浅色的被褥。枕边是一只泰迪熊与一条宽大柔软的毛巾，还有两双肉色的丝袜。桌上搁着几本医学书。玻璃台面上摆放着一盒绷带、一个听诊器。李欣平离开时没有关掉电灯。我可以在屋内慢慢寻找自己想要的蛛丝马迹。抽屉没上锁。里面是日用品。有一个笔记本，是读书心得。没有日记。一个诺基亚手机放在桌边。很小巧的手机，曲线优美，仅堪一握。手机里储存着哪些电话号码？可惜我无法打开来阅读。我的目光不足以洞穿隐藏在"存在"深处的存在。我只能看见这部手机的结构，电池、主机板、键盘乃至那些细小的螺丝。这意味着我必须等别人打开手机时，我才能了解到里面的信息。

鬼不是万能的。我苦笑起来，想找一面镜子看看自己的糗样。没有镜子。卧室里没有，客厅里没有，卫生间里没有，厨房里没有。这不对劲，一个漂亮女人怎么可能不喜欢镜子？我来到客厅。她的坤包搁在沙发上，里面只有一瓶香奈儿的润肤霜，一管淡色口红，没有粉饼、化妆盒。我坐下来挠头，这事有点儿古怪。苏蓝有"恐镜症"？那她害怕镜头吗？那种冰冷的黑洞，能不断吞噬着人的表情，直到把人的内心逼成一片恐惧的空白。我在抽屉里没有看见苏蓝的相片。她把它们藏起来了，烧掉了，或者干脆是从来没有照过？这不大可能，她有身份证，上面有她的相片。只能说，她不大喜欢照相。身份证上的她还没有她本人百分之一漂亮。那是一张僵硬的脸。她出生于1976年12月13日。她比李欣平小14岁。这不是一个好日子。1937年的这天，日本人在中国南京杀了30多万人。黄色的地板在脚下缓缓流动。风从窗帘底部透入，时有时无，似鸽子身上掉落的羽毛。在这种静谧的时刻，好像有某种不可言说的存在将拈起这些羽毛，并将其焚毁。各种样子的线条在屋子里慢慢抽动。除了光，还有某种东西充满屋子，并发出微微响声。我有点害怕，跳出窗，这世上所有的夜晚一下子向我全部打开。

　　我看见了苏蓝。还是孩子的她是那样白皙单薄。她穿着一件白底碎花布衬衫，蜷缩在暗处。顺着她惊恐的视线望去，是一块有几道裂纹的镜子。悬挂在墙壁上的镜子仿佛集中了世上所有的光。镜子里有两个人体。白色的人体死了一般，四肢摊着。黑色的人体撞击着白色的人体。没人说话，气氛诡异，像是一场舞台哑剧。十几分钟后，黑色的人体喘着粗气坐在一边的藤椅上。白色的人体坐起身。是一个三十来岁的女人。眉目与苏蓝差不多。是苏蓝的母亲。她理好衣裳，出了门。走了几步，仰头望了一眼天空，轻轻地唱起歌，唱的是情歌。"月儿弯弯两头勾，两颗星星挂两头。妹心挂在郎心上，郎心挂在妹心头。"她唱了一会儿，腮帮上多出几行泪珠，再抹掉泪，急急地走。我回过头。苏蓝的眼泪比母亲的要多要大。她的指甲深深地抠入掌心。

　　这是中国西部的一个小乡镇。因为地底下埋着乌黑的煤，这种事非常普遍。那些丈夫在煤矿事故中身亡的寡妇，若不能再嫁，通常是向丈夫生前的几个同事出售肉体，以换得孩子的学费以及微薄的日常生活开支。在这个小镇里，她们不会因此受到嘲笑。那几个丈夫的同事也不会被人当成嫖客。这叫"拉边套"。

要不，人家孤儿寡母的咋活？小镇的人觉得这是理所当然的事。被嘲笑的是另一类人。那种从远处嫁过来的别有用心的女子。她们在来之前上了节育环，不打算与丈夫生下一儿半女。平时，她们聚在一起打打麻将与纸牌，咒丈夫怎么还不死。当丈夫下到煤井后，她们会在屋前燃上一炷香，盼望煤矿透水或瓦斯爆炸。这样，她们就可以早点拿到抚恤金回到故土。小镇的人把这些女子称为"喝血的"，把与这些外乡女子结婚的男人称为"卖背皮的"。大家心知肚明她们嫁来的目的，包括这些女人的丈夫。这种风俗是双方都要遵守的潜规则。用吴思先生的话讲，这是"血酬"。所以，若男人能攒起一笔钱，活着离开矿井，外乡女子可能真正留下来，为男人生孩子。若男人不幸没死成，又缺了一条胳膊或少了一条腿，外乡女人会马上不辞而别。他们就蹲在街头晒一段日子的太阳，然后无声无息地消失了，可能是回了更偏僻的乡下，可能是去了外乡乞讨。

我能理解苏蓝的母亲，虽然不大清楚她不肯再嫁的原因。她这种女人要再找个老公并不困难。这个小镇上有太多的光棍汉。人是不一样的，她自有她的理由，十有八九是令人心酸落泪的理由。我还是不知道的好。我有点同情苏蓝。在这么小的年纪就要目睹这种现实，是有一点难以接受。但像苏蓝这样的女孩在这儿并不少。这不应该是她害怕镜子的主要原因。苏蓝撑起身子。因为瘦，她的眼睛显得较大。她仔细地看镜子里的黑色人体，如被枪打了。她扭转身，飞快地跑，在没有路的土坡上跌跌撞撞，手塞入嘴里。

我的眼眶湿润了。我想哭。我没法掉出眼泪，鼻子非常酸。我不知道流泪是一种什么样的感觉。在我还活着的时候，我见过太多悲伤的事，比这要悲惨一百倍。在这个轻佻的当下，不幸已经成为盘子里的美食，并被美其名曰：新闻、娱乐、八卦、小说、故事。人们追逐它们，像一群疯狂的狗追逐着可怜的兔子。他们按照媒体的指点，把兔子的血喝了，把兔子的肉吃了，把兔子的皮毛剥了。这样，他们的胃就不觉得饿，他们的心就不觉得苦，他们的身体就不觉得冷。新闻从业者、八卦传播者、小说写作者的嗅觉在狗群里最为发达。李欣平也是其中之一。虽然他在讲述不幸时会痛哭。我不能说，他流下的是鳄鱼眼泪，是碳水化合物，但我更清楚：他挑选这些可供写入小说的素材的时候，好比一位精明的家庭主妇在菜市场买肉。他为别人的不幸所感到的哀伤并没有他想象的那样大。

我不能指责他，这是职业小说家必须持有的态度，这也应该是一个人活着的态度。遗忘是一种能力，是上帝对不幸的人们的祝福。何况李欣平倒也不失为一个善良的人。

我吸吸鼻子，时间微微扭曲了一下。一个灰蒙蒙的下午出现在我的眼前。这种"灰蒙蒙"用小镇人的话来形容格外准确，"太阳和月亮一个样，晴天和阴天一个样，鼻孔和烟囱一个样"。天气很干燥。混杂着粉尘的空气被风塞入人的嘴鼻。隔几十分钟，拿手帕纸往脸上一抹，上面会出现一块黑迹。路边的楼基本上都是三层，灰黑色的墙壁上残留着斑驳的石灰标语。水泥路并不平整，被承载煤块的重型卡车啃得坑坑洼洼、高低不平。蹲在街头的小镇人扯着嗓子说话。李欣平下了车，狐疑地打量四周。他理着南京那时最时兴的板寸头，人并不精神，眼里有憔悴，嘴唇上结了一层硬壳，里面沁出少许血迹。他在招待所找了一间房。木架床上的被子油腻发亮。被子下面垫的是干草。躺上去，底下响。床的脚与已经腐朽的沙发的四只木脚一截一截地矮下去。李欣平躺在床上咬了一会儿指甲，起身胡乱地洗了把脸，拿着相机出了门。经过这些年，小镇破落了。地底下的煤都挖得差不多了。整个小镇显得非常肮脏。棉絮似的黑雾在空中团团乱转，每幢房子仿佛都披上一层黑纱，看不大真切。李欣平凝视路边那些枯瘦的不断咳嗽着的女人、手腕齐肘而断的脸色死灰的男人，心中五味杂陈。他手中的相机引起不少人的窃窃私语。这让他难为情。在靠近煤矿的路上，走过几个背着竹篓的人。他们穿着褴褛的衣裳，肌肤暴露在外，形容像一块块烧得乌黑的木炭，或者说是一群来自午夜的鬼魂。除了眼睛与牙齿，他们全身上下都是黑的。比在新街口街头出没的非洲兄弟还黑。黑得令人异常难受。竹篓很重，有半人高。涔涔汗水顺着他们的额头滑过他们的脸颊再滴在地上。他们要把煤块从那些分布在陡峭土坡上的煤洞里背到便于卡车运输的平坦处。一趟来回，得走三百多米。煤的品质比较差，是"鸡窝煤"。煤层分布在山体里的石灰岩缝隙中。所谓煤矿，不过是东一个西一个的洞穴而已。挖煤的人光着身子拿着铁钎钻进去。隔一会儿，从洞里钻出来，把小竹篓里的煤块倒入守候在洞口的背篓人背后的大竹篓里。

李欣平在电视里看惯头戴射灯藤帽的矿工形象，一下子还没法接受这些赤身裸体的矿工，他拦住路边捡细煤块的小孩，掏出两块糖果，问这是怎么回事。孩子接了糖，把这两粒来自南京的奶糖研究半天，不大明白这世上还有这样愚蠢的人，吐出四个字，费衣服呗。用不必花钱购买且还能不断再生的皮肉来代替衣衫，这确实是一笔经济账。李欣平感叹半天，拍了几个背篓人的特写镜头，愣住了。背篓人多是一些老者与中年妇女。可他分明在他们中间看见一个短发女孩，一个正处于发良阶段的羸弱的女孩儿。她细小的脸几乎要贴着坚硬的地面。她不是在走，是在爬啊。走不了几步，她就停下来大口喘气。若不是她在擦拭汗水时露出的容颜，以及她胸脯上的微凸，李欣平还真不敢判断她的性别。女孩儿雪白的牙齿与脸上的黑形成极强烈的对比。她慢慢蠕动。是的，蠕动，只比静止快那么一点。一个个背篓人不断地超过她，没人上来帮她一把。他们沉默地行走，像一条条正拧出水的毛巾。他们的背比弓还弯，脚掌撑在地上，在坚硬的路上撑出一个个凹。不能指责他们。没谁有权利指责他们。女孩从李欣平身边一点点走过去，牙齿咬在嘴唇上，像一只透不过气来的甲壳虫。她与其他背篓人不同。并非因为她的年龄与性别。

李欣平蹲下身，开始拍女孩，从各个角度拍。这女孩脸上有让人心碎的东西。女孩放下背篓，活动手脚，走到李欣平面前，仰起脸，用非常标准的普通话说道，你不能拍我。除非你付钱。女孩撸起袖管擦拭黑乎乎的颈脸，眼神是倔强的。李欣平有点尴尬，刚才他替小镇人拍照时，他们要么是惶恐地逃开，要么是在镜头前跳起蹿落。他没想到一个做苦力的黄毛丫头会张口向他要钱。李欣平从兜里摸出十元钱。女孩的手指在钞票上摸过一遍，有点儿犹豫，想说什么，又把那句话咽下，重新吐出一句，你拍吧。李欣平端起相机。女孩儿把钱塞进兜里，不再理他，径自干活。女孩细细瘦瘦的手在镜头里格外刺眼。她脚下穿的是开了口的黄胶底鞋，鞋面用绳子捆着。绳子绑成蝴蝶结的形状。

等到夜色落下，李欣平回招待所，吃过饭，上街转过一圈，再回到床上，就怎么也睡不着了。到处都是跳蚤与臭虫。这些该死的畜生把他当成一顿美味大餐。李欣平撅起屁股与它们搏斗。门敲响了。不是服务员，是那个女孩，洗白了脸，还换过一身衣裳。在李欣平打开门的一刹那，她低下头，脸上浮出羞涩的表情。她说："我再让你拍，你能给我钱吗？"梳洗过的女孩不再具有下午那种可以撼动人心的模样，只是一个通常的乡下女孩。李欣平认出她，嘴唇跳了几下，把女孩儿让进屋。女孩在沙发上落下半边屁股，双手互相握着，上身前俯，头垂得更低。李欣平去倒茶水。女孩说："我没法子把手洗干净。"女孩使劲儿地用指甲抠着指甲。指甲缝里有抠不掉的黑迹。女孩的手不像是女孩的手，虽然细长，但粗糙了，指肚上有厚茧，皮肤表面好像拿鞋刷子刷过，几个地方沁出细丝一样的血迹。女孩说："我叫苏蓝。苏轼的苏。蓝天的蓝。"

这就是十六岁的苏蓝。她身上有一种绝望。我知道这是为什么。她母亲死了，得的是煤工尘肺。这种病到目前也没有根治的办法，只能靠进行肺灌洗来延长患者寿命。她念高一，刚从学校退学。她打算为自己赚到未来两年的学费与生活费。背篓是她所能找到的唯一的活儿。她累死累活地干上一个月，才能赚到六十块钱左右。李欣平下午随手给她的十块钱，对她来说，是一笔不算小的意外收入。事实上，若把寡妇们从男人那里所获得的财物与其提供的服务做一个除法，每次的平均收入肯定还不到五角钱。

我饶有兴趣地看着他们，猜想这对男女之间可能发生的事。一盏六十瓦的白炽灯泡悬挂在他们头顶。光线照耀着这两个尴尬的人。苏蓝失去了刚进门时的勇气，头埋在怀里，若没有脖颈上那两根细小的锁骨支撑，她可能要把头埋入自己的影子里。她的影子是那样脆薄，是一小块冰。李欣平的双手紧紧地捧住茶杯，脸庞随着那袅袅水雾不断扭曲、飘移。苏蓝会像她母亲那样脱掉衣服，露出青涩瘦小的乳房吗？又或者说李欣平是否会假艺术的名义叫苏蓝脱掉衣服？

我有点害臊，觉得自己真是无耻。我不能把别人想成与自己一般无耻。我闭上眼，等到再睁开时，不知道是什么东西突然改变了时间的流向，世界旋转起来，并上升。他们的脸开始迅速变小，仿佛是一对沿着路旁白杨树梢不断向远方飞去的鸟。树的枝梢随着鸟落下时的重量轻轻颤动。空气中传出断断续续的咔嚓声。那间砖木结构的招待所从一个个长方形的窗户里放射出一团团橘黄色的光线。因为这些光线，它变得通体金黄。光线把那些原本被墙壁隔开的人的脸一一托出，好像流水托起树上落下的花朵。墙壁被忽略了，就成了不存在。只剩下这些脸，金黄色的脸，向日葵一样的脸。每张脸的表情迥然相异，似乎可以在上面窥见整个人类的表情。它们并非沿着一条直线朝后退去，而是在旋转。很快，它们变成了一个呼啸的漩涡，并在这个漩涡里洗去自身金黄的颜色，用银白色的指甲，撕抠着那些困扰着它们的黑。这黑啊，满天的黑，比煤还要黑，是有血腥味的，是不可以扔进炉里燃烧的。这种黑的存在，只是为了吞噬所有的光线。或许，正因为是明白了这一点，突然，它们停止旋转。所有在外部的旋转都进入它们的内心。这是一种很奇异的感觉。好像整个世界都被装在一个小火柴盒里。而那两只已经远去的鸟却在盒子外面一声声地鸣叫。

<h2 style="text-align:center">4</h2>

鸟叫得凄凉。是那只在欧式小洋楼上叫过的黑鸟吗？我拐进西子口公寓旁边的一条小巷。这是冬天的夜晚。小巷里没有我想象的冷清。路两边都是发廊。都是玻璃门。门后的沙发上坐着袒胸露乳的女孩。她们在做那种最古老的职业。脸庞绯红的她们是幸福的。屋内有暖和的空调。在这条小巷尽头的电线杆下，站着几个上了年纪的女人。模样憔悴的她们穿黑色的皮短裙，脸上抹着夸张的脂粉，拼命地向行人招手，声音在寒风里发抖。这就是女孩与女人的区别。这让人悲哀。但所有的女孩都迟早要变成女人，向着暗夜招手。我凝视着一个女人的胸。哺过乳，乳晕黑大而粗，乳房松松瘪瘪，因为胸围里的钢丝，它们还是被固定出与

性有关的形状。女人喊五六十岁的老人大哥，也喊十七八岁的男孩大哥。这是一个东北来的女人。南方从事这一职业的女人一般喊男人为老板。"大哥"是一个比"老板"更温暖更富有人情味的称呼。她们的身体会像缎子一样闪光，很迷人，比那些皮肤像剥了皮的鸡蛋的女孩要性感一百倍。

我嘘出一口气，眼前的场景忽明忽暗。我微微有点诧异。我看见躺在病床上的苏蓝。她的胸脯微微起伏。她的脸与镜子一样白。她为什么会害怕镜子？镜子无处不在，比如被月光照耀的墙壁、阳光下死去的水面、高悬于人们头顶的苍天。每个人的眸子都是一面小小的镜子。只要细心观察，不难在里面看见三千须陀。李欣平又在剥他的指甲。这真是一个坏习惯。他沉默地望着苏蓝的脸，用手机给韩雪林发了一条短信：朋友喝醉了。我得晚点回来。他没关手机。

我有点悲伤。我不明白上帝为什么要掷下这样一颗骰子。我长长地叹息。

与李欣平的相识改变了苏蓝的命运。李欣平在回南京后，开始资助苏蓝。那时的中国还没有希望工程。两年后，苏蓝考取医学院。李欣平寄去一笔钱。苏蓝把钱退回来，说学校能减免一部分费用，还有奖学金，另外她还找到一份家教。李欣平很高兴，觉得自己没看错人。两个人保持了一段时间的通信，就断掉音讯，各自融入自己的生活。这是很正常的事，甚至是上帝的恩典——人生只该若初见。为什么上帝要让他们重逢？李欣平以为重逢并不是他们真正第一次的重逢。在二十世纪九十年代初的那个晚上，他们就相逢了。

那个惊恐的晚上，对苏蓝来说，是不幸的。她失去了大学时心心相印的男友，还被一个年轻人夺走她视为性命的贞操。那个粗暴的年轻人，眼里淌着泪，像野兽一样撕开她的衣裳。她没有反抗。她没有力气反抗，她也不打算反抗。半个小时前，她已哭干了眼泪。她只想死。她的耳膜嗡嗡响。她的眼球几乎要从眼眶里迸出来。是的，身体内所有的内脏似乎都在朝上喷。红色的死。黑色的死。这些死与她在学校里所看见的尸体完全不同。她喉咙里全是嘶哑的碎片，全是冰凉的刀子。她说不出话。她看着那片比她小时候所背竹篓里的煤更黑的天空，像疯子一样跳。那两个年轻人硬把她从死神面前拖开，并把她一直拖到复兴门一条胡同的民房里。他们一直在说，别怕，我们还有明天；别怕，我们还有希望。她什么也听不见，什么也不愿意想。她咬这两个年轻人的手指，想往门外跑，她想被棍子打死，被石头砸死，被那轰隆隆响的怪兽碾死，最好是碾成薄薄一片。她的不理智与无礼激怒了那两个年轻人。他们打晕了她。

真不甘心啊。就这样死了？他们中的一个人说。月光自他身后的高墙上漏下一点，有着匕首尖利的形状。他们中的另一个人捧着脸小声地哭。一个年轻人一边歪着头听屋外的各种声音，一边凝视着浸在幽暗中的苏蓝的身子，继续说道，真不甘心啊。就这样死了？我连女人都没睡过哩。

我揉揉眼，试图把这些景象从眼前揉掉。我做不到。毒蜂飞出他们的嘴，也刺伤他们的心。他们被一条看不见的话语的鞭子驱赶，他们中的一个开始拿头撞墙，撞得鲜血汩汩，他们中的另一个把手放在嘴里咬，咬得咯吱直响。一头眼珠血红的兽在一个年轻人的影子里渐渐耸起毛发，吐出雪白的獠牙。年轻人低低哀号，用衣袖擦去额头的血，也擦去了最后的理智。他的心脏被不可言说的暴力所充溢。他咆哮起来，转身撕开苏蓝的衣裳，并迅速进入苏蓝的身体，像一块烧得滚烫的铁。苏蓝醒了，怔怔地看着对面的墙壁，她看都没看趴在自己身上的年轻人一眼，仿佛他只是鬼魂，他的拳头只是一团空气。年轻人的手铁钳一般扼住了她的脖子，唾液不停地喷到她的脸上。她吐出舌头。既然死亡不可避免，并且是自己所渴望的，又何必在意死去的方式？

她是这么想的吗？她脸部的线条在生命流逝的同时，变得柔和起来。

另一个年轻人从呓语中清醒过来，惊恐地看着同伴的暴力，手脚发抖。这是一个性格懦弱的年轻人。他迈不出步子去阻止同伴的暴行，身子紧绷，绷成了一根弧。他摔倒在地。地上凸起的硬物撞在他的尾椎骨上，他闷哼一声，疯了似的蹿过去，去拉同伴的手。住手啊！他绝望地叫。他的叫声被一块木板打断。木板上的钉子敲进他的太阳穴。那个骑在苏蓝身上的年轻人回过头，吃惊地看着手中的木板，看着身子瘫软在地上的同伴，看着睁着眼睛的苏蓝，他影子里藏着的那头兽砰地一下粉碎。他跳起来，撕心裂肺地喊。他跟一只没头苍蝇一样，在墙壁之间来回地弹。他终于找到门，一脚踹开门，光着下身往门外跑。昏暗的光线扑进屋，舔食着屋内的每一种存在。它长长的舌头轻轻舔食苏蓝的脸。苏蓝淌下泪水。她没有去关门，没有去捡衣物遮挡身体，就这样躺着，并轻轻咳嗽，从嘴里吐出血沫。

对面墙壁上的镜子有了皎洁的光泽。它没有理会外面尸布一样的天幕，没有理会那些呛人的硝烟味，没有理会那些节奏分明的巨大喊叫，没有理会那些砖石、碎瓶、血渍、废弃的旗帜。它自顾自地绽放出蒙蒙光华。它挂在墙壁上，挂在这个世界的胸口。暴力是人人心底都豢养着的兽吗？一有机会，人就要把它放出来吗？嗜血或许并非某个民族的专利，而是人作为动物的本来属性。我感到悲伤。我看着脸上满是灰尘与惊骇的李欣平跑进屋。他迅速关上门。在关上门的这一刹那，他瞥见尸体以及裸体的女孩。死亡阴森冰冷的气息在屋内弥漫。他几乎要夺门而出。女孩的咳嗽声让他停下了脚步。他沉默着，让眼睛适应屋内的暗。显然，他认为那个死在地上的年轻人是强奸女孩的恶棍，从嘴里吐出两个字：人渣。他的声音不大，苏蓝的身子随之一颤，喉咙里发出悲声。她马上捂住嘴，头在手掌里剧烈地摇摆，全身抽搐。她的目光落在镜子上。她挣扎着，跌跌撞撞站起身，朝镜子走去。她取下它，摔碎它，捡起一块闪闪发亮的玻璃碴，用它锋利的边缘，朝手腕划去。她的手被李欣平抓住。他牢牢地抓着她的手，夺下碎玻璃，迅速脱下外衣，裹住她，再死死地抱着她。她没再动，他也没动。她的泪水流到他脸上。他没有问她为什么哭泣，没有问在这个屋里发生过什么事情。他抱着她，什么话都不再说。

　　风越来越凉，越来越大，越来越急。当屋外出现一小片灰白的薄霭，他掏出一沓钱塞入她的怀里，放下她，在她额头上吻了一下，推门出去。他没有对她说保重，没有叫她回家。他的骨头关节生了锈，每走一步，都是那么谨慎，脚尖像踩在地雷上。迷宫似的胡同慢慢地吞掉了他。他没有回头。我很难受。如果他认出她，他是否会带上她？他的未来会是一副什么样的影像？或许他现在不会成为一具躺在山谷里无人知晓的尸体，我也不会出现在这个世界上。上帝是慷慨的，他让我有幸目睹时间的洪流，在里面寻找杀死李欣平的凶手。他解决了一个存在的悖论——舞台上的演员不能同时作为观众观看自己。他给了我这种存在一个例外。这是我存在的意义。我还能抱怨什么？我却因此不得不承受这种疼痛。苏蓝有多疼，我就有多疼。李欣平有多痛，我就有多痛。我虽然能看得见过去，却对它们无能为力。我不能一脚踢飞那个被仇恨蒙蔽了内心的年轻人，不能挡住那块有铁钉的木板，不能抹去苏蓝下身流出的血，不能让李欣平抱起苏蓝一起走出小屋。我只能眼睁睁看着，无法合上眼睑。我必须以这种方式观看曾经的"自己"。这是代价。如果我不堪忍受，选择不看，那么我就将不复存在。每种存在都要为它的存在付出代价。

　　李欣平以为他与苏蓝的重逢是在二十世纪九十年代末。那是在远离南京的一个小县城的春日的午后。很平淡，与鲜血无关，与死亡无关，与各种能放大人的情绪的事情无关，像一次不经意的街头邂逅，像蝶在一丛花瓣上敛起翅翼。

　　这时候的李欣平已经是一位国内小有名气的作家。县文联的头儿，叫陶然，是李欣平的大学同学。他邀请李欣平过来搞一个文学讲座，顺便叙一下同窗之谊。男人之间的话题向来离不开女人。所谓不谈国是，只讲风月。陶然的妻子前些年患癌死了。李欣平问陶然咋不另找个女人暖脚。陶然说，看上我的，我瞅不上；我看上眼的，人家瞅不中。李欣平说，陶大才子还会有泡不着妞的时候？陶然摸摸半秃的头，叹气，才子是我这样的吗？泡妞讲究的是潘、驴、邓、小、闲这五字箴言。李欣平哈哈大笑，问陶然到底是看上哪个女人。陶然性格本来就豪爽，当下说，明天带你去看。第二天中午，两人去了中医院。陶然进了医院的门，手脚不晓得往哪里摆了。人到中年的陶然若初谙情事的孩子一样涨红脸。李欣平看得好气又好笑。等到陶然找到女医生，已是吃饭时间。三个人在医院旁边的饭馆落座。陶然把李欣平大大吹嘘一回，说这是中国拿诺贝尔文学奖的希望。

　　女医生就是苏蓝。从医学院毕业后，她被发配至这个小地方，未婚，始终保持着在暗夜里阅读的习惯。李欣平的名字，她是熟悉的。在各种期刊上，她一直留意他写的文章。他的文字能叩击灵魂。尽管她不敢确定这个作家李欣平就是当年资助她上大学的李欣平。这三个汉字是温暖的。她想过写信去问一问，又觉得过于冒昧。现在，李欣平坐在她的面前，眉目间依稀能见到当年那个拿相机的男人的影子。苏蓝的手就没拿不住杯子。杯子摔在地上。一阵慌乱后，陶然又介绍起苏蓝。李欣平想起自己当年在西部小镇认识的那个女孩，问她是不是本地人。苏蓝说不是。

苏蓝盯着李欣平，小心翼翼地说出那个小镇的名字。

两个人的视线轻轻一碰，在彼此的眼睛里找到了自己想要的答案。这酒就喝得没滋没味。陶然闹不明白是怎么一回事，瞅瞅这个，瞅瞅那个，目光里充满狐疑。李欣平见苏蓝红了眼眶，赶紧摆手，示意她不要提往事。这时候的苏蓝哪里忍得住。这十多年来，她就活在空空荡荡中，讲不好听点，无异于行尸走肉。所有的往事在此一瞬间，吐出青白色的火焰，眼泪就下来了。陶然慌了手脚，不知道该如何是好。李欣平掏出手帕纸给抽噎的苏蓝递过去，心中感慨万分。

这个下午，李欣平陪苏蓝走在中医院后面的小山上。是清明节，满山都是提着篮子来给亲人祭奠的人。大部分人的脸上并没有哀伤的表情。他们把酒水、果品摆了，烧了一沓纸钱与一堆锡纸扎的金银锭，再把鞭炮放了，然后轻轻嘘出一口气，把那些与死者有关的往事放在一边，转过身打量着沐浴在天光中的丘陵与村庄。丘陵高低不平。村庄眉毛一样清淡。鸟在空中翻着跟斗。高高的天空把它的蔚蓝色覆盖在人们头顶上。蜻蜓倏忽来去，寻找着螵虫、蛄蝼以及其他食物。一个在山脚下扶着耕犁的老人心不在焉地唱着断断续续的山歌。青草寂静无声。在草中爬行的蜥蜴惊飞起一只色泽艳丽的斑鸠。很漂亮的蜥蜴，一点也不怕人。周身覆盖着红绿间杂的角质鳞片。羽翼一样的阳光从树的枝丫间飞下，那些长眠于地底的死者渐渐变成土壤的一部分。他们不再生气，不再愤怒，不再悲伤。他们在泥土里肩靠肩沉默无语，耐心地等待着每年在这个时候响起的鞭炮声。

　　这人呢，一辈子要过多少个节？苏蓝轻轻说道。没等李欣平回答，苏蓝又接着说道，小时候，过儿童节。长大点，过青年节。结婚后，过父亲节、母亲节。上了年纪后开始害怕过重阳节。然后，每年都过清明节。苏蓝脸上有凄凉接近于死寂的光。她的语调把李欣平的汗毛都说得竖起来。风吹进他的衣领，吹得他骨头发寒。李欣平不大明白陶然怎么会为苏蓝神魂颠倒。苏蓝给李欣平的印象并不好。她过于忧伤了。这种忧伤在骨子里的。这种忧伤将损坏人对日常生活的幸福感觉。陶然难道看不出来？回到住处，李欣平把他与苏蓝结识的过程以及他对苏蓝的看法讲了。陶然叹气，说，阿平，知人知面难知骨。这苏蓝是面冷心热。若能讨她做老婆，是我十辈子也修不来的福分。陶然说了苏蓝的一些事。在陶然的讲述里，苏蓝跟大慈大悲的观世音菩萨一样。医者父母心。陶然讲的话，李欣平是信的。但陶然可能更想找一位医术精湛的人来照顾自己的下半辈子。李欣平回了南京。他前脚到家门口，还没迈进屋，邮递员喊住他，递过来一沓信。其中一封就是苏蓝写的。

　　苏蓝没谈往事，以读者的身份，以一位外科医生所习惯的精确，剖析了李欣平的小说。谈了他小说中的音乐性，那种诗意的羽毛一样的轻盈。谈了他的文字，澄明坚实的文字，以及他文字里的那种透明的暴雨将至前的静。她赞赏李欣平对文字的感受力。五千象形字，在他笔下，不仅是一些漂亮的能刺疼神经末梢的句子，更重要的是，它们洋溢着温情与悲悯所混杂起来的氤氲气息。那些被压抑和被遮蔽的生活真相因为这样的笔触得以从故事中成功突围，成为小说的艺术。

她批评李欣平并没有完成对苦难的超越。文学并非仅仅苦难两字，它要陈述更多。其根本目的是"讲述人的生存实质"。它是重的，但它要上升，要从人性上升为神性。苦难是文学里面的一个部分，并非全部。智慧、游戏、荒谬等，甚至后后现代，都是文学中的组成元素。不要把苦难过于神话。认为它是唯一的土壤。如果说，表现人类最高精神活动的文学以及其他艺术门类，都必须与苦难，也只能从苦难中汲取养分，那人类没有存在的必要性。一丁点儿都没有。只能说：苦难是救赎的过程，是一个必然要经过的阶段。

最后，她批评李欣平在理性方面的饱满在一定程度上削弱了小说的味道。

信写得很厚，结构谨严，颇见法度。李欣平把这封信来回读了几遍，想起十几年前两个人的通信，心头嘘唏，回了信，谈了自己对文学的看法，并对她的阅读表示感谢。信一封一封地写着。2003 年，苏蓝到他所在的这个省城进修。谈不上谁勾引谁，两个人很自然地在一起睡了。这与报恩无关，纯粹是两个成熟男女之间的气味契合。李欣平是结了婚的人，给不了苏蓝承诺。苏蓝也没提这种要求。李欣平以为他们的关系会因为苏蓝的离开结束，就像他遇到的许多女人一样，每张脸庞都会像梦中所见那样模糊消失。这并不值得震惊或忧伤。每个人，不仅仅是凡夫俗子，大家都是鸟在雪地上落下的爪印。大大小小的鸟，深深浅浅的爪印。爪印是美的，就够了。李欣平没想到苏蓝会辞去县中医院的工作，来到他所在的省城，应聘到一家私立医院工作，并在他的住所附近租了一套房子。李欣平问她为什么。苏蓝笑笑，没回答，眉眼淡淡。到夜里，李欣平在床上搂着苏蓝光滑的后背又提出这个问题。苏蓝蜷入他的怀里，说，因为我想每天看到你。你信吗？李欣平当然信。人们总愿意执着于他们愿意相信的事情。这与对错无关。李欣平喉头有点哽咽，小声说，你会后悔的。苏蓝反过身抱住他，我为什么要后悔呢？苏蓝的手很有力，勒得李欣平几乎喘不过气来。这是少女时代的生活给她留下的。他们开始做爱，做了一遍又一遍。她的身体在他的覆盖下发出清脆的响声。他弄疼了她。她分开腿，让疼痛更深地进入，一直抵达心脏。疼痛消失了，取而代之的是肉体的喜悦。她好像水，清澈的水。她的骨骼在光线里几近透明。她说，阿平，如果没有遇见你，我就要死了。这句话把李欣平吓了一大跳。

5

我来到了医院。这里没有我所恐惧的同类。墙壁是白色的，床单是白色的，脸是白色的。白色的世界。一小块白色的光斑在苏蓝的额头上闪闪发亮。门外，有叶子一样轻轻掉落的脚步声。穿着白大褂戴着白色口罩的女护士刚刚出去。走廊的门传出几下有节奏的撞击声。那不是鬼的呼喊。李欣平手托着腮，望着导流管里一颗颗下坠的水珠。水珠的滴落与腕表指针的移动有着神秘奇异的呼应。那些抽象的时间因为它们的存在，有了难以言说的悲哀。生命在细小的塑料管道上流动。远远近近有渺茫的歌声，那是风在翻动屋外的树叶。午夜的病房静谧如海。偶尔几声咳嗽，仿佛几颗从悬崖上滚落的碎石。黑色的海，白色的浪，沉入海底的石头。这些水珠在白炽灯下有着六角形的光芒。

李欣平的眼角沁出泪水，他站起身，鼻尖凑近苏蓝的发际。他呼吸着她呼吸过的空气。他爱这个女人。虽然没有她爱他那样深。他轻吻她的耳垂，吻她跳动的颈动脉，吻她抿得紧紧的唇角。他的手指来回捻着苏蓝高领短上衣的衣角。他在沉思，在想是什么原因导致苏蓝的歇斯底里。这些年，苏蓝的歇斯底里发作过几次。一次是在 2004 年的夏至，她把房间砸了。二十九英寸的彩电，她搬起来往楼下扔。起因是她在杀鱼给李欣平煲汤时，被菜刀划破手。她披头散发哭，哭得李欣平要为之背过气。另一次是在 2005 年的新春，他们去浙江的周庄玩，在回程的火车上，她想买站台上的小贩推着的烧鸡吃，李欣平说了声那不卫生，她就犯病了，不能站立步行，全身痉挛。回到省城后，就把在李欣平附近的房子退了，在西口子公寓另租了一套。还有一次是在 2006 年的圣诞，她想回老家小镇看看。李欣平抽不开身。结果她用烟灰缸砸破李欣平的头。李欣平查阅了一些关于歇斯底里症的医学书，心下恻然。心病还需心药医。这份心药只有他开得出，又没法子开的。

他对不起她。她真的是说到做到。这四年，她没有对他提出任何要求。她给了他房间的钥匙，他随时可以去找她。只要他想要，她就给他。他深感不安，觉得自己一个半截入土的人不配享有这样美好的爱情。他想方设法来弥补自己的歉疚，可有些事情弥补不了。他不能拉着她的手去逛商场，不能每晚抱着她入睡，不能把她大大方方地介绍给朋友，说这是我的爱人。他与韩雪林上街，曾撞见过她。她一个人坐在人行道上的长木椅上，坤包放在膝盖上，双手撑在膝盖上，形容憔悴。他不敢看她，生怕自己多看一眼，就会流出泪水。她也不看他，仿佛他只是一个陌生人。他们的眼神还是难免相遇。他只能赶紧扭过脸，然后在夜里来到她的房间，一遍遍要她。

你爱我吗？苏蓝说。

爱的。李欣平毫不迟疑地说道，可你为什么要这样？

我，乐，意。苏蓝的声音是暗夜里滚动的水珠。

我陷入沉思。我不了解苏蓝的内心，不明白她这样做的理由，没有名分，没有金钱，没有地位，比茨威格在《一个陌生女人的来信》里所描述的更为绝望。她这样的女人又岂会用这种下三烂的手段来敲诈自己的爱人。她更不可能是买凶杀害李欣平的人。说她愿意为李欣平赴死，那还差不多。她是那种会没有丝毫保留将自己奉献出去的女人。能爱上这样的女人，或者说，被这样的女人爱上，都是十辈子修来的福分。陶然说得一点也不错。陶然虽有识人之明，却无成人之美的气量，在得知苏蓝与李欣平的关系后，取了一个笔名，在报纸上把李欣平骂得狗血喷头。会不会还另外有一种可能？苏蓝并不是爱上李欣平，她只是无路可去。爱是一种托词？苏蓝在县城中医院的经历可能比陶然描述得更为复杂？在李欣平有限的接触史里，许多女医生不是性冷淡便是过于淫荡，因为她们洞悉人体的所有秘密。苏蓝那一身让男人销魂蚀骨的功夫从哪来的？陶然说她没谈过男朋友。除了上班就下班，除了下班就是看书。县城有一个麻山。山不是很高，山腰有一间亭子。苏蓝常坐在那里看书。火红色的枫叶落在她雪白的高领毛衣上，有着惊心动魄的艳。陶然说，他在那个秋天的下午看见苏蓝后，就中了她的毒。那天晚上，李欣平与陶然抵足而眠，说了许多话。有些话李欣平想得起来，大部分想不起来。苏蓝是天生媚骨？或者，她在夜晚会看小电影？这些年，李欣平并没有发现苏蓝有后面这种爱好。我苦苦思索。眼前的女人是一个谜。或许，一个真正爱了的女人自然懂得向爱人奉献，会无师自通成为性的大师。何况苏蓝是一位医生，对人体的敏感区与G点当是了如指掌。我不应该以这种叵测之眼去看苏蓝。相信直觉。我们所信赖的，到某个时候，只能是直觉。毕竟人的内心无形无相，无任何实体可言，它不是那团在不断泵出血液的肌肉。只是我该去哪里寻找杀死李欣平的凶手？

　　我出了医院的大门，朝着黑夜奔去。黑夜在身后抖开翅膀。巨大的翅，弧形的翅，冰凉的翅。空气被这双翅膀分解成无数个细小的颗粒。冰冷刺骨的气流托起我。我飘飘如鸟。尖利的风从我胁下穿过。一幢幢高矮不一的房子缓慢地下沉。从上往下望，城市是一个放浪形骸的女人。她抹着鲜艳的口红，毫不掩饰自己的虚荣与势利。那些拜倒在她裙衩下的男人不能满足她贪婪的欲望。她打算把九天神祇、漫空星辰全招为入幕之宾，时不时朝空中抛出媚眼。她对自己的容颜与魅力有着充分的信心。她确实美，虽然是堕落之美。但堕落是人主观的认定。就美的特征而言，她完全符合现代人对于女性的审美标准，丰乳、细腰、肥臀。对男人来说，她是磁，他们就是铁。她是火，他们就是蛾。这是无法拒绝的诱惑。所以他们心甘情愿在她肚腹上死去。该怎么形容她？讲她的每一个毛孔都淌着罪恶与阴谋？不，从她来到这个世上的第一天起，她就以地母的名义起誓，明明白白地告诉了所有的人，她的粗鄙、淫荡、强壮，以及她惊人的生育能力。她穿着黑底的衣裤，嚼着口香糖，臂弯里挽着装满欲望的丰饶之角，一路迤逦而来。她为他们打开藏在女体里的地狱之门。她像一头神圣的母牛，一个伟大的婊子。

我往她的髋部飘去。那里是怡安花苑。那些建在水边的房子像她下体黑色的毛发，有一团团腥味。是血腥味。我为自己脑海里出现的这个比喻感到不安。但事实确实如此。我了解这块土地的历史。一千年前，这里是人流熙攘的街市，也是杀人之刑场。"刑人于市，兴众弃之。"朝廷杀人有章法可循，要顺应天时。所有死刑案件报中央大理寺复审，最后由皇帝用朱笔勾上名字。然后待到秋季霜降后，全省那些被勾了名字的死囚便集中于此，反绑在木桩上，在刽子手的钢刀下，泼下颈腔里的血。一百多年前，正是光绪年间，这里不再是街市与刑场。它们被埋在土的下面，只有一些词语的魂在上面飘荡。取而代之的是一间规模颇大的天主教堂。教堂已被捣毁。手持火把与钢刀的暴民焚毁了它。那些信基督的人被斩首，被刺穿，被活活烧死。尸骸发出焦臭味，数月不散。死去的人不仅仅是传教士以及他们的信徒。凡通洋学、谙洋语、用洋货的中国人都是有罪的人，随身携带有一支铅笔都会遭到杀身大祸。十年前，这里是一片杂乱无章的棚户区，住着这个城市最穷困的人。因为拆迁，开发商与几家"钉子户"爆发激烈的矛盾。一个白头发的老妇人在屋内点燃液化气瓶，把自己炸得粉身碎骨，以示抗议。

湿热的血沿着地脉汩汩流散。它们会变成岩浆的一部分，变成大地的一部分，变成树的根、花的蕊、鸟的羽，变成鲸、狗、老虎、蚂蚁、蝉、猫，还有蜻蜓。我叹息着，没在空中再作逗留，飘然而下，跨入墙壁，跨过一扇接一扇的门，进入七栋六〇四房。

这个房间有我熟悉的气味。它们像海水一样淹没了我，让我觉得窒息。每一寸空间都有他留下的痕迹，到处都是他使用过的物品。他穿的拖鞋放在门口的鞋柜边。他出门时太匆忙了，并没有按照妻子过去吩咐的那样把它们摆入鞋柜。鞋东一只，西一只。我得把脚叉开，才能够得上它们。鞋里面残存有他的体温。这种感觉很古怪。他注定要在不久的将来死去。我却在他仍然活着的时候，开始寻找将杀死他的人。客厅沉浸在黑暗中。几盏灯，一幅画，一面钟。沙发上有一件睡衣。玻璃茶几上摆着几本书，一盒烟，一个果盘，一个烟灰缸。沙发是蓝色的。窗台上放着一盆球形仙人掌。屋边的光线经过它射到液晶电视机的屏幕上，折射出几点光芒。月亮升起来了。准确地说，是原本遮盖住月亮的乌云不见了。在我与电视机之间出现一条银子一样的路。
我没在上面看见自己。这让我有点害怕——站在一个拥有镜子一
样平面的物体面前，却看不见本该存在于其中的影像。是电视机
吃掉了我的影子吗？我朝着银光闪闪的路小心地迈出一步，心突
突一抖。一根针刺入心脏。它是那样尖，那样利。针尖上扎出一
滴嫣红。我捂住嘴，牙齿咬在手上。我朝着韩雪林旁边的房间走
去。那是李欣平的女儿李小圆的房间。为什么，直到现在，我才
想及女儿。仇恨蒙蔽了我的内心，还是因为所谓的使命让我忽略
了女儿，或者说我生前是一个天性凉薄的人？又或者是其他的不
可言说？我跨过门，怔怔地看着熟睡着的李小圆，看着这个九岁
大的女孩。她的鼻息轻柔细微，几乎不可察觉；是那样均匀，首
尾相连，并有着芝麻粒儿的香甜，让人不得不趴在地上把这些芝
麻粒儿捡起来喂入嘴里。我看着她的苹果一样的脸、莲藕一样伸
在被子外面的手臂，看着她嘟起的嘴，也看着那些深藏在她体内
的眼泪，胸口传出剧烈的阵痛。千根针万根针，齐齐刺入。我害
怕她在得知李欣平死讯时的哀伤。我已经看见哀伤不可避免。我
低头在李小圆的唇上亲了一下。她翻过身。被子有一小半滑落在
地。她的肚腹上露出一小弯白，刺眼的白，像牛奶一样的白。我
弯腰去捡被子。我捡不起来。我一遍遍地伸出手，手指一次次地
穿过被褥，停留在一个不可言说的空间。

　　我站起身，在屋子里张望。一股焦灼的莫名的情绪扼紧我的
心脏，并把它捏成一小团。所有的物体离我是如此之近，又是如

此之远。我改变不了它们的位置，改变不了它们的大小，改变不了它们的属性。我并不具备传说中的鬼的能力。我望着墙壁上的空调，望着书桌上扔着的遥控器。我的存在究竟是为了什么？难道就是为了寻找那凶手，然后在虚无中对着他拳打脚踢一番？我一定有我自己还不曾意识到的能力。我一定可以用这种能力来改变着现实中的什么。否则，上帝不会造我。是这样吗？人会对自己的存在发生疑问。我这样一个鬼也竟然会对自己的存在发生疑问。三千万鬼，我是哪一种？食发鬼、食气鬼、食血鬼、食水鬼、食色鬼、疾行鬼、神通鬼？可惜这些鬼，我是一直未曾见到。或许世上是没有鬼的。我的存在确实是一次例外。主管六道轮回的上天很快会纠正这次疏忽。而我在那时，就要化为虚无，甚至不必走上奈何桥喝一口孟婆婆熬的汤。我苦笑起来。

门外传来脚步声。很熟悉的步子。非常轻，轻得像蝴蝶在抖动羽翅。门开了。是韩雪林。她拉亮了灯，是一盏小小的壁灯。屋内笼罩在一层淡淡幽蓝中。我下意识地缩往壁灯后。她没有发现我，捡起被子，替女儿盖上掖好，又开了空调，嘴里小声说道，这孩子。她看了看女儿床头柜上的闹钟，眉头跳了跳。她好像哭过，眼角是湿的。她眼里涌出泪水，突如其来的泪水。湿咸的液体在她脸上肆无忌惮地流淌，流得凶猛。我吓一跳，几乎想伸手过去帮她抹掉泪水，问她是怎么了。她没有理会顺着脸颊掉落的泪水，痴痴地望着女儿的脸，什么话都没有说。这样过了足足有两分钟，她才幽叹一声，关了壁灯，退出屋。她回了自己的卧室，在关上房门的一刹那，身子沿着墙壁滑下去。我跨过墙壁，默默地望着这个与李欣平生活了十二年的女人。我不知道她为什么哭泣。她的枕巾早已湿透。在我进入李小圆的房间后，她就醒了。她一直在哭，我没有发觉。枕巾边有一个手机。手机上是李欣平发来的短信。我明白了什么，但不敢肯定。韩雪林早就知道丈夫与苏蓝的事吗？我慢慢走过去，靠着她的肩膀坐下来。她脸上有一种难以言喻的悲伤。这悲伤是藏在她骨子里的，因为窗外的月光，才得以显现。我用指尖触摸着韩雪林的泪水，说不出心中是什么样的情绪。鼻尖发酸。我仰起头，去看月光。月光在空中流过，如一条亘古的命运之河。河面上蒙着一层层乳白色的轻纱。这轻纱卷过人间，生出阵阵寒意。

　　我突然在月光里看见了韩雪林与苏蓝。她们坐在长条椅上。是公园里的那种长条椅。一个坐在这头，一个坐在那头。她们身后是几株鸡爪槭与一株高大的雪松。从远方滚过来的叶子在她们脚下打着旋。苏蓝穿高领白色毛巾。韩雪林披了一条玫瑰色的纱巾。她们说着话，说着我听不清楚的话。我长叹一声，纵身朝窗外的月光扑去。

6

　　要怎样，你才肯放手？苏蓝把手指放在嘴里轻咬，神情若有所思。

　　韩雪林的声音提高几个分贝，苏医生，你就一点都不觉得自己无耻？真荒唐。我没去你的单位告你破坏我的家庭，你倒自己找上门来。放手？你以为这是一件东西，想放就能放的？

他又老又丑又蠢，脾气又怪，晚上还打鼾，打得那样响，你都不愿意与他同枕共眠。可是，我离开他的鼾声，我就睡不着，心里发冷。韩姐，既然你不要他了，为什么不给我？

若不是因为小圆，若不是怕担心影响孩子的成长，我真愿意把他转让出去，还不收转让费。苏医生，如果今天你找我就是谈这事，我不再奉陪。天底下的男人还没死绝。别自己轻贱了自己。三条腿的蛤蟆难找，两条腿的男人到处是。苏医生，我没把口水吐在你脸上，就算是给你留下情面。我呸。就没见过像你这样的。

韩姐，别急着走。我的话还没说完。你一定会感兴趣的。你是给我留了情面。没扯我的头发，没找人砍我的胳膊，没找人强奸我再拍一些相片威胁我。你是大学老师，有文化，有修养。这些事你干不出来，甚至想都没想过。我表示感谢。我真的很佩服你。这么沉得住气。明明心知肚明丈夫撒谎了，还当没事情发生。男人是猫，在外面吃了几口腥就会回来。你是这样认为的吧？可你为什么不想想，我怎么就敢这样不要脸？韩姐，我告诉你一个秘密。

苏蓝把坤包抱入怀里，小声说道，我本来只想给他做情人，做一辈子的，用自己剩下来的时间守着他。我本来以为他有一个很幸福的家庭。可我后来发现，他过得一点也不幸福。他真蠢。女人说什么，他都信。他真可怜。他到现在都不晓得小圆不是自己的亲生女儿。

你胡说什么？韩雪林的眉毛竖起，嘴唇发了颤，你别血口喷人！

苏蓝没看她，眼神痴痴的，继续说道，我本来想替他生个孩子的。我想，有了孩子，我就不会那么怕冷，我可以每天晚上抱着孩子，喂孩子吃奶，给孩子换尿布。一开始，他坚持要戴套子。我就拿针在套子上扎针眼。后来，我骗他，说我吃了避孕药。我还看好多相关书籍，研究什么样的体位与饮食结构能帮助我生下一个女儿来。我喜欢女儿。可肚子一直没动静。我起了疑心。你知道的，我是医生，是一个还不错的医生。我都帮你治好了子宫肌瘤。我拿他的精液做检查。他的精液异常，里面没有精虫。他的睾丸存在先天性的病灶。他是不育者。这种不育症在目前的医疗手段下无法得到治疗。我没法怀上他的孩子。

苏蓝转过身，眼珠子定定地看着韩雪林，你说，是我贱，还是你贱？是我无耻，还是你无耻？现在科技很发达的，只要做一个亲子鉴定就可以。几百块钱的事。

我蒙了。这一定是幻觉。一定是我走多了夜路撞见了鬼。若小圆不是李欣平的女儿，为何李欣平生前没发现一丝蹊跷？苏蓝又为什么不直接告诉李欣平？苏蓝既然手握这种把柄，韩雪林难道还不会乖乖臣伏？不可能，我是眼花了。我所看见的，并非真实存在过的。我肯定是把某部电影或小说里的情节与李欣平的生活混淆了。这个该死的李欣平，他脑子里都装的是什么东西啊。我愤怒地用双手捶打脑门。我看见韩雪林一点点坐直身，从手提袋里慢慢地掏出一支口红，一个化妆盒。她先在唇上扑了一点粉，上了一层遮瑕膏，用唇笔仔细勾勒出唇形，再把口红抹上。她的眼睛睁得大大的，里面有湿润的光。可能是细沙子吹入了她的眼。她没伸手去揉，强自撑住。她把口红与化妆盒放回包中。

韩雪林小声说道，我可不可以问你一个问题。你到底爱他什么？他是作家？别开玩笑了。这年头的作家早已被阉割，不是被体制阉割，就是被市场阉割。要他们为了爱情或荣誉什么的，跳进古罗马圆形斗兽场与人决斗，还不如要求他们在针尖上跳舞。他们唾面自干，忍着含辱，藏在文字的背后，对着键盘发泄不满与恶毒。你以为他是例外的吗？或许你爱的是他的作家身份？现在的作家在公众眼里远远比不上一个戏子。你既然关心文学，想必知道那个被写入当代文学史的洪峰上街乞讨的事。你到底爱他什么？我不明白。真的，我一点也想不明白。你这么年轻，长得这样好看，还有一手精湛的医术。

我说了，你也是不信的。我与他的事，我对你说过一些。我不是感恩，我很清楚。在手术台下，我不能碰别的男人，哪怕无意中碰了他们的手，我也会控制不住自己的呕吐，甚至会导致痉挛与晕厥。你别劝我去看医生。我自己就是医生。我明白这是为什么。只有他才能让我感到暖和。苏蓝转过身，身子缩成更小的一团，我们都是女人，女人又何苦为难女人？你可以带着小圆生活。假如我有一个这样的女儿，我就什么都不再需要了。你们离婚。我给你补偿。我会尽最大能力补偿你。我会像对待亲生女儿一样对待小圆。我知道物质上的补偿很有限。钱不能买到一切。但请你理解。

韩雪林闭上眼，一滴清泪在睫毛里闪动，缓缓坠了下来。

小妹，不是我不愿意撒手。我记得对你说过，我是在一个不幸的家庭里长大的。我不希望小圆步我的后尘。孩子需要一个完整的家庭，哪怕是一种假象。你能不能看在小圆的面上放过他？她叫你阿姨。你还给她买过洋娃娃。我求求你。韩雪林的声音听起来是那样软弱。

你不肯放手，恐怕还是为了自己这张脸。韩姐，我了解你，我用了整整五年的时间了解你。流言蜚语杀得死人。你是害怕别人戳你的脊梁骨，说你连老公都守不住，被狐狸精抢走了。

小妹，嘴长在你脸上。你爱咋说，我拦不住。你把你所知道的事全告诉李欣平吧。让他自己去选择。我要走了。

你以为我不敢？我没告诉他，是因为不忍心看到他发现自己一直生活在谎言里。他心爱的女儿原来是别人播下的种。他有心脏病，你不是不清楚。嘿嘿，你真狠啊。黄蜂尾上针，毒不过妇人心。

你逼着我们夫妻离婚，就不狠？就不怕他心脏病发？韩雪林咆哮起来，姓苏的，我告诉你，你别逼我。

我知道在他心目中什么东西最重要。你们离了婚，他还有我，还有小圆。我们可以共同把这个谎言维持下去。事实上，你们的婚姻是怎样的，你比我更清楚。饮水自知冷暖。你们多久没做爱了？有一年了吧。他只是因为所谓的责任才没有离开你。你就为了自己的虚荣，就非要把他绑在身边？为何不主动提出来好聚好散？

这个世界就是因为你们这些人才会变得这样乱七八糟。韩雪林失去冷静，吐出脏话，一脚踢在长条木椅上，突然展颜，咯咯尖笑，姓苏的，我就乐意就这么对他，你管得着吗？你是不是觉得自己把我老公伺候舒服了，就有资格爬我头上撒尿？别这样骚。别以为自己屁股上就没屎。要不要我提醒你，1999 年 8 月 27 日的事。你还在那个中医院上班的时候。你别问我为什么知道。这你管不着。你若敢把小圆的事说出去，我就敢把那事说出来。还没过二十年诉讼期限呢。你放心，我知道你是医生。医生杀人的手段一向高明。最近有部片子，不晓得你看过没有。一个医生用一种让导致心脏麻痹但看上去患者像心肌梗死的药物杀了好多人。我好害怕哦。韩雪林伸出手指，从唇上抹下一点猩红，顺手抹在苏蓝脸上。如果我死了，我的朋友会帮我把证据公布于世。咱们都别活了，去黄泉路上也好热热闹闹做个伴。所以，你得拜托上帝，务必要死在我的前头。

　　苏蓝顿时像被雷电击中的麻雀，身子瑟瑟发起抖，脸色雪一样白。她的手抓住自己的胸口。韩雪林从手提袋里摸出一把钥匙，钥匙在手指间晃荡，径自冷笑，李欣平有你房间的钥匙。我就拿着去配了一把，想看看你这个小婊子的床上功夫到底有啥了不起，又在你房间里装了一个摄像头。没想到我看见的秘密真多啊。你还真有钱。收了不少病人的红包吧。都藏在床垫下。我不明白你这样聪明的女子咋会写日记，咋会把自己最隐秘的东西向一张没有感情的纸倾诉？我用数码相片拍下来，每一页都拍下来了。要不要我再告诉你一些秘密？

　　韩雪林在苏蓝面前蹲下身，用手托起苏蓝的下颔，眼里跳出一把明晃晃的匕首，你以为你爱他，你以为天底下只有你的爱才是爱？若不是我身体不好，不能给他，我会睁只眼闭只眼？你知道我跟他受过多少苦？好了，他现在功成名就了，你们这些小女人就想伸手摘桃子。真是开玩笑。知道小圆是怎么来的吗？

韩雪林像一头受了伤的母兽，泪水激涌，声嘶力竭，十二年前，他的小说发不出去，一篇也发不出去。我拿着他的稿子到处去找人。你知道我受了多少冷言，受了多少嘲笑，受了多少羞辱？我知道他是天才，我比你早十二年就知道他是天才。那时的我不比你难看，追我的男人一大把。我是瞎了眼，才嫁给他。我可以告诉你小圆是谁的孩子。许知远。这名字你一定熟悉吧。嘿嘿，中国最有影响的文学期刊的主编。若不是许知远，他李欣平能有今天？是的，我骗了他十年。可我为的是什么？我为他付出了这样多，你有什么资格与我抢？叫我放手？滚蛋吧。

韩雪林的眸子亮得可怕，瞳仁是褐黄的，里面夹杂着一丝白。

苏蓝凝视着韩雪林的眼睛。她脸颊上的口红是一个伤口。各种各样的声音在抓挠着它。它在一点点溃烂，变大。

7

天空中布满各种声波，调频广播、移动电话的低频微波、红外线、肉眼可见光、紫外线、X射线、伽马射线。嘈杂的音浪如千万根银针，在我的皮肤上刺出血痕，最敏感最细微的神经末梢一起发出哀号。我想闭上眼，想捂住耳朵，想逃回山林深处。可我动弹不了。我跌入一个最深的梦魇里。湍急的像刀一样的气流在我身边嘶吼。她们的话语像高速旋转着的飞机引擎的涡轮机叶。我没法不听下去。我在这个轰鸣着的机器里，这个巨大的阴森森的怪物里。我的血、我的肉、我的骨被这些闪耀着金属之光的叶片千刀万剐，又在下一个刹那重新聚集成形，然后再被剁碎。我甚至无法叫出声，喉咙里是寒冰，是烈火，是毒蛇的口涎。当她们沉默下来的时候，我的舌头终于从嘴里跳出来，胸腔向里崩陷，耳朵里全是火药炸了枪膛的响声。

我能说些什么？我甚至感觉不到一点悲伤。

世间事大抵是昨日暖阳，今日冰霜。因与果，始与终，发生于一瞬间，消失于一刹那。我没有眼泪。我缓慢地低下头，我突然看见了所有的因，所有的果，所有的过去与现在。我知道谁是杀死李欣平的人了。上帝把他拿掉的那一段记忆塞回我的脑袋。仁慈的主，你为何要这样残忍？为何要让我得知真相？为何不肯让我安安静静地躺在九泉的最深处？我为什么要出现？为什么？

月光不见了。她们消失了。天空中出现一个小黑点，然后是一小块黑幕。黑幕迅速蔓延，越来越大，嗖嗖吼着，仿佛是一只饥饿的怪兽，没有身体，只有一个大头和一张大嘴。空气被它飞快地咽入肚，并从口部下方排泄出来，变成了一匹匹通体黝黑的马。马大小不一，疾速地跑，跑得寂静无声。马鬃飞扬，四蹄倾斜，肌肉虬结。四面八方转眼间涌出一阵难以言说的沉寂。这些沉寂，如同扭曲的墨色的塑像。它们在我眼前屹立不动，呼着气，一动也不动。我抬起手指，凑近它们的鼻端，我现在究竟是一种什么样的存在？

　　时间像是水的波纹，又轻轻地漾了一下。我回到房间里，不，不是房间。那对相偎相依的年轻男女仍然在我对面相拥相抱，像两条在争咬着一根看不见的骨头的狗。我怔怔地看着天穹的那一小块青白。那几道银灰色的光，是顽童手中掷出的石块，有着奇妙的线条。那是流星。活着的人有一个习惯：在流星出现时许愿。我现在又该许下一个什么样的愿望？一股不知名的寒意蓦然出现在骨髓深处。极冷，要把骨髓冻僵。

　　我从青石阶弹起来，猛地意识到一种可怕。我朝着墙壁扑过去，从这对相亲相爱的男女身体里冲过去，一种灼热的血液灌入体内。我疯了般地跨过门，跨过墙，跨过玻璃、金属与一具具人体。楼梯盘旋向上，是一个几乎无穷远的黑暗空间。它慢得令人吃惊。它像羽毛一样在我的身下缓缓飞起。我冲入怡安花苑七栋六〇四房。我看见苏蓝。她坐在那张蓝色的沙发上，仿佛睡着了，身上盖着一件毛衣，鼻翼下方流出的两行血已经干涸。那个流血的夜晚，当李欣平抱着她时，她就把他刻在心底。她在那个春日的午后一眼就认出他。他真蠢，还以为是自己的作家身份让她打翻了手中的杯子。想想真是可笑。愿上帝祝福她。我的喉头滚动了一下。李小圆的房间开着灯。

　　我感到虚弱，感到害怕。我恍恍惚惚地意识到前面会有一个什么样的东西在等着我。一团团烟雾自脚下升起，是黑色的，是一群让人毛骨悚然的像老鼠一样的东西。空气里有一种腥味，是土腥味，有点甜甜的豆荚香。我身不由己地朝着那里走去。我看见了韩雪林，看见了李小圆。李小圆在伏案写作业。韩雪林手中端着两个茶杯。茶杯里的牛奶冒着袅袅热气。李小圆接过杯子，朝外面吐了下舌头，小声说道，外面那位阿姨睡得真香，都不打鼾的。妈妈，你知道吗？有时，你晚上打的鼾可大呢，像火车跑，比爸爸打得还响。

　　韩雪林没说话，勉强地笑了下。她的眼里有死气。是的。这是我在李欣平身上闻到的味道。李小圆端起杯。我打了一个寒战。我看看韩雪林，再看看李小圆，毛孔一根一根竖起来。我终于清楚我的虚弱与害怕来源于何处。我扑过去，想打掉小圆手中的杯子。不要喝，小圆。我疯狂地喊。我的手掌穿过小圆的手，那嫩藕一样的手。我看见了狰狞的死神握着镰刀出现在墙壁的一角。它来这里收割生命。这是它的职责，是它无法摆脱的宿命。它的眼神里充满悲伤。杯子接近了小圆的唇。我的小圆就要死了，死在这片沾满血腥、仇恨、暴力、阴谋与所谓的爱的土地上。泪水挤出骨头。是的，那种唯有人类才具有的液体，它是那样灼热，那样冰凉，那样绝望。小圆，我的小圆。我低低地叫，纵身往茶杯投去。我的举动是可笑的。我无法改变这个俗世里的任何存在。但我控制不住自己。我掉入杯里。牛奶淹没了我。一种剧烈的疼痛猛地撕裂开我的四肢与灵魂。这种疼与几分钟前的那种疼不一样，身体不再复合，而是一点点消逝。我惊异地看见身体与牛奶里那种可怕的物质发生着奇妙的中和。我的手不见了，我的脚不见了，我的腹腔不见了。我恐惧万分，继而一种莫名的欣喜扼住我。那种可怕的物质在吞噬我的同时，也在迅速分解成对人体无害的液体。

　　我终于明白了上帝造我的原因。仁慈的主啊，感激你。我愿是你脚下最卑微的尘土，用所有的来世赞美你的恩情。意识缓缓消失。鬼原来也是要死的。当毒药进入眼球，当这个世界陷入死寂之前，我看见泪眼蒙眬的韩雪林喝掉手中的牛奶，在李小圆的面前慢慢跪下。

　　杯子摔在地上，发出当啷一声响。只是一声响。

小男人

1

暮色渐深。空气因此显得格外阴冷。

太阳仍不肯落去，高悬城市上空，是一面苍白的小镜子，没有半丝热量。高楼建筑如同一堆纸糊的模型。车水马龙，乍眼望去，灰蒙蒙的一片。酒店门口一群热热闹闹的人。应该是人，两只眼睛、一个鼻子、一张嘴，与小学识字本上画的一样。一个老人跟在一个中年男人身后。男人步幅挺大，每迈一步，老人得走两步。老人头发花白，嘴巴拧到半边脸上，左手急速摆动，右手托在中年人屈起的左手肘关节处，嘴里急急切切，说："主任，这边走，小心台阶，哎。"奴才活做得这么地道，真没委屈这把年纪。

他抬头望向天空。麻雀，一拨一拨，被风胡乱扒拉，样子与水车上旋转的叶轮差不多，嗖嗖打转。风大了，呜呜地吼，比胳膊粗的木棍还要猛，狠狠地敲落。满空溅起无数个惊慌失措的小黑点。尖锐的鸟鸣声刺入耳里，蓦然间放大成一颗颗闪闪发光的星星，在前额处直晃悠，并噗起响亮的口哨声。路两边是法国梧桐。树干略带潮湿，树疙瘩上贴着半张已被风雨侵蚀得只剩半边脸儿的小广告，这种"牛皮癣"糊满城市的每一处。广告的右下角挂着一串青色的鼻涕，鼻涕上还黏着一粒灰白色的鸟屎。他侧过身，想离开，一个家伙膀阔腰圆，从后面直撞过来。头在树上重重一敲，牙缝间迸出凉气，脑袋里咔嚓响了一声，像有什么东西断了。黏有鸟屎的鼻涕准确地涂在他的右脸颊上。胃部一阵猛烈地抽搐，酸涩的液体直冲脑门，他还没来得及咬紧牙关，它们已冲出嗓子眼。

他用衣袖擦脸。撞了他的男人大步奔向街道那边，一脸铁青。就算赶着去火葬场投抬转世，也犯不着这般生猛吧。他在肚子里小声说了句，又替他对自个儿说了声对不起，才心满意足地抬起头。那西楚霸王似的男人又撞翻一个女人。女人噼里啪啦连翻几个跟斗，裤腿被铁栅栏上的锐角拽住，哗啦一下，露出里面暗红色的健美裤。女人没哭，傻了，坐地上。没人理会她，她像一堆粪便，对了，就是那男人刚排泄出的，现在的人越来越不要脸，众目睽睽之下竟然随意大便。他不无恶毒地想着，心里恍恍惚惚有了些快意。红灯亮了，人流车流戛然而止。戴黄袖套的老人瞥了一眼女人的腿，迅速挡在一辆已压过斑马线的自行车前。一个头发金黄的少年被红灯拦在女人面前，犹犹豫豫地向女人伸出手。女人顿时放声尖号。这是猪的嚎声，且应该是一只刚被人捅了一刀的猪。少年立刻缩回手。那女人顺势一躺，一把抱住少年的腿，说："小兔崽子，撞了人还想跑？老娘跟你没完。先人板板拖棺材的……"

　　这女人不会真被撞糊涂了吧？各地方言层出不穷，莫非她心知肚明他在生理方面的优势，比太监还略胜一筹？这是大师级的人物。古龙小说中的那些绝顶高手比的就是这股子气。他暗暗赞叹。女人边骂，边将手掌撮成刀，剁得水泥路面咣咣作响，一个磕碰不打，一个唾沫星子也没浪费。她可以开一个专门骂人的培训班，又或加盟某讨债公司，一定大发利市。是否要上去提醒她一句？绿灯亮了。人如流水马如龙。惊慌失措的少年使劲地扳女人的手指。没有用的。这是女人，不是女孩。她们是两种生物。他暗暗为少年感到惋惜。落入蛛网里的虫儿不管如何挣扎，它的一切举动只能证明它会成为一道食物，除非它的力气大得足以将蛛网撕破。但少年若朝女人当胸踹上一脚，就真的成了凶手。悖论无所不在。人大抵就是活在这些互相冲突的概念里。所有克利特人都说谎，他们中间的一个诗人这么说。他不无懊恼地往地上吐了口唾沫。

爱还是不爱？一个男人被婚姻折磨后还能剩下多少力气？顶多也就能从喉咙里挤出那个让女人妥帖舒服的字眼。少年与女人厮打成一团。女人凶狠的爪子撕得少年的脸鲜血淋漓。少年的拳头也没吃素，砸得女人鼻青眼肿。他们身边已围上一圈兴致勃勃的看客。老天爷往每一个人脸上都吐了唾沫。要不，为何他们脸上都露出令人恶心的痕迹？少年显然不是女人的对手，脖子被女人死死掐着，没多久，嘴里发出哭声，像一条被扼住七寸的蛇，咝咝地响。他的脖子上应该会留下一些月牙状的瘀痕。这是一种符合大多数女人审美尺度的形状。他望向女人，女人一把眼泪一把鼻涕，脖子上的肉抖个不停。这是一头从侏罗纪来的暴龙。每个女人最后都是一头暴龙。

他不无伤感地想着。

她也是这样的。虽然没有这个女人这样黑，这样肥。她哭起来的时候鼻子眼睛嘴会皱成一小团，仿佛随时都可能断气。有时，哭着哭着，就没有了半点儿声息，眼珠翻起，手脚抽搐。他就不得不赶紧蹦过去，手忙脚乱地掐她人中，她醒过来，哇的一声，人奔向了厨房。厨房里有煤气管道。厨房里还有菜刀。还有从超市买来的洗衣粉，若吞下去，这也得管那些穿白大褂的人喊爹。他只能迅速从抽屉里翻出早已写好字的纸牌，挂在胸口，扑通一下，直挺挺跪下，蠕动膝盖，一步步往厨房方面走去。纸牌上的字隔三岔五要换，要求言简意赅，一针下去便能触及灵魂。比如，"我是狗"。又比如，"我罪该万死"。认识错误总是很快，改正错误总是很慢。很多个夜里，她愤怒地用手指头戳在他脑门上，说，狗改不了吃屎。他非常清楚一条吃屎的狗会死得多么辛苦。首先是人拿棍子敲，敲死；再拿绳子吊，吊死；又扔入土里埋个几天几夜，闷死；最后从土里扒出，扔入沸水中烫，烫死。所以，他没敢再吱声，躺在床上侧过身去看窗外。书上说，玉皇大帝的外甥也养了一条狗，天天吃香喝辣，不必吃屎，可惜整个天庭也就那么一只。天上的"养狗证"一定很贵。

喉咙里痒得厉害。他哆哆嗦嗦地从口袋里掏出一包"南京"，小心撕开烟盒上的塑料封皮。没有人看他，他还是感觉他是一个贼，他转过身，身体与墙壁形成一个锐角，又紧张地往四周扫了一眼，再划着火柴，然后长长地吐出一串烟圈。烟是她买的，说得抽一个月，抽好点，抽少些。他记得当时问她为何不买"白沙"，一样的价钱可买两条。她发了脾气，把烟甩在他脸上。他知道她很委屈。她一向讨厌男人抽烟。她肯为他买烟已是做了极大牺牲。他赶紧赏给他一记嘴巴，并向她保证这条烟一定会抽一个月。又问她，是不是发奖金了？她没理他，转过身，拧开电视，一屁股坐下，脚后跟一蹭，甩出一只高跟鞋，另一只鞋子挂在大脚拇指头上晃过来晃过去。她面无表情。他晕头转向。他拿不准主意该说些什么，坐也不是，站也不是，愣了一会儿，伸手去抱她，手刚按到她胸口，她已迅速弹起，眉毛一竖，脆生生的牙齿"咯吱"一咬，这也怨他，他刚从外面回来竟然忘了洗手，活该满手唾沫。

额头隐隐生疼。今天是他生日。昨天他与她吵了一架。忘了为什么吵，只记得她那张扭曲的脸。她还扇了他一记耳光。手劲很大，那记耳光脆生生，货真价实。他下意识地摸了把脸，还是疼。不过，这可能与她无关。他缩起脖子。夜色来了，像一块布，当头罩下。那些窃窃私语的人群被躲在帷布后的魔术师变走了。垃圾筒上躺着一支烂口红。一个少女在吃麻辣串，嘴巴血红。戴黄袖套的老人在看少女的乳房。一只黑翅膀的鸟在老人头上拉屎。风真大，像头受了伤的熊瞎子，伸着舌头到处乱舔，每舔一下，脸上似乎被撕下一层皮，火辣辣地疼。女人已经大获全胜，那少年被她拖到一个商店门口。他听见几个行人在交头接耳，说世风日下、人心不古，现在的年轻人真是不得了，撞了人不肯承认也就算了，还动手打人？他又听见几句脏话。他瞟了一眼红绿灯，心中一动。一个体积这么庞大的女人怎么可能分辨不出是谁撞了她？这里又不是在黑灯瞎火的小巷里。事情的真相应该是女人所述，不然，这少年为何不再挣扎？少年一定心虚了。而把他撞到树上的人也一定是那个男人。真疼。他揉揉额头，脑袋里钻入了几只大头黄蜂。

2

我给你讲个故事。一对夫妇在过铁路。女人在说，男人在听。都是一些闲话。女人说得很开心，男人听得很认真，两人手牵手。女人的鞋子不小心崴入两根铁轨的凹槽，鞋带扣死在一颗生锈的铆钉上。一开始两个人还有说有笑，互相逗乐，几分钟后

远方响起刺耳的汽笛声。火车轰隆隆驶近。女人吓白了脸，男人
也慌了神，但女人就是拔不出脚。看着越来越近的钢铁怪兽，女
人拼命地往外面推男人，手甚至抓裂了男人的脸。男人没有离
开，反而在火车撞来的一刹那猛地抱紧女人，高声喊道，亲爱
的，我们在一起。

你听过这个故事吗？你一定听说过。很多杂志上都有，臭了
街。问题是，你相信它吗？这并非煽情的故事，是一道智商测试
题。可惜大多数人都做不出来。事情的真相是：A. 男人的脚也
崴在凹槽内，只好吼上这么一嗓子。B. 这是一个想出名想疯了
的男人，所以这一嗓子喊得特力拔山兮气盖世，以至于轰隆隆的
汽笛声一下子就成了蚊子叫，人们都听见了他的表白。C. 谋杀。
男人的脚就踩在女人腿上。故女人要与男人厮打成一团。你不想
让我活，我也得让你死。为了在众目睽睽下掩盖罪行，男人发出
号叫。何况，女人毕竟是一种智商有限的生物，容易被感动，当
男人说出这么一句惊天地泣鬼神的话，她完全可能在一瞬间产生
幻觉，松手放男人逃脱。D. 这是一个丈夫对她已有审美疲劳的
女人做的白日梦。

你喜欢哪种真相？没人能够得知真正的真相，那是上帝的领
域。所以，大家都是在根据他的意愿将一些东西七拼八凑。耳闻
不如一见，从来都是一句诳语，你以为你看见的便是真相？噢，
请原谅我粗俗的比方。你见过人怎么喂猪吗？所谓真相，就是人
倒在石槽中的猪食。你有选择吃不吃的自由，你偶尔能吭吭唧唧

几声，不断抗议，获得今天吃这种猪食、明天吃那种猪食的小范围内的自由，但你绝对没有钻出猪圈大模大样地坐在餐桌前啃红烧鱼块的自由。

你叫贝壳？远古时的人都拿贝壳当钱用。我喜欢你。我能不喜欢你吗？钱是好东西。何况你的鼻子这么小，眼睛这么小，就连这张嘴仍是这么小。我喜欢小巧玲珑的女人，胸脯上随时蹲着两只吵吵闹闹的小白兔。谜面是小白兔，谜底是什么？哈哈，里面藏着一只流氓兔呢。所以，她们在床上往往非常棒，让人忍不住总想伸手去拽那只兔子的短尾巴。

不要相信男人。男人这东西骨子里长满粪蛆，整天说谎，肠子都烂掉了。我这是拿你开涮逗乐。别认真，千万别认真。一认真了，再好的人也就成了一堆醉酒时呕出的秽物。人哪，还是颠三倒四不知所云的好些。有一天，你也会这样。没事，你别生气，脸涨得这么红，人家还以为你是春潮泛动。你可以向我脸上吐口水。我已经习惯了。

3

贝壳说，她遇到一个神经病。

贝壳说，他嘴极大、眼极小，胡子拉碴，一看就不是好东西。手上还戴着一个黄澄澄的戒指，一副暴发户的嘴脸，专门拿些扯蛋的玩意儿来骗女孩子。还好她火眼金睛，心里如明镜似的。

贝壳说，这男人真没品位。泡妞不是这样泡的。这样泡出来的妞只会变成一瓮酸菜。

贝壳说，这叫装酷，扮深刻……

贝壳说脏话了。你听见了吗？

心脏一阵绞痛，他往嘴里扔入几粒"镇脑宁胶囊"。月亮挂
在屋顶上端，像一个散了黄的鸡蛋。真奇怪，月亮竟然是金黄色
的。风从屋子外面溜入屋里，再从屋里蹿出来。他眯起眼。他面
前有一块"没有什么大不了的"妇女用品的广告牌，模特女郎的
脑袋上有条被撕开的裂痕。他砸破了贝壳的头，用烟灰缸砸的。
一个蓝色的烟灰缸，是她买的，花了五块钱，当时她还特意托人
弄来一些细小的白色沙砾，搁在里头。唉，真是太可惜了，那么
漂亮的一个烟灰缸。他挠挠头，拐过街角，在一间大排档上坐
下，要了碗鸭血粉丝。铁炉子边站着一个黑乎乎的男孩，两串鼻
涕咻溜溜地响。他看了看男孩。男孩看了看他，突然纵身向前，
从排档老板半敞的抽屉里抓出把钞票，撒开脚丫飞奔。男孩跑得
太快，一头撞上一辆垃圾车，咣当一声，躺下了，钞票撒了一
地。排档老板是个中年男人，戴一顶脏兮兮的白帽子，见男孩抢
钱，人蹦出去，冲到街那头，往男孩身上连踹几脚，再骂骂咧咧
地往回走。男孩爬起来，拍净土，抄起车上扫帚，劈头盖脸往拉
圾车的女人身上打。男孩头上流了血，样子颇显狰狞。女人哀
声躲避，在暴风骤雨般的打击下缩成一小团。男孩扔下手中的扫
帚，骂道："眼珠子长在屁股上了？"

　　这很无聊。他耸耸肩膀。坐在他旁边的一个脸上长着青春疙瘩痘的男孩马上笑得前俯后仰。这句话有这样幽默吧？他没吃这碗粉丝，付过账，去网吧，准备打发掉一点时间。他在网络上的 ID 名叫"已婚男人"。最早他叫"男人"，有人立刻指出天下男人多的是，得加上一些修饰词，这样才能凸显出个性。他改名为"我是猛男"，但人家又指出这属于心理学上的补偿效应，隐藏在 ID 后的人一定阳痿。他再改名为"超级猛男假一赔十"，这个名字让他着实威风了几小时，没多久，聊天室就有人假一赔百了。而且令人心酸的是，女人们对猛男们无不嗤之以鼻。他问一高人，为什么会这样？高人答曰，这不是挂在嘴上的。他说，如之何？高人说，叫"已婚男人"吧。已婚男人是一杯温吞水，女人爱喝。

　　这倒也是。他从此用上这个 ID。效果还凑合，搞掂过几个 MM。但过程往往比跑一场马拉松还要辛苦，人还没到终点发生面对面的交锋，腿已经软了。他叹口气，在对话栏里敲出一行字"MM，我们约会吧"，复制、粘贴，以私聊的方式逐一发出。烟一直叼在嘴里，粘嘴皮子。他皱起眉，扯下烟蒂，塞入嘴里，大口嚼，呸的一声吐在桌上浅蓝色的烟灰缸内。烟灰缸上印着一种啤酒的名字。他喝过这种酒，不好喝。他拈起带有血丝的烟蒂，扔入旁边的垃圾筐。坐在他旁边的红头发的小女孩仰起脸，用奇怪的眼神瞅了他一眼，他竖起眉毛瞪回去。小女孩转过脸。过了几秒钟，他听见她小声地对着麦克风说："哥，我旁边坐着一个傻子。特傻。不揍他几下简直对不起他。哥，过来帮我教训他，好不好吗？"

　　十来岁就这么嗲，长大了那还得了？

　　贝壳也嗲。有次去爬山，好不容易登上一处石坡，人还没喘匀气，贝壳将整个身体挂过来，一只手摇晃着他的身体，一只手笔直地指向石坡下，嘴里大声地嚷，看，那里有一棵树树。

　　贝壳，那是一棵树，不是一棵树树。再怎么说，你也是二十八岁的已婚妇人了。他没好意思看四周笑声古怪的游人，回家后，苦口婆心地给贝壳做工作。贝壳生气了，脸板板的。他没理她，等到晚上，他想爬上床，被贝壳一脚踹下去。那一脚真狠，正中心窝。他眼泪汪汪了，若有一个"男联"那会有多好啊。他干笑几声，向周星驰学习，双手抠入嘴里，向上提。这一招本来百试不爽，但这次估计自尊心被伤得特别深，贝壳的脸板得越发得平，就算是一面镜子恐怕也得自叹弗如。

　　他只好学猫叫，又学狗叫，再学青蛙跳。

　　可惜皆无济于事。

　　最后贝壳板着脸，手指着电视屏幕，说，他们在干什么？

　　他说，他们在吃饭。

　　贝壳厉声喝道，不对。

　　他脑海灵光一闪，他们在吃饭饭。

　　贝壳又说，他们现在又在干什么？

　　他说，做爱爱。

　　贝壳脸上的线条渐渐缓和，鼻子里冒出一个字："哼。"

他连忙哼了两声。

两人无话，继续看电视，没多久，屏幕上那男人一迭声地唤着心肝儿，贝壳的手指突然指向他的鼻子，叫我什么？

老婆，不对，是老婆婆。不对，还是不对，你是我的肝，你是我的肺，你是我的心，你是我的大脑。他在嘴里吐出"老婆婆"三字后，立刻意识到他已闯下弥天大祸，马上放声高歌。

一抹红色在贝壳脸上倏然而过，不到一秒钟的时间内，贝壳脸上已转换了至少五次颜色，首先是红，然后是青，接着是白，再接着又是红，终于恢复了人脸的正常肤色。

谁稀罕做你的五脏六腑？恶心死了。贝壳撇撇嘴，趿鞋，往洗手间走去，哼起小调。他的脸色渐渐活泛，想起一个老掉牙的笑话。一个在看肥皂剧的女人问丈夫，她是他身体的哪一部分。正在工作的丈夫不耐烦地回答：盲肠。

他关机断线，起身结账，想忍住笑，笑声还是咕嘟咕嘟从鼻子里冒出来，撒了一地，被风歪歪地一吹，与被撕碎的废纸差不多。他缩起脖子，往酒店方向走，半路上拐进百货商场买了套化妆品。促销小姐的脸抹得像一个猴儿屁股。他盯着促销小姐鼓鼓囊囊的胸脯发了好一会儿愣。贝壳也用这个牌子，但胸脯没有小姐的大。

贝壳现在在干什么？

4

酒店里很冷。黑咕隆咚的一团。他开了灯。灯光蛾黄，是一盏即将死去的火苗。他的影子在火苗下微微晃动，又像是一些快要燃烧干净的灰烬。房间里还是离开时的模样，被子凌乱不堪，没有人铺。这里的服务员素质未免太糟糕了。他这么想着，瞥见门把上"请勿打扰"的塑料牌，顺手取下它，攥紧它。它有足够的硬度，却不够尖锐，不能划破他的手。

他开了电视。电视上有几个大喊大叫的疯子。电视旁边的那块长方形的镜子里还有一个头发蓬乱的傻子。他看着镜子里的人，这个人目光呆滞，额头上有块黑印。这应该算得上是乌云罩顶。他笑起来说："你好。"

他听见这个人说了一声："打吃。"

"打吃"是一个围棋术语，意思与象棋中的"将军"差不多。他不喜欢象棋，这并不是因为"将相王侯有种乎"之类的话。将就是将，相就是相，过河卒子总摆脱不掉一股子小人得志的猖狂劲。他喜欢围棋仅仅是因为围棋子本身。它们与那些正在发育的女孩子的乳房差不多，小小的，冰凉的。可惜所有的女孩子都要长大成为女人，由低眉顺眼渐而青面獠牙。这是一个不可逆的过程。

他蜷入被子里，还是冷。他用左脚的大拇指使劲地抠右脚脚面，换了个姿势，再用右脚的大拇指挠左脚脚面。他最早与贝壳躺在一个被窝里时，她最喜欢用脚指头来挠他。有一次，他刚躺下，她贴过来，皱起眉，说，你忘了脱袜子。他说，我没。她叫他举起脚。他就举起脚。他确实没穿袜子。她就笑，说，你皮肤真粗。我还以为是袜子呢。他也笑，他腿上毛茸茸的汗毛是不少。他抽了下鼻子。屋里没有她的味道。这只是一间标准客房，有两张床。他躺在左边那张，右边床上只躺着一床被子。他把那床被子也弄乱了。他是故意的。他还在那床被子里塞了一个枕头。他举起手，勾了勾小指头，对那床被子说，晚安。

他在床上翻来覆去。睡不着。月光跳到窗台上，挂在窗台边的衣服发出不安的响声。他忘关窗户了。但他不愿起身，愣愣地看着窗户。风从那里溜进来，有些潮湿。他想，她或许现在已经睡了吧。他低声窃笑。笑容很快便已凝结，他心知肚明这恶毒没有一丁点杀伤力。如果非要说有杀伤力，那只能是伤了他。他的心口隐隐生疼，恍惚有一块尖锐的石头正砸在上面。

他究竟在想些什么？是在找波德莱尔的那束恶之花吗？

找不到的。黏稠的夜色已把一切物体的形状抹去，都不允许人们看见他的手指头。世界只剩下一张黑乎乎的平面。每个人都是在这张平面上游移的黑点，且注定要在平面边缘撞得头破血流。

他开了灯，拿出手机，拨了串数字，又清除掉，重新拨过另一串数字。电话响了，他慢慢说道："小璐，我想你。"

声音在房间里漾开，随着月光慢慢融入夜色。任何一句话都是因，也都是果，盘根错节，首尾相连。它们会飘到哪里去？一只蝴蝶扇动翅膀能掀起彼岸一场风暴。一句话呢？他听见他的心跳忽然剧烈跳动的声音，怦、怦、怦。

他又重复了一次："小璐，我很想你。"

一片死寂。他在对谁说话？手上这个长方形有着一根老鼠一样尾巴的物体。它会有人的感情吗？或者说，它能真真切切地传递着感情吗？但问题是，他在说"小璐，我很想你"时又究竟有没有感情？如果有，是什么样的一种？又有多少？他有些惶恐了，一个个问题确实能把人逼入死胡同。

解开问题的钥匙在哪？

《黑客帝国》里的制钥人已被子弹打死，他也不是那个能上天入地的尼奥。他在找什么？不会有答案的。黏稠带有腥味的水充溢时空里的每一处，并来回漾动。一个孩子还没出生时是这样躲在母亲的羊水里。眼眶湿漉。他在被窝里翻了个身，被子里的气息也是一种特殊形式的水分子吗？但三十尺深的水下与三万米的水下完全是两个世界。量变会引起质变。谁能找得到那个临界点？他愣愣地看着他浸在黑暗中的双手。手机闪着幽蓝的光。手上的污垢在角质层上绝望。它们就要死去了。他情不自禁地伸出指甲划他的脸。这些污垢知道真相吗？或许知道，但可以肯定它们不会说给他听。

"你都是有老婆的人，凭什么说想我？"

电话那边终于传来了声音。

他的声音大了，"有老婆的人就不可以再爱了？"

"等你料理完你老婆的事后，再来找我吧。"

电话挂断了。

料理？这是做日本料理？几个獐头鼠目的矮个儿男人围在饭团前，伸出粘满鼻屎的手指？他把手机扔向床尾，用脚踩了几下。这是一个会说话的怪物。他搓了下手。手上的污垢掉下来。他在紧张或惶恐或兴奋或冲动时总是喜欢不停地搓双手，尽管他自己为这种行为美名其曰为"文明"与"卫生"。但它们确实曾经是他的骨、他的肉、他的血。这应该是事实。可当它们剥离皮肤落到地面上后，它们是什么？零落成尘碾作泥。如果连香也没有了，还会有人咏叹吗？

那年，还在学校读书的那年，他被一个漂亮女孩子甩了一耳光。他想伸手握住她的手，却没有洗干净手上的污渍。他弄脏了她。这是他应得到的理所当然的惩罚。后来，他毕业了，从超市买来了各种牌子的洗手液，可他还是没法子洗干净他的双手。贝壳总是说，他手上有牛屎的味道。

其实牛屎是好东西，可以沤肥，晒干了还可以当燃料。

他闷闷不乐地爬到床尾，捡起手机，又拨了一串数字。

他说："唇儿，我想你。"

"我也想你。"

"我都快想疯了。难受得紧。骨头被火烧着了。你快来救命吧。"

"去你的。骨头被火烧了，早就死无全尸，还能说话？你现在哪里鬼混？"

"南京。"

"有毛病啊。深更半夜从南京打电话叫我去救命？以为我是观世音菩萨，眨眨眼就能从北京跑到南京？"

"你从电话里爬过来呀？"

"你去死吧。"

没有人打电话来祝他生日快乐。他看了看手上的表，已经快十二点了。他想躺下。搁在床上的电话响了，他有些疑惑，赶紧拿起，一个陌生女人的声音："先生，要服务吗？"他愣了一下，明白了是怎么一回事，马上挂断。但没有两秒钟，电话又响了，仍然是那个女人，"先生，全套只收三百块，便宜。"他继续挂断。黑夜沉甸甸地压下来，像一床灌满冷水的羽绒被，浑身都痒。他望着手中的手机，小声地说："祝你生日快乐。"

他刚想躺下，电话又响了，他愤怒地拽起电话："小姐，你需要服务吗？做全套只收三块钱，外赠精美避孕套一只。要不要？若嫌贵，我再打三折，一块钱，一块钱呢。"

"你去死哪。"女人急眼了，用的是方言。

他听懂了，是老家方言。电话被陌生女人恶狠狠地挂断，像个弃妇呜呜地哭。他将电话甩在床头柜上，望着它默哀了半分钟，然后下床，从行囊中翻出透明胶带，将电话机上的裂痕粘上。

毁坏别人财物是要赔钱的。他想起某个朋友说的话。当初他们在一起讨论初恋情人。他说，人生最大的遗憾是没和他的初恋情人在一起过。朋友表示反对，并说，人生最大的遗憾是在多年以后和他的初恋情人在一起了。

观点针锋相对，自然得靠事实说话。

他记得当时他说了一个事例，觉得有些夸张。现在想想，也不是没有这种可能。这个世界又会有多大？一个圆圈罢了。小学生都知道地球是圆的。他笑起来，无声地笑，眼泪慢慢滑出眼角。

5

我给你讲个故事。

那年地震，房子倒了许多，歪歪仄仄的。那时，他们新婚不久。他是驻扎在当地的军官，她是小学老师。他们摆酒时，军营里喜翻了天，当兵的娶老婆不容易啊。

地震很凶猛，死了不少人，天气又热，许多水源都被污染。为保证居民的活命水，他被派去当地水厂驻扎。尽管离水厂不远处便是她的学校，他没有擅离职守一步。第三天，她被他手下的兵从废墟中扛来。兵把她放在水池边。围绕在水池边上是一片黑压压的人群。人群里面是一圈紧握钢枪的士兵。

渴。大家的眼睛都盯着眼前这汪清亮的水，但没有人敢向前迈出一步。兵正准备向他汇报并设法讨点水来，她却因为极度的干渴翻身滚入水池。她被士兵捞起来。她看着大步向她走来的他，理理额头湿漉漉的头发，刚想露出欣慰的笑容。他拔枪，几乎是下意识地扣动扳机。军令如山。

轰的一声响。

这个故事刺激吗？我没编。我从一本小说中看来的。你要骂就去骂编故事的人吧。不过，这应是一个真事儿。我祖爷爷对我讲的，他的胡子真长，小时候我最爱揪那几绺胡子荡秋千。我天天逼着他给我讲故事。一开始他讲牛郎织女。一个男人抱走另一个女人的衣服，女人就肯嫁给他，两人还恩恩爱爱？为什么我在邻居小姑娘洗澡时抱走她的衣服，她会哭着嚷妈妈，她妈妈骂我流氓，我妈妈揍我耳光？我问祖爷爷。祖爷爷虎起脸说，兔崽子。

我明明是人崽子，为何要骂我兔崽子？我又不是兔年生的。我妈也不是。我很生气，足足一个星期不理祖爷爷。我要他向我道歉。他不肯。我就整天拔他的胡子。他还是不肯，我就使劲哭。我哭得可伤心了，眼泪哗哗地流，河里的鱼翻着白肚子浮起一大片。我就整天吃鱼。吃到后来，我就忘掉了这件事，与祖爷爷重归于好。

没多久，祖爷爷把肚子里那些陈年积货倒得差不多了。有一天，他抽着烟，坐在月牙状的门槛上，仰起头，嘴角往下淌口水。天空藏青，阳光干干净净，白云飘动，像一只只淘气的小狗。我学祖爷爷的样坐在门槛上，坐了一会儿，汪汪地叫出声。祖爷爷诧异了，怎么了？我说，天上跑的这些狗真漂亮。祖爷爷说，那不是狗，是一张张脸。祖爷爷伸手对着天空指指点点，最后，他指着一朵特别漂亮的云，说，这是你祖奶奶。我说，祖奶奶不是在桌上供着吗？祖爷爷说，那是你第二个奶奶。祖爷爷讲完这个故事后，我就一蹦三跳去捉蜻蜓了。等到我从外面回来，祖爷爷已经死得僵硬。我本来打算哭，可爸爸说，祖爷爷这是无疾而终，得当喜事办，不准哭。我只好不哭了，我把蜻蜓的翅膀揪下来偷偷塞入祖爷爷的口袋。我希望祖爷爷能长出一双翅膀，飞到祖奶奶身边，帮我从天上抓几只漂亮的狗来。

我当时确实是这么想的。

还有什么比那几只臆想中的狗更为诱人？祖爷爷也是这样的，所以他能毫不犹豫地亲手杀死了他的女人，尽管这种行为是为了让大多数人能活下去，或者说，他是一个合格的军人，是一台不折不扣地执行命令的杀人机器。祖爷爷并没有殉情而死。活着的人当然要想方设法把日子过得有滋有味。日子是过的，不是用来享受的。所谓恩爱，在它深处的一定是背叛与离弃。

你别说我看不见美好。别说《泰坦尼克号》的杰克。那是影片。人们总是求索他们得不到的。好莱坞影片之所以会击败洞悉人性细微处的法国影片，征服全世界，是因为它给了人们在现实中不能拥有的结局。它是假的，但人们情愿相信它是真的，只有这样，他们才会有活下去的勇气。

罗丝真的爱杰克吗？为何不跳入冰水，让杰克爬上木筏？何况女人的皮下脂肪本来就厚，她又肥，若两人互相调个位置，说不定真能坚持到救生艇划来。

一对真正相爱的人在绝境中只会一块死去。她苟活下去，老了，再往大海里扔"海洋之星"，扔得越多，就越虚伪与矫情。这世上本无美好，你说花是美的，天空是晴朗的，但请相信，这些"美"与"晴朗"与人无关，它们只是人们在自作多情的时候所臆想出来的单词。

我是神经病。我本来就是。

6

人心险恶，竟至于斯。

善比起历史这个任人打扮的小姑娘还不如。人善被人"骑"。至于公道自在人心，那也得辩证地看。齿缝间冒着冷气。这些飘浮在空气中的话语，恍若一头来自洪荒的老饕，贪婪地咀嚼着人的血与肉。

无常与常皆为虚妄，若能看破虚妄，或许能无所执着。

无所执，无所碍。可惜这只是刹那菩提。况且便是此一刹那，镜子里也没有你，只有一具污秽的肉体。

忘了是谁说的：肉体是灵魂的监狱。

真的挣不脱这个臭皮囊。难道非得去死？死是唯一解脱的途径吗？只能是解脱，并不存在对抗。周星驰式地对无聊的解构与反讽只会制造出一个更大的无聊。无聊，世界的真正面目。

你低低地呻吟，一盏盏灯火在夜色中呻吟。光明极小，黑暗极大，但几乎所有的人都忽略了这个显而易见的常识，说什么黑夜追逐着白天又被另一群白天所追逐。错了，错了，错了。

光明从来就是黑暗的食物。

有一种动物，很聪明，它们在捕食时，总是会留下一些不吃。

人也很聪明，会在笼子里养鸡。

屋子里漫着甜腥味。你咒骂着，起身，飞腿，将鞋底印在雪白的墙壁上。这味道来自哪里？你找了很久，终于发现它竟然是来源于头顶的灯泡。它孤零零地吊在天花板的中间，吐出长长的舌头，并冲你挤眉弄眼。川端康成、海明威、伍尔芙，还有那个格外焦急的茨威格……想想也有趣。消灭一具肉体的方法竟然如此丰富多彩，这真是一个莫大的诱惑。你的影子咯咯地乐了。

你听见咔嚓一声。

有东西断了。

一片死寂。微蓝色的天幕撒下尘土。

没有阳光，月亮是个问号。没有歌声，对面矮房子的屋脊上有一只黑猫。

街上，有弯腰驼背的老人咳嗽声。他赶着去干什么？他摔倒了，像坐在滑梯上的孩子，一下子就四脚朝天。可惜他只能是在摔倒时像一个孩子，他再也无法灵巧敏捷地翻过身。他老了，老得必须去承受一切恶毒的诅咒。所以，那些正向他投掷石子的孩子，一起在街道上疯狂地笑，飞快地跑。

你望着他们。小人猖狂。这世上的小人太多。

你想拼，却一腔热血地找他们理论清楚，他们消失了，凭空不见。你挥出的拳头理所当然成为暴戾，又或是作秀，等你无奈地垂下手臂，他们出现了。趁你没留神，一把拽出你的裤腰带。你裸着下身，大街上冰凉的风捋着你，兴高采烈。你已经侮辱了公众，会遭报应，被天打雷劈，会有人来收拾你。四周撒满图钉一般的嬉笑声。你看见两块发了臭的口香糖，一块粘在鞋底，一块正粘在脸上。你在火速赶来的警察面前手足无措。你无法解释。你说，这不是我干的。

你闭上嘴，乖乖地低下头。你看着威严的警察。你给了自己一个嘴巴。你老了，打自己嘴巴的力度显然太轻，不够分量。你脸上又挨了几记极为响亮的大嘴巴。你的嘴咧在半空中，你冲着满空的星星笑。

你想做个好人。但你已经没资格了。你太老了。古董越老越值钱，人的骨头越老就越让人恶心。你一直等到警察叔叔走远，这才满面狰狞。你说，呸。你呸的是自己。你拎起裤子继续往前走。你从街头走到街尾，从街尾走到巷角，一个乡下小女孩突然拦在你面前，大声说："喂，你的屁股出血了。"你回过头，裤子上有一道划痕，屁股上也有一道划痕，正密密地往外面渗着血珠，这应该是用"飞鹰"剃须刀片划破的。你愤怒了，说："我知道，我喜欢，我选择，我自由。"乡下女孩的脸真黑，声音真大。你都想冲过去，勒住她的脖子。没教养的乡巴佬。你在肚子里恶狠狠地骂，手往屁股上摸去。你吃惊地望着自己的手，满手鲜血，手上还有一些褐黄色的颗粒，或许是昨天没有揩净的粪便。

还能喋喋不休什么？生活的经验及惨痛的教训随时都有可能成为今天的陷阱。这是一个悖论。你难道还没明白过来？你真蠢，蠢得连在这个小姑娘面前号啕痛哭的勇气也没有。你仇恨地看着她。她很干净，你却卑污。你说，我是动物。

没有人再理会你。你坐在自己的影子里数起自己的鼻毛。一根二根三根四根五根六根，一二三四五六七，马兰开花二十一，你小声地唱，大声地唱，憋足气唱，扯起嗓子唱，你将头埋进裤裆里唱，你把脑袋砸向墙壁上唱。你唱得涕泪纵横，你唱得桃花纷飞。你说，官人，我还想要。

动物的同义词是什么？是畜生。

你对着青翠的天空高喊一声，我是畜生。

心已渐若死灰。

骨头散了架，碎了，变成一堆堆有毒的粉末。你身体发麻，四肢瘫软，心底空空荡荡，舌苔上却搁着一片"小檗碱"。细胞涨得难受得紧，好像有个声音正在里面飞速旋转，要将其撑裂，而裂痕已在每一根神经末梢上慢慢凸现。喉头是甜的，耳朵嗡嗡响，手指始终处于不可抑制的战栗中。墙壁上的阴影在缓缓蠕动，但窗外并没有月光。一切物体皆被夜色抹去形状与色彩，只留下急促的喘息声。这应该是自己的声音。为何听起来却似一只受伤的野兽？只能苦笑，手足冰凉。

讲真话。你的视线在房间里茫然打转，落在某处，停住。舌尖犹豫地向上，顶住上颚，轻轻放下。吸气，吐出。嘴再张成"O"形。气流涌出口腔，房间里响起了一个迟钝的声音。"讲——真——话。"现在，也许只剩下它能拯救你的灵魂。血从鼻子里淌出，爬过人中，来到嘴唇上，咸的，也是温热的，用不着开灯，它的颜色一定是鲜红的。死，就是这么一回事？可惜这与死无关，天气干燥，流些鼻血应属正常。你闭上眼，感觉到干涩的眼眶里多出几颗泪水。前额处却浮现出一个十字架。

"横的是宇宙，竖的是时间。它们因为无限而永恒、虚无。'无'，在永恒左右栖居的两个'无'字，不仅建构了一切，同时也摧毁了一切的意义。"

你翘起嘴角。用不着看镜子，你心知肚明自己脸上的表情在别人眼里意味着什么。可别人又是什么？杯子里的酒？服饰店里的名牌衬衣？一盒冒着冷气的冰激凌？向这个世界吐口水，等口水落回自己脸上后，再对自己说一声"对不起"。只能是这样了。这个世界不会对谁说"对不起"，不管自己付出多少努力。你自始至终便活在幻觉中。你以为幻觉毕竟给出了希望，可你忘了，希望越大，失望就越大。

因为希望坠地时的加速度，一根一斤重的木棍能轻而易举地砸破一个十斤重的头颅，所以做人，还是没有希望的好。

头颅里有着一阵阵隐隐约约的歌声。是谁在你脑海里歌唱？你看不见他。他是谁？他为何不经允许便擅自闯入？又为什么有这个能力闯入得了？难道你在他面前根本就是什么也不是，所以他抬抬腿也就进来了？

越来越冷。你缩成一团，双手抱住肩膀。你凝视着镜子。镜子里有你曾经以为的道理，这些道理如同一口冰窖。小时候趴在上面往下看，浑然不惧，反而得意扬扬冰面上残破的影子。如今年岁大了，才渐晓得这寒的滋味不好挨。你掉下眼泪。你真的老了。老而不死是为贼。你可不想从这个世上带走任何一点不属于你的东西。只是什么是属于你的？钱是银行的。名是别人眼睛里的。姓名是父母取的。你的手指头，你的头发，你的嘴唇，你的肩膀，这诸多"你的"皆是别人在某个时候要用的。你没有权利拒绝被使用，你若胆敢拒绝，你就连畜生也不如。

畜生也晓得要把他的尸体贡献给人的舌头与胃。

你冷冷地笑。你注视着黑夜，注视着沮丧、愤怒、厌倦、绝望。

你要讲真话，从现在开始。

你都有些急不可耐了。

7

事情应该从哪里开始叙述？

它们的脸庞看起来皆是一般居心叵测。他开始拨贝壳的手机，始终是对方已关机。她要从他的世界消失了。他起身，穿好鞋袜，走到门口，想起什么，从床底的行李箱内拽出公文包，在夹袋里翻出贝壳的相片，相片上有几道血迹。他端详了一会儿，在她脸上吧唧亲了口，将相片塞入那张裹着枕头的被子，脸上情不自禁地露出笑容。

他杀了她，是的，她这个婊子，这个给他戴绿帽子的女人，他都差不多忘掉了这件事。他把手机扔出窗外，活动了一下手指，嘴里呜呜地笑。

爱上唐小鱼

1

　　我爱上唐小鱼时是在一个深秋的晚上。当时，雨下得很大，碧绿的梧桐叶贴住了玻璃。屋子阴暗潮湿，有一种古怪的味道。我感觉自己好像是在女人的子宫里。唐小鱼坐在床上翻一本书，细细长长的腿叠在身下。我坐在床边的椅子上看床下的蚂蚁，共有三只蚂蚁，一只向东跑，另两只向南走。唐小鱼突然问了我一个问题。

　　一个将军，得到了一匹宝马。某日，马跑了，将军沿着马蹄印去追。追了几万里路，在沙漠里追上了。这时，将军已经喝完随身携带的水，非要杀掉宝马，饮其血，才有可能走出沙漠。假如你是这位将军，你杀不杀？

我想了很久，决定还是把马杀了。但我并不想这样回答。

我说，再好的马也得有命去享受。所以有一分活命的可能性，就得去争取。当然，不是所有的人都这样理性，并且还能够受得了一个人在沙漠中无望地行走，头顶晒着太阳，嘴里喝着马血被煎熬的过程。事实上，我们生活中的大多数人，并不是在骑马，是被马骑。中国有句古话，人为财死，鸟为食亡。俗世里的名声、金钱与女色就是一匹好大的马。我并不喜欢与马一起死在沙漠里。我也不清楚自己会做什么样的选择。虽然我知道我再也找不到比它更好的马。这得视当时的具体情况而定。何况，我能不能杀死这匹马还是个问题。你有没有看过一篇小说，说一个爱斯基摩少年与狗去猎北极熊。冰块断裂了，少年与狗在冰上度过许多日子，实在支撑不住，就想杀狗吃，但已乏了力，掷出的匕首掉入水里。少年感到害怕，因为狗也很饿，这是一条凶猛的狗，虽然它过去一直表现得很忠心，但你知道的，狗的忠诚不过是因为在人的身边能获得更多吃肉的机会。唐小鱼，你说，这狗会把少年吃了吗？

我以为自己的回答无懈可击，不仅巧妙地把问题抛给唐小鱼，还准得让她头昏脑涨。但唐小鱼的话就像是一滴水珠，溶解了我用近四十年人生经验搭起来的语言迷宫。

唐小鱼说，你干吗不向上苍祈祷呢？

唐小鱼把书扔在一边，没看我，唱起歌。一个个音节在荡漾，轻轻拍打她的喉咙，翻滚着，涌出那张略显苍白的嘴唇。有的音节在空中翻滚几下后，迅速消逝，仿佛被另一个音节所融化。更多的音节分成两路，一路向下滴，滴成静静的水；一路向上攀，攀成巨大的山。当水汇成深渊，山垒出险峰时，歌声中出现一对白色翅膀。它从天而降，轻柔地飞，有时很低，羽翼平展，把水面倒映的影像化成一圈圈战栗的涟漪；有时很高，音节你簇拥着我，我拖拉着你，不断向上，不断增强，似乎那山的险峰只是为了见证它的存在才得以存在。

一种非常奇怪的感觉自昏黄的日灯光里蜂拥而至。四面墙壁狭窄在冥暗中无限向上，像一个被上苍打开了的罐头。胸中涌起一阵阵不断变换颜色与形状的水浪声。我好像要被这歌声淹没。

我吸吸鼻子，望向唐小鱼。这是一个像松树针叶一样纤细青涩的女孩儿，比我小十八岁，出生于1987年6月7日。双子星座；身高：167cm；体重：48kg；嗜好：唱歌、上网聊天、在联众打升级；最喜欢的颜色：橘黄；最喜欢的演员：周星驰；B型血；爱吃土豆烧排；QQ号码是8965953214；在市高等师范学院念大二。每个星期六的下午，唐小鱼都要去一户有钱人家教一个七岁的男孩。那男孩长得很丑，老爱往唐小鱼怀里扎，还把鼻涕抹在她最心爱的那件黄衣服上。我了解唐小鱼许多事情，许多小秘密，甚至还知道她三围的大小。

唐小鱼的影子在墙壁上流动，像是河水。墙壁外的雨声渗了进来。明明是暗的影子，却变成了一道道苍白色的光。河水流进了我的骨头里。我怔怔地想着。

唐小鱼很乖，在经过我苦口婆心的教育之后，乖得让我吃惊，非常主动地张开嘴，露出一嘴宛若贝壳的洁白细齿，根本不必我费力去捏她的腮帮子。有时，她粉红色的左边脸颊上还浮出一个迷人的小酒窝。唐小鱼就抱怨过一次。说毛巾太臭了，能否洗一洗？我没法拒绝，上街在这排贫民区的东头小卖部里买来一条新毛巾。于是，她更加配合，包括我偶尔无意中碰到她胸脯上那对柔软的鸽子时，她也不抬腿踢我。

我打断了唐小鱼的歌声。我害怕这种纯净的声音。我说，唐小鱼，你怕我吗？

唐小鱼望向我，眼睛里出现星光，头缓缓地摇，好像在思索一个重大问题，终于下了决心，睫毛一闪一闪地跳，不怕，我就觉得你可怜。

唐小鱼嗤嗤地笑，越笑越大声。我不明白她笑什么，小心翼翼地问，为什么？

唐小鱼歪过头，你看，我们都在这屋子里待了三天了，你是不是阳痿啊？

我愣了半晌，真没想到唐小鱼会说出这样粗鲁的话。现在的女孩子真奇怪，一会儿是天使，一会儿是魔鬼，越好看的女孩，这种精神分裂的症状越明显。唐小鱼说这事就像在说白菜萝卜。我怀疑自己刚才是不是出现幻觉，咳嗽一声，试图掩饰内心的不安。

我说，唐小鱼，你想哪去了？

你嫌我不好看吗？唐小鱼撇嘴，伸腿踢我屁股底下的椅腿。椅腿戳在水泥地面上的小凹坑内，仿佛是里面长出来的一棵树。唐小鱼没踢动，挠挠头说，喂，我还不知道你叫什么名字呢。你真的与我爸是朋友？我知道，我爸欠了你的钱。但我爸破产了，现在还不了你的钱。要不，我陪你睡觉来抵偿吧。

2

我叫陈志勇。很普通的名字，人比名字更普通。唐小鱼的爸叫唐明远。我们有多年的交情，一起做过香菇竹笋生意。几年前，唐明远欠了我九万多块钱。我变着花样向他讨。他总能找出理由搪塞。这个月，我实在山穷水尽，只好又跑去他那儿。唐明远说，要钱没有，要命有一条。唐明远真好笑，这么大的人，还学黑社会里的小混混讲话。我说，老唐，你真打算不还了？唐明远嘿嘿干笑，指指窗外，垂头丧气地说道，法院在工农路上。门面很大，挺容易找的。你去起诉我吧。老唐的样子很疲惫，眼里爬满红血丝。红血丝像蚯蚓一样在里面扭动。我知道这是为什么。

老唐前些年赚了一点钱，被几千年中国传统文化哺育的心萌发出几片嫩绿芽，想往官场上混，老提着包跟在市长屁股后在中国各地跑。市长当然只管花钱不管提拔。老唐虽然饱览了祖国的壮丽河山，可钱打不起一个水漂，心里害怕了，想撤退，这一撤不要紧，市长恼了。市长啊，这张脸还往哪里搁？市长与国税局、地税局打了声招呼。这些部门马上跑到老唐的公司联合办公，查来查去，查出老唐这些年偷漏税款额竟高达百万元。老唐为这个数字诧异，叫起撞天屈。法院可不管这一套，它们当然不是吃素的，二话不说查封了老唐的贸易公司，种种物品都拿去拍卖偿还税款了。

老唐没有足够的体重，就想混，真是老寿星服砒霜自己找死。老唐越活越不明白了。但这绝对不是赖账的理由。欠债还钱，天经地义，兔子急了还咬人。

我琢磨半天，看上老唐的女儿。没哪个做爹的不心疼女儿。我不信老唐的骨头渣里榨不出十万块。我拨通老唐的手机，很深沉地说，唐小鱼在我手里。

唐明远问，你谁啊？我说，你连我的声音都听不出来了？陈志勇。你拿十万块钱，我马上放人。多一分钱，我也不要。

唐明远叫道，陈志勇，你有本事冲我来啊？你这算是人渣。亏我认识你这么多年，我是瞎了眼。

我说，对，你就瞎了眼。

唐明远说，我是真没钱。

我说，你去借，去骗，去打劫银行。我不管。总之，我要我的钱。

唐明远说，你不怕我报警？

我恶狠狠地说，怕。怕得要命。警察若真赏脸逮我，我也好混口饭吃。但你这一辈子恐怕都见不到女儿了。

唐明远愣了几秒钟，突然哈哈大笑说，那你替我照顾她一辈子吧。

我还想说什么，唐明远已挂断电话。我再打过去，对方已离开服务区。

我很沮丧。我对唐小鱼说，你爸不要你了。

那时，唐小鱼的嘴还被毛巾堵着，身子被绳子包裹成一只粽子，乌黑的眼珠在大眼眶里转来转去，里面时不时淌出一点晶亮的碳水化合物。我在屋子里走来走去拿不定主意。老唐说句话我就乖乖放人，十万块钱准得变成长江鲞鱼头，这辈子休想。但是，现在这样也不是办法。我长吁短叹，只能默默祈祷老唐是在扮酷，过一段时间就会打电话来拿钱赎人，可一等就是三天。我该怎么办？

3

墙壁上一只蟑螂在缓慢爬动，爬进唐小鱼的影子里。此刻，所有的光都只为它照亮。唐小鱼的影子是这只蟑螂的殖民地。它欣喜地抖动胡须，品尝着少女的芬芳，用前肢愉快地触摸着墙壁里渗出来的细腻的水滴。这个稍纵即逝的时刻，是一个三角形。上苍会对它和我与唐小鱼之间存在的关系做出什么样的解释？

我嘀咕道，唐小鱼，你不怕我把你卖到深山老林里去给十七八个男人做老婆？

唐小鱼不耐烦了，你还没回答我的问题呢。

我说，什么问题？

我陪你睡觉，你不要向我爸讨债了。他现在老可怜。我爸欠你多少钱？唐小鱼皱起鼻子，脸缩成一小团，龇起牙齿。

十万。

一次一千，一百次十万。成交不？唐小鱼脸上有了得意扬扬的神情。

我觉得鼻子很痒，伸手去揉，没揉住，打出一个响亮的喷嚏。唐小鱼把手在我眼前挥了几下，喂，我说你，别苦瓜脸，别嫌价钱贵。我保证我还是处女。

我怎么会不信一个女孩的话呢？我这辈子就是太相信女人的话，才落得如今疯狗一般咬住这十万块钱不撒嘴的地步。虽说女人与女孩是两种生物，但每个女人都由女孩进化而来。我不置可否地点点头。我说，唐小鱼，你别闹了。

那你说怎么办？唐小鱼用手指挠脖颈。脖子上几根淡青色细长的血管发出淡淡荧光。我不晓得自己还能说什么。这雨快让我发霉了。我感到了一种深入骨髓的绝望。唐明远真不是人，这么漂亮的女儿也忍心不理不睬。

你爸不要你。你恨你爸吗？

我干吗要恨我爸？你别挑拨离间。唐小鱼噘起嘴，躺下身，把书盖在脸上，肚腹处露出一小弯月牙似的白。叔叔，你还是把我绑起来，把我的嘴堵住吧。我怕我忍不住叫救命。你刚才发呆的时候，我都想逃了。这样，你会扼我脖子。万一不小心扼死了，那可真不好。

为了把唐小鱼绑起来，我一口气买了好几部侦破片，还特意买了一盘日本出产的女优片。里面的捆绑手法简直就是艺术，着实让我开了眼界。我用心揣摩了好几天，按照侦破片教导的那样，买了一副墨镜，在嘴唇处粘上两撇小胡子，把自己打扮成风度翩翩的中年痞子，在师范学院门口的小饭馆守候半天。当唐小鱼去网吧时，我在她身后施展开凌波微步。等她上了QQ，记下号码，也找个座位，加她为好友。她不肯加，我在请求栏里敲上一行字：我会算命，比如，我知道你牙齿很白。她好了奇。没人不好奇。这是值得宽恕的原罪。尤其是一个豆蔻年华的女孩。她问我是不是熟人？是不是同学？小鱼的ID叫笑口常开。我的ID叫老绵羊。当她通过我的验证消息后，我说，你若有一口四环素牙，ID就不会是笑口常开。

她笑起来，隔着几排座位，我也听见她清脆的笑。我趁热打铁说，要不要我替你算命？她说，怎么算？

我说，你报上生日时辰就可。

我怎么可能不知道唐小鱼的事呢？唐小鱼办满月酒时，我还给唐明远送了一块玉佩。虽说唐小鱼不认识我，我可没少从唐明远嘴里听说她的事。更何况摆卦算相向来有"敲、打、审、千、隆、卖"六字真诀。我虽不是江相派传人，好歹略知其中一二。若不能把一个早上七八点钟的太阳搞掂，那我真是白被黄土埋了腿膝盖。

几天后，可能唐小鱼以为青天白日下没有什么大不了的事吧，按照我们在网络上的约定，穿了一身橘黄色的衣服，独自来到我临时租住的这屋子。我在屋子里早已备好研成粉末的安眠药恭迎大驾。一杯茶下去，唐小鱼睡了。

我用麻绳把唐小鱼捆成一个柔软的半圆形，打上结，用毛巾塞住嘴，封上几层胶带。等到一切忙妥，我都累出满身大汗了。

唐小鱼醒了，没闹明白发生了什么事，眼神惊恐。我把原因告诉她，提醒她，这不是拍电影，是绑架，是追讨欠款的一种比较人道的方法。

我说，甭害怕，等你爸还了钱，我马上放你。

唐小鱼这才明白网络上的老绵羊原来是一只大灰狼，清澈、透明的大眼睛里涌出泪水。我开始抽烟，一根接一根地抽。我已抽不起玉溪。我抽四块钱一包的烟。我早已见惯女人的泪水。安眠药只让人入睡。女人的泪水会让人致幻，或者说，它们比冰毒还毒。

我说，唐小鱼，你别哭，叔叔不是坏人。当然，你别用这种无辜的眼神看我。我们每一个人都是罪人。叔叔也知道自己不是好人。没办法，要吃饭。

我从唐小鱼口袋里摸出一个手机，想了想，给她的同学发了几条短消息，说她有事要请几天假。很快，我发现这种捆绑手法虽然艺术，但很不科学。过了几个钟头，唐小鱼在床上不停地滚动。我觉得奇怪。唐小鱼整个人比煮熟的虾米还红。

我问她是不是肚子抽筋？她用力摇头，停止滚，开始蹦，蹦得很欢，蹦得像案板上的鱼。我说，你若不叫救命，我就撕掉封带。有什么事，小声讲。

她拼命地眨动睫毛，脚指头都绷出笔直的线条。我拽下毛巾，她哇的一声哭。我慌忙把毛巾重新堵上。唐小鱼的鼻息像弥

漫着香味的芝麻撒在我的手背上。我说，你再哭，我要扼你脖子
了。到时，你要做吐出舌头的鬼了。

唐小鱼放弃了挣扎，很突然的，身子一僵，像被电流击中，
就开始一点点瘫软，面容呈现出一种混杂着凄苦的委屈，让人困
惑的是她的脸烫得如同火在烧，眼角有隐隐流转的羞意，身子使
劲地往床角拱，姿势好比一只笨拙的受了伤的鸵鸟。一摊水迹在
她裤裆间慢慢洇濡。

我恍然大悟，暗暗叫苦。屋里有卫生间，但卫生间有窗户。
为防止她爬窗或朝窗外扔小纸条，我是不是要蹲在卫生间门口欣
赏？还有，她若需要大便，我是否得替她揩屁股？我长叹一声，
出门又跑到那个小卖店想买衣裤。小卖店的老板翻起白眼珠说没
有。我只好走了三条街，走出这个该死的贫民区，才在一间小店
里买来了一套衣裙。

我把它抛在床上说，对不起，你放心，我不会转过身来看，
但你也别跑。你若同意，我就解开绳子。你若不同意，那只能继
续委屈你。

唐小鱼点头。我拿掉被她的泪水浸透的毛巾。唐小鱼哇地
一下又想哭，我用手捂上。唐小鱼在我手上一咬。我变了脸色，一
个巴掌就想打下去，没忍心。这么一张瓷器一般的脸蛋。唉，我
这辈子就是心太软。

我说，唐小鱼，咱们好好讲话。你也不要逼我犯错误。要
怨，得怨你爸。前年法院都判了，你爸那时还有钱买十三万块的
伊兰特，却不肯拿钱还我，你叫我怎么办？十万块啊。这要全换

成一元硬币，都比你还重。

唐小鱼抽抽咽咽，声音小了点，那你干吗把我捆这样？

我怕你跑。

我不跑。

我怎么知道你不会跑？

我才不像你们这些臭男人说话不算数呢。唐小鱼尖叫起来。我吓一跳，赶紧又把手捂上去，姑奶奶，你小点声，行不？

放心，这年代，扯破嗓子喊救命也没人理，喊失火还差不多。唐小鱼呜呜说道。

姑奶奶，你懂得真多。

你还不解开我？我不跑。

说话算数？

算数。

别像你爸一样？

你还是一个男人吗？这样婆婆妈妈？难怪我爸会不还钱。

我没再说什么，马上解开唐小鱼的绳子，同时，竖起耳朵。

4

很多年前，我还是一个容易害羞的年轻人时，一个叫李朵的女人也说过类似的话。李朵要我每天对她说三次"我爱你"。我说不出口，想了几天，想了一个办法，在市花鸟市场买来一只绿毛的鹦鹉，天天教它说这三个字。

等到我花了半年时间，终于让这只智商为零的呆鸟学会了这种口型时，李朵已经爱上一个一天能讲一百遍"我爱你"，还能把"我爱你"谱成歌儿唱的男人。

李朵离开时，我哭得很伤心，用句文学点的话说，叫梨花带雨。李朵牙缝里就挤出这句话，当然，略有不同。李朵说："你还是一个男人吗？这样婆婆妈妈？你还想咋的？"

我默默倾听着身后细微的声音。

细微。这个世界的门。

我曾在少年时听过风给蒲公英梳头时的细微的声音，听过蚂蚁跑步时的细微的声音，听过雪花覆盖在屋顶时的细微的声音，但这自踏入社会以来，我还是第一次这样倾听一个女孩身体里的细微的声音。一些东西在内心深处不断晃动、摩擦、碰撞。我闭上眼，脑子里有一根明晃晃的光线。

我叫陈志勇，但我不知道自己是谁。陈志勇是一个属于别人的符号，事实上，在大街上喊一声陈志勇，可能马上会有十个人回头。它并不属于我。孔子说，三十而立，四十不惑。我在而立与不惑中间，被时间日复一日敲打心脏。

我吸吸鼻子，叹口气，反身踢出腿。我没学过武术，没用很大的劲。唐小鱼还是哎呀一声叫，一屁股坐地上，吃惊地望着我，手里的棍子滚在一边。

你后脑勺上长了眼睛？

没。但我知道你想干什么。

我在唐小鱼身边蹲下，为什么要反抗？越反抗只会越遭殃。

呸。

在这个火暴的年代，确实是这么回事。你经常上网，难道没看见女人给女人的忠告吗？

唐小鱼没理我。

我咳嗽一声，揉揉鼻，说，所以你若想反抗，最好等我老了。你的拳头比我的心脏还大的时候。那时，上苍或许会允许你把绳子套在我脖子上，让你放风筝玩。

我朝唐小鱼笑道，不好意思，我得把你绑起来。这得怨你自己不老实。你若饿了，或想解手，就说一声。我不堵你的嘴。你若叫呢，我就用我脚板下的两只臭袜子代替毛巾。

唐小鱼马上咧开嘴，翻起白眼，嘟哝道，晕啦。

5

唐小鱼一下子就乖起来，她真是一个可以教育好的女孩。

难怪孔子说有教无类。我的前妻许蓓蓓是中学语文老师。她曾对我说，杯子决定水的形状，教育决定人的未来。教育是传递社会文化的历程，是使人类天赋的能力充分发挥的过程。它启发理性，使个人的人格良好发展，并与社会生活相适应，是人类求好的历程和成果。

许蓓蓓经常上大会做发言，声音铿锵有力，且充满女性独有的磁性，很讨市教育局长的喜爱。许蓓蓓教育出不少好孩子，但她似乎忘了如何教育自己。

许蓓蓓与我在一个屋檐下待过七百天。

后来，我给她写了一封信。我对未能遵守一年前对她许下的诺言——进化成一对在南极看星星看到地老天荒的企鹅——表示抱歉。为了对她在这段时间为我提供的服务谨示谢意，我留下一张七万块钱的存折。密码是我许下诺言的日子。

我请许蓓蓓原谅我不能付出更多的钱。每次一百元。七百次就是七万块。我们在一起的次数不可能比七百次还多。我在列出这道小学三年级的乘法算式后，加了一条附注：在起风街饮水巷，有一排麻雀般大小的发廊。每天黄昏，发廊里都会挤满相貌姣好的女孩。她们提供服务的收费也是每次一百块，但颇有敬业精神。熟客还另有七折优惠。

我提醒许蓓蓓，以后不要偷偷摸摸与男人上宾馆开房，那对金钱是一种可耻的谋杀，据最新的医学研究资料表明，这种紧张的行为极易导致神经官能症和子宫炎等各种妇科疾病。我在信里还说了一句俏皮话。我说，房间里这张棕榈床的质量很不错，经得起折腾。还记得当年那位一脸憨厚的售货商说的话吗？七十年包退，逾期恕不受理。我们才不过使用了两年呢。

我把信与存折放在桌上，摸出裤兜里的摩托罗拉手机，取出电话卡，扳断，再把手机轻轻压在上面。我不希望老鼠偷吃了信与存折。

手机有九成新。许蓓蓓若不用，可以送给教育局长。

我洗完脸、刷好牙、刮完胡子，在厕所里痛痛快快地撒了一泡尿，找出两个大的垃圾袋，把衣橱里所有我的衣服塞进去，把抽屉里所有我的私人物品塞进去，邮册、记事本、护肤霜、餐巾纸、电话簿……足足两大袋，分量足够沉。

我把袋子扔入楼道口的垃圾通道。来打扫卫生的环卫工人有福了。愿主保佑不是那位浑身臭得厉害的胖女人。我同情胖女人守寡三十年为替儿子娶瘸腿媳妇做牛做马没有一刻安歇，但她竟然把一起清理垃圾的瘦女人同事斥为母狗。

她真没有学问。

我记得很清楚，那天中午我看完了《阳光灿烂的日子》。

当时，我住在市南源小区七号楼 301 室。是我与许蓓蓓一起租的房子。下午的阳光比《阳光灿烂的日子》还要灿烂。我满脑袋都是米兰那个异常庄严的房间，还有那具半裸的身体。我按下暂停键，按下放大键，反复研究，渐渐热血沸腾，想抽烟，翻遍房间，最后在垃圾篓里找到半根烟屁股，可惜打火机怎么也摁不着，只好下楼。

我刚把门关上，从楼上蹿下来一个人，速度太快，仿佛是被枪打了的兔子。伴随着一声尖叫，那一瞬间，我怀疑自己的五官都可能比墙壁还要平整。

我从墙壁里愤怒地拔出牙齿。是住五楼的一个漂亮女孩，十八九岁，常有男孩在楼下快乐地呼喊她的名字。我的怒气顿时化为乌有，虽然我老记不住她的名字。

她瞪圆乌黑的眼，吃惊地看着我，仿佛我是怪物，脚尖在不锈钢扶梯上蹭，结结巴巴地说道，你没事吧？

我把已涌至唇边的血咽回肚子，困难地摇头，没事。她哦了声，没事就好。她继续往下跑，跑下几个台阶，仰起脸，疑惑地问道，你真的没事？我咽下第二口血沫，很坚定地点头，没事。她开心地笑了，对不起，以后，我会小心一点儿。楼梯被她滚滚的脚步声淹没。

几秒钟后，她出现在阳光里，步伐敏捷且富有节奏，宛若一头刚饮过水惬意地奔入《人与自然》镜头里的梅花鹿。如果天上有雨，我相信沥青路面上也一定会出现两道轻盈美丽的鹿蹄印。一个穿蓝格子衬衫的帅男孩在小卖店门口见她奔来，马上迎上前，幸福地挽起她的小手。

一种并非肉体所能制造的疼痛在我胸腔里冒出头。多么美好的身体啊！可惜就要被一个不是我的男人享用。我抬腿踢墙。其实，我应该感谢它，若没有它老兄及时托住，我肯定要被撞飞，或许会飘出窗外，成为一道亮丽的风景线。我凝视着墙壁上的"牛皮癣"广告，吐出一口带血的痰，开始下楼，一瘸一拐。

一名三十岁左右的妇女盘腿端坐在南源小区门口一架三轮车上。堆满废品的三轮车在楼房的阴影里如同一块静静享受水流温柔的石头。妇人津津有味地翻动着手里的一沓散乱的纸，看得相当认真，上嘴唇抿住下嘴唇，眼神晶亮。这与她的身份不太吻合。阳光如同蜻蜓震动的翅膀，在空气中发出奇异的颤音。妇人脸上竟然溢出一种近乎庄严的神态。我瞥了一眼那些毛边纸，上面很工整地写着钢笔字，其中一行，比较粗：

　　　坦率地说，我对世界一无所知。不过，我愿意跟随你们——我的读者，进入这个充满回响的比大海螺还要古怪的东西里。

　　这句话里混杂着傲慢、茫然、自卑、虚弱以及对某种东西最深刻的洞悉。我吃了一惊，为两件事吃惊。我仔细去看这妇人。这是一张男人的脸，国字轮廓，颧骨很高，坚硬粗糙，很像一块在岁月的大锤下已渐然青黑的铁。妇人的头发像我小时候在树上掏的鸟窝，有树枝，有枯草。我咳嗽一声。妇人扬起脸，瞥了我一眼，迅速垂下弯的浓黑的眉。

　　妇人没搭理我。我理解，我想离开，该死的好奇心主宰了我的嘴。我情不自禁地说，你在看什么？妇人闷着头说道，你管得着吗？我大窘，觉得受了羞辱。

　　我一天吸掉的烟钱比你一天的劳动收入还要多。我在腹中感慨，肠子在肚子里绕出好几个结，慢慢踱开，踱进路边的小卖店。小卖店的女老板是熟人，马上递来一包玉溪，我摆摆手说，今天来包中华。

　　绿地里是圆形的海棠，方形的女贞以及法度严谨的红衫，还有几株梧桐。路在它们中间一点点升高，升到一块大石头边，摆摆尾巴，越过一座木桥，消失在一片绿蒙蒙的幽篁后。是石子路，黑石头与白石头被别有用心的人摆出种种图案，试图要阐述美，但它们看起来更接近于一个个神秘的咒语。

6

我重重地喘出粗气，在石椅上坐下，继续思考米兰的身体。

我第一次看《阳光灿烂的日子》还是 1996 年。当时，于佳穿一件与米兰一样的绿军装，光着两条长腿，在屋子里来回走动，嘴里不断发出嘘声，米兰有我美吗？我目不转睛地盯着录像里的马小军，说，于佳，你是天底下最美的姑娘。于佳不乐意了，跳到电视机边，叉开手脚，哼道，不准看，听我说话。我说，于佳，别闹，乖。等会儿买糖给你吃。你让我看看米兰的屁股吧。我试图把于佳挪到屋子的某个安静的角落去。于佳两条不安分的长腿马上夸张地在我手中扭来扭去。于佳说，你看米兰作甚？

于佳的屁股用她自己的话说，可以成为人类美学遗产，值得骄傲。问题是，我对这两个熟悉的椭圆球体已经有了严重的审美疲劳，一巴掌拍下去，喝道，滚。这一下，伤了于佳的自尊。于佳哇的一声哭了，哭得湿漉漉。我只好道歉，从影碟机里取出碟片，一拗两截。于佳这才止了泪，仰起湿漉漉的脸，要我发誓，只要她在，就不能看米兰半眼，不能看任何雌性生物一眼。我一一应了。米兰再好，也是电视里的虚构人物。我与于佳有过一段好时光，以至于后来两人分手时都不无伤感。于佳还特意买了一盘《阳光灿烂的日子》说，你以后想看就看吧。我笑着接了，说了一大堆感谢的话。

我第二次看这部影片是在 2003 年。我那时的女友叫周荷，在公司里的职员，是姜文的影迷。碟子是她带来的，说是送我的礼物。问我有没有看过？我说，看过，马小军真神，从那么高的烟筒里往下跳也摔不瘸，真是神头。不过，这片子拍得真好。

神头是我们这的方言，指憨蛋、愚蠢、不懂事。周荷就乐，男人不神，女人不爱。这话有道理。我把周荷搞上手，也神乎其神了一把。周荷痛经，还非要用河南宛西制药厂的月月舒冲剂才能有效缓解。我跑遍市里的药店，都说缺货。周荷小脸白白地说，算了，我服止痛药。我扶她上床，替她掖好被角，等她晕晕沉沉入睡，留下一张纸条，再出门拦下的士，驱车四百余公里，上省城买来一箱月月舒冲剂。周荷感动得不行，把这事对女友们一说，都说我体贴温柔，要赶紧嫁，别被人抢走了。虽然是二手货，但二手货用起来舒服。于是我们迅速定下婚期。我比较满意这场婚事，我与周荷第一次上床时看见白色床单上有一块像蝴蝶一般飞起来的血迹。我确定她与我在一起时不会想起别的男人，不会像于佳那样嘴里还喊出一个陌生男人的名字，所以我与周荷去星座影楼花三千块钱拍了一套婚纱照。大家都说我们是金童玉女。幽默的影楼老板还说，瞧你们俩的亲热劲，干脆请糖人师傅把你们俩捏成一个糖人吧。

我向父母大人郑重地禀明此事。结果，我的父母特意从千里外的老家赶来，看见如花似玉的未来的儿媳妇，皱纹里也笑出花，马上给了周荷一个三两重的金手镯，说是见面礼。眼看这事就是板上钉钉，横地里杀来一位周荷的前男友，说要送我一件礼物。包装非常精美，两个相依相偎的小企鹅在亲嘴，拆开一看，是张碟片。

我放进碟机里一看，噢，是周荷与这位比公牛还强壮的男士的录像。我独自在房间里想了几天，最后把碟片以及与周荷有关的东西全打个包，寄给周荷。周荷再未在我面前出现过。去年，我在路上远远看见过周荷。她已生了孩子。丈夫是一个羸弱的南方男子。三个人走在夕阳下，情形温馨得紧。我扭过头，没敢再仔细看。

时间在暖风里一丝一缕飘散。我抬头仰望在绿地中央迎风飘扬的旗帜，眼里不知不觉已充满泪水。岸边的白房子在湖面投下几块黑影。水掬起一捧捧的浪，试图冲洗掉肌肤上这些肮脏的颜色，终究是无能为力，轻轻喟叹出一圈圈漪涟。绿地里有打拳的老人、看书的少年、推着婴儿车的盈盈少妇，也有不少奇怪的人。左边石椅上那位看不清脸的，在大庭广众下把脑袋埋进女朋友怀里，摆出吃奶的姿势；龙爪槐下蹲着的嘴角流口涎的那位，把手中的彩票不断揉皱又抚平；木桥上趴着的那位干脆把手机垂向水面逗弄那些红嘴鲤鱼。我弯下腰。几只首尾相连的蚂蚁在草丛里爬，爬到死去的昆虫边，互相碰碰触角，跳起欢乐的探戈。我吐下一口痰，让它们暂停了这种让人嫉妒的舞蹈，随手摁灭烟头。

时间是口香糖，当人嚼到古稀之年，就得把它吐出来。我暗暗忖着，起身往回走。我又吃了一惊。妇女居然还坐在三轮车上。

我走到她身边特意掏出口袋里的中华烟，迎着阳光晃了晃，摸出一根，叼入嘴里，慢条斯理地点燃，深吸一口，吐出几个蔚蓝色的烟圈。三轮车上有一幅缺了角的画，画上有一位几何形状的女人。女人举起一个破瓦罐往自己头顶倒水。水很清亮，里面没有黑色的虫子。女人的身体在阳光下流动，近乎透明，可惜大腿以下的部分已被撕去。我吁出口气。风把天空拍得当当响，天空就像一个不锈钢锅底。远处的草是绿色的，近处的屋子是白色的。在草与屋中间的马路上走过一个圆桶状的年轻女人。女人身后跟着一个提着菜篮子的老大妈。这就是我们的生活，静寂得接近于死。

我侧过头，打量妇人手中的毛边纸。这是一群很工整的钢笔字：

人，是奇迹，不是病毒。人是缓慢的优雅的美。
我还是没管住自己的嘴，尽管语气不屑，你看得懂？

妇人仰起脸，用很诧异的眼神瞥来一眼。整个人仿佛正在从一个梦里一点点醒来，冷不丁地笑，眼神也于刹那间归于暗黄，用带方言的普通话说道，你有废品卖不？旧家电、旧家具、旧报纸、旧杂志、旧衣物，旧电脑也成。妇人说"旧"时，嘴咧得很开，一股略带着甜腥味的气流在焦黑的牙齿里打了一个圈，喷向我的脸。我慌忙往后避开一步，有，有很多旧书。

当时，我在市南山路开了一间网吧。南山路附近有几所大学。网吧后面是大学生宿舍。经常有各种杂物从那些欢呼的窗户里飞下来。我为此特意在屋顶竖起一块牌子——严禁倒垃圾，但没用。毛还没长齐的孩子只管自己高兴，哪管人家屋顶遭殃。有的还在深更半夜的时候站在窗台上往外撒尿，嘴里还高唱"亲爱的，你慢慢飞，小心前面带刺的玫瑰"。

我在牌子上加上一句"若小便者，全家死光"。我只好隔三岔五拿根竹竿架起楼梯去屋顶把水果核、死鱼、塑料瓶、易拉罐、纸飞机、口香糖胶、卫生纸一一挑下。还有书——每到毕业的时候，那些即将从牢笼里逃生的孩子会把整箱的书往网吧屋顶上倾倒。我处理掉其他杂物，书有点舍不得扔。许多都是崭新挺括，比如《许国璋英语》一套四本，若去书店买，得耗两包中华的烟钱。我一捆捆包扎好，带回自己在南源小区住处的车库，几年下来，居然有小半屋。

妇人眉开眼笑，语气里有了讨好的味道，卖不？别人六毛钱一公斤，我算你八毛。

我提起眉毛。书是该处理掉。佛家言，不舍不得。但卖八毛钱一公斤也未免太亏待它们？这还不够自己把它从网吧搬过来的工钱。我马上想起自己刚才扔进楼道口垃圾通道里那两大袋东西。我开始感到后悔，这两袋东西能卖多少钱啊。

我脑海子里又迅速出现了一个念头，请这位妇女上楼坐坐，顺便把房间里所有的东西全搬掉，比如彩电、冰箱、洗衣机什么的，许蓓蓓回来准得大吃一惊。

我在肚子里嘀咕着这个计划的可行性，咯咯乐了。我的目光落在妇人手里的毛边纸上。我略略听人说过纸的好坏。这应该是福建将乐县出产的毛边纸，纸质细腻嫩滑，面色洁净，吸水性强，久存不变色、不发脆，防虫蛀，素有"赛霜斗雪""冰清玉洁"之美誉，可与优质宣纸相媲美。这人拿来写钢笔字，真有点暴殄天物。我的心微微一动，你能让我看看这东西吗？

妇人笑起来，你是读书人吧。这个故事写得真有趣。

我没作声，接过这叠纸，找到第一页，开始读起来。很快，我入了迷。故事的开头是这样的：我爱上唐小鱼时是在一个深秋的晚上。当时，雨下得很大，碧绿的梧桐叶贴住了玻璃。屋子阴暗潮湿，有一种古怪的味道。我感觉自己好像是在女人的子宫里。唐小鱼坐在床上翻一本书，细细长长的腿叠在身下。我坐在床边的椅子上看床下的蚂蚁，总共有三只蚂蚁，一只向东跑，另外两只向南走。唐小鱼突然问了我一个问题……

7

我凝视着窗外的黑。黑的房子在雨夜里排列，如同词语，大小不一，所包含的黑也不一样。在里面居住的人给了这些房子存在的理由，又通过它们赋予自己生活的意义。理由可以描述，案板上的鱼、门前的下水管道、客厅里老掉牙的旧彩电、檐角的蜘蛛、蝙蝠，以及男人与女人躺在床上的各种姿势。在雨夜里，这些房子在与人玩游戏，并制定出各种游戏规则。

意义没法说，只能在沉默中显示。凡试图赋予人生以意义和价值的东西……都不可说。又或者说，意义是由游戏所决定。桌子并非它本来就是桌子，上苍并没有兴趣去做一张桌子，而是因为人们需要用一种四条腿能在地面上站稳的东西来搁碗筷与书本。在另一个夜里，桌子也许不再是桌子了，它可能是一张床或别的什么，也可能是某个女人柔软的身体。桌子之所以是桌子，是由我们这些暂时站在桌边的人经过商量得出来的结果。这种商量的过程经常会上升至战争这种激烈的行为艺术。一切对本质的探讨，都是试图对事物做出粗暴的简单化的理解。人们需要这种理解，因为他们害怕自己也变成桌子。

我喃喃自语。

我说，一个将军，得到了一匹宝马。某日，马跑了，将军沿着马蹄印去追。追了几万里路，在沙漠里追上了。这时，将军已经喝完随身携带的水，非要杀掉宝马，饮其之血，才有可能走出沙漠。假如你是这位将军，你杀不杀？

咦，你这人真奇怪。

我摇摇头，听到一个细微的好像是蜜蜂嘴里发出来的声音。它打扰了我。我扭过脸，呆呆地看着在床上打哈欠的女孩儿。她肚腹处的那块白更大了，简直触目惊心，像一个伤口。

我想了想，突然跳起来，浑身毛孔炸开，一股没来由的恐惧从头顶浇下，好像迅速冷却的沥青。我僵住了，脚僵住了，手僵住了，舌头僵住了。嗓子里发不出声音，似乎有一只鬼的手在冥冥间已扼紧我的咽喉。额头滚下汗。我以一种奇怪的姿势站在屋子中间，脸色瞬间蜡黄，手指微微发抖。我好像成了一株被风摇曳的树。雨在窗外下得很大，沙沙地响。那碧绿的树叶像一只只挥动的小手。唐小鱼迅速从床上蹿起，你怎么了？

我仿佛看见了鬼，一个从聊斋《画皮》里跑出来的鬼，胸膛瘪下去，我结结巴巴地说，你叫唐小鱼？

我不叫唐小鱼，叫什么？我都知道你叫陈志勇了。看，你这书上写了。陈志勇与许蓓蓓一起购于1999年10月。你的字写得不错嘛。许蓓蓓是你老婆吗？

你为什么叫唐小鱼？

咦，你这人好奇怪啊。我为什么不能叫唐小鱼？

你刚才向我提了什么问题？

一次一千，一百次十万，成交不？唐小鱼想了想，吐了吐舌头。

不，不是这个。我想想。你是不是问了我一个将军杀马的问题？

是啊。我在书里看到的。你看，就这本书。书里夹着一张影碟。影碟的封套里夹着一张纸，纸上面写着这段话。我照着念的。这不是你的书吗？

我颤抖着手，接过唐小鱼递来的书。是《王朔文集》。书里夹着的影碟是《阳光灿烂的日子》。影碟套里的纸正是那叠福建将乐县毛边纸中的一张。其他的毛边纸都上哪去了？

我在床上一屁股坐下，仰头看天花板，努力地想。

你叫唐小鱼？我喃喃自语。

你是不是因为压力太大，精神分裂了？要不要我帮你叫医生？

我为什么叫陈志勇？

这我就不知道了。我去叫医生了，拜拜。唐小鱼向我招招手，轻手轻脚，一跳一跳，就往门口一点点挪去，黑眼珠子在眼眶里转得更快了，滴溜溜。我没动，看着她拧开门锁，撬开门缝，看着风冲进屋子，冲进我的胸膛，看着唐小鱼的肩膀、胳膊、肘、手指在门的背后一点点消失。我不明白到底发生了什么，我究竟是在哪里？梦，我是在做梦吗？

房间里发出吼声。

我用头猛一撞墙，很疼，血流下来，拈入嘴里尝尝，咸的。我疑惑地打量四周。墙壁、棍子、绳子、杯子、方便面，它们好像是一只只眼睛，在吼声里游荡，从各方面向我爬过来，爬到我身上。还有衣服，扔在墙角的衣服，唐小鱼橘黄的衣服，它咧开嘴，在说一种我所听不懂的语言。

色彩是一种语言，甚至可以说是一种最响亮的语言。人就是色彩，从肤色到血液、到骨头。人是被上帝涂抹在这个世界里的色彩，就像凡·高的《星月夜》里那纷纷爆裂的星星。夜空在一片黄色和蓝色的旋涡之中，一束束光宛如转动、回旋、动荡不休的巨型火焰，从大地的内部一直扭曲到苍穹的深处。我情不自禁地捂住耳朵。黄色在这里意味着什么？友谊与希望？积极与开朗？锦绣年华？皇者气息？蓝色在这里又意味着什么？梦想与浪漫？神秘与庄严？宽容与承受？忧伤与严肃？

吼声越来越大。我从椅子上弹下，汗如浆出，一种巨大的疼痛摧毁了我的意志。眼泪与鼻涕涌出，我再也忍不住，放声大哭。为什么非要忍住眼泪？为什么男人就得牢牢地撑住眼皮？这实在好辛苦。李朵走后，我曾对自己说，好男儿流血不流泪。这些年，我做到了。那么多事，我都没哭。为什么我今天晚上就忍不住？陈志勇，你是懦夫，你不是男人。

我撕碎书，拗断影碟，滚你的吧，《阳光灿烂的日子》。我把纸塞入嘴里大口嚼烂咽下，像嚼米饭。我听到骨头在身体里折断时发出的响声。我慢慢用手握住拳头，开始敲打自己的头，开始敲得很有节奏，越来越快，一种敲打自己的欲望吞噬了我。我仿佛那舞台上摇滚乐队里愤怒的鼓手。但这显然是不能满足这种欲望的胃口，我不得不用后脑勺撞击床板，嘴里发出狼一样的嚎叫。我听见整个世界都在响，都在摇晃。

也不知道过了多久。我在迷迷糊糊中看到了一束微弱的光，听见了一个很像是天使的声音。

你不是因为没拿回钱才这样难过？

我摇摇头，睁开浮肿的眼。是唐小鱼。我揉揉眼睛，你怎么回来了呢？

外面下雨，我没伞。再说，深更半夜的，你让我上哪儿去？唐小鱼在床上坐下，白白细细的腿悬在半空中晃来晃去，喂，你是不是叫陈志勇？

我摇摇头，脑袋里有钢筋、水泥、石灰。

那你叫什么？

我继续摇头。

哎呀，你真傻了？哈，真有趣。你摇头的样子像拨浪鼓。我小时候有一个拨浪鼓。摇起来的声音特别好听。

声音是什么？我缓慢地说道。

声音就是小鸟在唱歌。喂，陈志勇，我说你，别犯傻了。我爸与我妈离婚，我难过了好长一段时间。后来，窗台上出现一只鸟，羽毛是雪白的，爪子是灰色的，嘴喙是红色的。它天天早上都对着我歌唱。也许不是对着我，是对着我房子旁边那座尖顶的小教堂。我就慢慢学会了自己唱歌给自己听，一个人在教堂暗褐色铺满爬山虎的墙壁外，跟着里面飘出来的歌声唱。有时，也唱别的。你想听吗？我唱了，你不准再哭啊。

一朵花开不为春，姹紫嫣红才是真。柔情让你香喷喷，我对青天喊一声。

清风不会再寒冷，流云拂来眼波横。整个苍穹没伤痕，万物醒来细雨生。

请你快快把手伸，丢了孤独笑红尘。女儿本来是佳人，洗尽铅华要倾城。

唐小鱼轻轻地唱。我的泪越流越多，浑身颤动。我想停止这种在一个比自己小十八岁的女孩面前令自己无比羞耻的哭泣，但停不下，我绝望地看着泪水在脸上奔腾，突然感觉到一粒滚烫的液体滴在我额头上。

8

你别哭了。你哭，我也难过。我去对我爸说，叫他还你的钱，行吗？

我茫然地抬起头。唐小鱼的双眼里也充满盈盈泪水。

你是好人。我知道了。你喂我吃方便面，喂得真细心。但好人总是要受委屈的。没办法，事情就是这样。

不，你不明白。小鱼，你不明白。很多年前，我对文学感兴趣的时候，曾写了一个故事，故事的女主人公叫唐小鱼，男主人公叫陈志勇。你有兴趣听吗？

你说吧。

陈志勇与唐明远曾经是一对非常要好的朋友，他们一起悲伤，一起快乐，一起打天下，彼此为对方挨刀流血。后来，他们有钱了，分开了，渐渐越行越远。唐明远欠了陈志勇一点儿钱。后来，陈志勇落魄了，想把钱要回来，唐明远不肯还，陈志勇就绑架了唐明远的女儿唐小鱼。在这个过程中，陈志勇爱上了唐小鱼。

我叫唐小鱼，我爸叫唐明远，你叫陈志勇。

你叫唐小鱼，你爸叫唐明远，我叫陈志勇。

你当时为什么要给故事里的主人公取这样的名字？

也许上苍在看着我们。他当时抓住了我手中的笔。你知道的，上苍最喜欢干这种恶心人的事。

陈志勇为什么会爱唐小鱼？

或许唐小鱼是天使，是上苍派来搭救陈志勇的。

你骗我了。天使都有翅膀。

我们每个人肩膀上都有翅膀，虽然我们肉眼看不见它的存在。但它的确存在，只是有些人的翅膀被别人折断了，有些人的翅膀被自己折断了。

　　你说的话真深奥。我听不懂。那故事的结局呢?

　　你说,他们会怎样?

　　我不知道。

　　你真想听吗?

　　是的。我喜欢照镜子。你故事里的唐小鱼或许就是我的镜子。

　　那天晚上,唐小鱼也爱上了陈志勇。她是一个寂寞的女孩,从小缺少父爱与母爱。陈志勇拨动了她心底悄悄的爱。那时,每个星期六的下午,唐小鱼都要去一户有钱人家教一个七岁的男孩。唐小鱼琢磨许久,绑架了孩子,想从这里弄出十万块钱。唐小鱼真莽撞,直接把孩子带到当初陈志勇绑架她的那间小屋,还学陈志勇的样往孩子嘴上缠封带。陈志勇接到唐小鱼的电话赶来后,吓坏了。就算那户人家给了赎金,孩子回去后一说,唐小鱼也得坐牢。陈志勇要把孩子放回家。唐小鱼与陈志勇吵起嘴。他们都没注意到孩子的脸色一点点发了青。等到唐小鱼拔掉封带时,孩子已经窒息死了。两人都懵了。你说,他们现在应该怎么办?

　　去警局自首?对警察说,他们是陪孩子做游戏,不小心把孩子弄死了。

　　警察会信吗?再说,法律可从不拷问动机,只管结果。孩子死了,就得有人去抵命。还有,若去自首,警察肯定要问谁是主谋,谁是从犯?

　　主犯当然是陈志勇。

不，一对真正相爱的人若掉入一个无法爬出来的陷阱里，结局只有一个，两人都得死。谁也不愿意踩着对方的肩膀爬出去。

他们或许爱得没有那样深。若陈志勇没有出现，唐小鱼也迟早会爱上别的男人。换句话说，爱与陈志勇无关，是唐小鱼自己渴望爱。

你说得对。但从犯虽然不要抵命，也要坐牢，被一把钝的刀子慢慢地割老。活着远远比死辛苦。唐小鱼愿意这样吗？

我想她不愿意。我觉得他们很蠢，为什么要去自首呢？

这是你自己刚才说的。

我忘了。要不，把孩子偷偷埋了，忘了这事。

孩子会变成鬼。唐小鱼与陈志勇会整晚做噩梦。

哇，你别吓我。这么深的夜里说这样的鬼话。算了，我不猜了。你继续说你的故事吧。

他们把孩子埋了。

真的这样干了？

是的。他们试图忘掉这事，但忘不掉，就算做爱时，他们感受到身体中间有一具冰凉的尸体。所以，他们分手了。

我想事情应该是这样。故事结束了？

没有。几年又过去了。陈志勇愈发落魄，沦为一个街头流浪者。唐小鱼因为一个类似"超级女声"的机遇，幸运地成为万众瞩目的明星。你知道的，唐小鱼会唱很好听的歌。陈志勇在商店橱窗里的电视屏幕上看见了被鲜花包围的唐小鱼。他想了很久，还是打算去见唐小鱼一面。你说，陈志勇去干什么？

还用想？准是看别人过得好，打算用往事勒索唐小鱼。臭男人。我呕。

不，陈志勇不是这样想的。他只是想去看看她，看看她那个青涩的曾给了他无限美好的身体。他打算见过唐小鱼一面后就去西藏，在那个比天空还高的地方死去。那里有一种天葬。

唐小鱼怎么会知道他这样想？

是的。她不知道，她以为陈志勇要来害她，就先下手为强，在茶里放了毒药。当年，陈志勇在茶里放安眠药。这也是报应吧。

陈志勇死了。

是的。不过，毒药虽毒，还没有一下子要了陈志勇的命。他在临死前发现是唐小鱼下了毒后，赶紧在纸上写了一份遗书，说，这是他自己服的毒，与其他任何人无关。

唐小鱼深受感动？回家自杀殉情？或者上教堂做忏悔？你写的故事好俗啊。

唐小鱼安静地回了家。但唐小鱼没想到，她已是明星，公众人物是没有隐私权的，那些无处不在的狗仔队拍下了当时她与陈志勇在一起的场面。她还太年轻，不知道如何甩掉他们。

陈志勇不是写了遗书吗？

没有用的。检察院根据狗仔队提供的DV带提起公诉。陈志勇想死是一回事，唐小鱼杀死陈志勇又是另一回事。证据确凿。

真不好玩，唐小鱼就这样死了？

是的，他们死了。

那我们应该怎么办？

我不知道。

你真的叫陈志勇吗？

是的。

你说的这些一点都不好玩。嗯，你在网上聊天时曾对我提起过李朵、许蓓蓓、于佳、周荷。她们真的在陈志勇身边出现过吗？

是的。李朵目前在市跃龙路开了一间梧桐叶茶餐厅。许蓓蓓做了市教育局长的夫人。于佳做了家庭妇女，住市城洪路三十九号。周荷还是大田公司里的小职员。你可以查市里的黄页电话号码簿，给她们打电话。其实还有一个女人我忘了对你讲，她现在国外，在樱花盛开的日本，穿起了和服。

我才懒得打。你是神经病。我才不信你的话。我还是好奇，你当时真的写了这样一个故事？你别骗我了。你是不是看我年轻好骗，就像你把我骗到这里？

我为什么要骗你？骗人总要有目的吧。那穿和服的女人骗我，那是贪图我曾经有过的钱。要不，她上哪弄几十万块钱出国留学？

你的经历蛮丰富的嘛。嘻嘻，还穿和服的女人。对了，你与那个楼上的女孩后来有没有发生关系？

有啊，她就是那个穿和服的女人。知道为什么当一些女孩进化成为女人后，那么喜欢穿和服吗？

不知道。

和服一撩就开了，还带着枕头呢。

你这人真坏。就会拐着弯儿骗我寻开心。还有，咱们现在不是有一个愚人节吗？哎哟，今天不会是四月一日吧？你把我绑在这里，是与我闹着玩的吧？

不是。我没骗你。

哼，口说无凭，除非你能拿出那叠毛边纸。这一张不算，都没提唐小鱼与陈志勇的名字。对了，当初你离开许蓓蓓时，为何要把《阳光灿烂的日子》带到身边？还有，那个妇女有没有把整个房间都搬走？

我不记得了。你看过《阳光灿烂的日子》吗？

看过，王朔的《动物凶猛》改编的。我挺喜欢。马小军为了爱情，在大雨里呼喊——米兰，我爱你！要是谁愿意在大雨中呼喊我的名字，我一定嫁他。

你没看《动物凶猛》吗？

我刚在看呢，谁让你把书撕了？

噢。我把它粘起来。

你说你，好好的一个大男人，啥不好干，干吗要学人绑架？绑还绑得不彻底，玩伤感，玩鼻涕。你到底是在整啥子？我瞅着都累。喂，陈志勇，你睡不？我困了。

好的，你睡吧。

你不会趁我睡着的时候把我又绑起来吧？

不会。我写的故事里没这个细节。我们就这样，你在床上躺着，我在地上坐着，一直到天亮。

救你不得

1

人的激情是会干涸的，人的愤怒是会枯竭的。尽管数日前，在一片如林的手臂间，它们如同海啸，几乎要席卷一切。潮水退去，留下的是这块受伤的坑坑洼洼的土地，被太阳曝晒着，像一块被火烤坏了、散着焦臭味的动物后腿。

山林间满是士兵们的尸体与散落的枪支弹药。几只躲在树叶深处的雀形目鸟类，惊恐地打量着那些尚在呻吟流血的人。不管是穿土灰军装的人，还是深绿军装的人，他们流出的血都是鲜红的，很快氧化为一团暗红，再凝固成褐黑。不是褐黑的岩石。一颗子弹噗的一声射进去，又绽出一团鲜红。

天空明晃晃的，没有云，一片，一层，一缕，都没有。

广袤的苍穹如同一个奇异金属制成的锅盖，严严实实地罩在大地上。让人胸闷，窒息，想起身奔跑——随便往哪个方向跑都是好的，只要能直起身来跑。

这是奢侈的，哪怕是屈身小跑。

李德志扣动扳机，击毙了那个利用地形、捂着腹部试图逃回阵地的士官。这个戴着督战队臂章的年轻人，足够狡猾，若非黄开轩的猛身一撞，李德志半个小时前恐怕就得葬身于他的枪下。这也是个凶残冥顽之徒，负伤后仍然射杀几名临阵溃逃的士兵，嘴里还大呼什么"退一步死，进一步赏大洋十块"。

蝇虫蚁蚋结群飞舞。

我们的流血牺牲能改变这个残酷的真实世界吗？不会的，只会让它变得更为残酷。这日头底下，与人之尊严有关的，皆已丧失殆尽。剩下一个死字，在诱惑着这些僵卧或蠕动着的肉体，命令他们用颤抖的手指一次次扣动扳机。而他们唯一能做的，就是服从命令。

硝烟弥漫。

途牛山上的枪声沉寂下来。

死这个字，渐渐浮现出傲慢的身影，在这块布满石头疙瘩的丘陵地带上迈着阔步，接连踢倒几个惊慌失措的士兵。似一场街头哑剧，一个穿深绿军装的士兵抛掉手中枪支后，连滚带爬朝着李德志的方向奔来，嘴里还在哭号，也许是在喊妈妈。

这是一张被血弄脏、被恐惧扭曲了的稚嫩脸庞。他应该在课堂读书，哪怕是拉黄包车，当码头苦力……不管干什么，都好过来这里送死。李德志拉动枪栓——就在手指要再次击发的时候，黄开轩滚身过来，一把按住他的肩膀，说："节约子弹，抓活的。"

士兵摔倒了，缓慢的。一颗子弹打断他的后脊椎骨。血蜿蜒流出，碗口大小的花。他确实在喊妈妈。他还在爬。手指肉被粗糙的岩石剐掉了。他活不了。李德志朝着士兵的额头开了一枪。死让士兵的五官回到原来的位置，不再狰狞可怖。士兵估计也就十六七岁。

黄开轩嘟囔道："浪费子弹！"

"我知道。"

李德志移动手臂。这一回他的枪口准确地找到对面马尾松林深处的一个闪光点。他扣下扳机，闪光点消失了。"军部那边可有消息？"

"我说团长，你也该回指挥所了，当狙击手，这不是你干的活儿。真想帮忙，就多搞点子弹来，还有吃的喝的。快渴死了。"黄开轩答非所问，斜靠在一堵石壁后面，扔来一根皱巴巴的烟。李德志接了烟，吸了。

时值正午，草木葳蕤，热气蒸腾。睹万物，皆有眩晕感。耳朵里嗡嗡作响，有蜂群。那些声嘶力竭的拼杀声似乎仍旧在茂密的针叶林与低矮的灌木丛中飘荡。山谷底部的那片松林已陷入沉寂，炽热的阳光下，犹如一只正在重新积蓄力量的拳头。

"告诉军部那帮蠢材，途牛山的敌军起码有三个团。"李德志闷声说道。

"没用的。蠢材们不会搭理我们。军部是在等敌人消耗掉我们。我们甚至还不是一个诱饵，一个把敌人主力拖在此处的诱饵。"黄开轩抿紧薄唇，眉眼里尽是讥嘲。

"胡扯！"李德志打断黄开轩的话，重重掐灭烟头。

黄开轩不作声了。

黄开轩没说出来的话，李德志懂。

连诱饵都算不上，那会是什么呢？就是杀鸡给猴看的那只倒霉的鸡。军长韩启明与副军长兼 175 师师长吕耀平不睦是全军上下皆知的事实。韩启明桂系出身，资历深厚，蒋桂大战时阵前倒戈，为蒋介石取得大战胜利立下汗马功劳。吕耀平黄埔出身，跟着蒋介石东征北伐，崭露头角，战绩显赫。

吕耀平是李德志的亲姐夫。所以，当一起从军校毕业的同学基本上还在担任连级干部时，二十出头的李德志已出任 175 师独立团团长。

自己是靠裙带关系爬上来的。这个道理李德志懂。

不过袭龙城，收河朔，打得匈奴远遁漠北，不世出的一代名将卫青，对了，还有他那个勇冠三军、封狼居胥的外甥霍去病，不也是靠裙带关系上的位？

李德志心里憋着一团火，这些年打仗是无比勇猛，常为士卒先。吕耀平风闻后，就把副官黄开轩派来做独立团的参谋长。私下交代，我这个内弟出身贫苦，一不贪钱、二不嗜赌、三不渔色，若说有什么毛病的话，就是不怕死。团长去干连长、排长、班长的活。一个愣头小子。所以，你得好生护着他。若出了什么意外，唯你是问。

李德志的毛病还真不只是一个不怕死，他还特见不得穷人受苦，心肠软。这个软字使他常把自己置身于险境。其他且不议，此番携兵赴途牛山驻守，路过一个叫刘家庄的镇子，看到数百名饥民乞食于道，中间更有卖儿鬻女悲声惨号者，就吩咐军需官发放军粮赈济。

黄开轩再三劝阻。不听。

结果方圆数十里的饥民蜂拥而至。队伍不得不对空鸣枪，强行开拔，饥民仍尾随不去。十日军粮，只余三日。军需官问黄开轩怎么办。怎么办？吃大户呗。这事还不能明来。打听清楚附近有哪些还算殷实的人家，黄开轩派人私下过去，要求捐纳，捐了，你就是朋友；不捐，饿绿了眼的饥民明天就上你家了。你若反抗，就是通匪。几句话一说，再把枪往桌上一拍，这才勉强把军粮凑够。可这都算啥事啊？

黄开轩拿李德志没辙，心里也不知道骂了多少回王八蛋。不过李德志脑子不够用，带兵还是有一套，能与士兵同甘共苦。独立团到他手中不过三个月，就大变样，满编满员 1800 人，枪械装备这块自然是全师最好，部队还真能打仗了，尤其能抓训练，士兵的射击技能、阵形战术的贯彻力、肉搏技巧皆有显著提升。

否则一个团的兵力，哪能正面硬抗三个团的轮番冲击？

这个不知道天高地厚的李德志就是太渴望走出吕耀平的荫翳。这回居然主动请缨来守途牛山，还闯军部，夸海口，立下军令状。搁着吕副军长那边的肉不吃，非要来啃这块硬骨头。以为自己不是鸡，是凤凰；又或者说，以为打了这一仗，就能改变物种属性，从一只鸡浴火重生变成凤凰。也真不知他的大脑回路是怎样的。

就是苦自己了。

李德志主动跳火坑，韩启明乐见其成。召开军事会议时，破天荒地让李德志列席其间。还把李德志立下的军令状拍桌上，说什么非凡勇气，堪为表率。

吕耀平啥话也不能说了。散会后把李德志叫到跟前一顿臭骂，骂完李德志不算，又招来黄开轩。一顿臭骂。再问该不该骂。黄开轩说该，自己没有尽职，未能在李德志闯军部前把人拦下。吕耀平说你有这个觉悟就好。此事可一不可再。他再胡来，你就执我手令关他监禁。又反复叮嘱说，途牛山，若不能守，退往上罗。

有这么个小舅子，确实糟心。黄开轩理解吕耀平的感受，敬礼，"只要我死不了，李团长的人身安全你就不用担心。"

"这话不对！"吕耀平的手指头几乎要戳到黄开轩鼻尖，"就算你死了，他也必须是活蹦乱跳的。"

还能说什么呢？只能是鞠躬尽瘁，死而后已。

太阳在众人头顶缓慢地移动，是一团让人不敢直视的火。风吹过来，犹带有点点火星。身体里的汗像听到集结号，一层层沁出。痒。脊背上好像有蜥蜴爬过，头角与喉部皱褶处还覆盖着湿漉漉的金色鳞片。黄开轩耸耸肩膀。一颗流弹击中左前方的樟树。樟树下方有一块阴影之地。

黄开轩瞟了一眼对面松林，侧身滚到树荫下，把军帽盖在脸上，闭目养神。

"团长，回指挥所吧，这里觉也睡不踏实。"

黄开轩嘟囔着。

李德志啼笑皆非，想了想问，"我们的弹药还剩多少？"

黄开轩没说话。

李德志匍匐过来，搞下他脸上的军帽，"来的路上，我抓了一个俘虏。说敌人的指挥部在这片松林后面的二号高地上。"

"俘虏呢？"黄开轩的眼睛亮了下。

"伤重而死。"李德志皱眉说道，"如果我们派一支敢死队，换上敌军服装迂回突袭，一举捣毁敌军指挥部，你觉得胜算有多少？"

"王均如向来惜命。他若敢把指挥所设在这块高地上，我还真要朝他竖起大拇指。"黄开轩把军帽重新盖回脸上，漫不经心地道，"这不是王均如的用兵风格。俘虏说不准就是王均如派出的死间。为的就是让你愉快地掉入陷阱……我是《三国》看多了。死间这种计策太高级了，还用不着浪费到你我头上。这就是俘虏临死前的胡乱谵语，想多拖几个垫背的。就这么简单。团长，你别用燃烧的双眼瞪我。隔着这顶军帽，我也能感受到你胸中熊熊燃烧的怒火。我要提醒你的是：俘虏就是俘虏，尤其是伤重濒死的俘虏，人家没有义务跟你说实话。"

黄开轩的话不无道理，但这个味道就是不对。

李德志恼了，沉声道："继续死守？"

"不是你立下的守途牛山的军令状吗？"黄开轩翻了一个身，"不守，那干吗？"

"你能不能好好说话？"李德志怒了。

"你跟我回指挥所，我与你好好说。我的团长，在刚过去的一个时辰里，我可是又救了你一回。你用这种态度对救命恩人，有点不大对吧。"

两个人猫腰回到指挥所。说是指挥所，其实就是一个在半山坡上刨出的简陋掩体。怒气冲冲的李德志来到平铺的地图前，大声喝道："黄参谋长，你说这仗到底该怎么打？"

黄开轩竖起三根右手指，又竖起一根左手指，说："敌军三倍兵力于我。我部之所以能固守至今，无非仗着一点地利。弃地利，舍正而求奇，即冒着百分之九十的风险，去博取那百分之十的收益。这是蠢材干的事啊……一动不如一静。呃，团长，我不是说你是蠢材。你不怕死,我可真没见过几个像你一样不怕死的团长。"

不怕死的,就不是蠢材了?

李德志哭笑不得。

"你想擒贼要先擒王,这是对的,三十六计第一计,但王均如不是王。他显然驾驭不了他手下的三个团,否则也不是这种添油战术,让每个团平均出力,依次来攻。这是用兵大忌。王均如不可能不懂。他是没有办法。不是刀架在脖子上,谁想冲锋在前?都盼着别人出力,自己摘桃呢。假如我是王均如手下的团长,我也这样打。所以,我们面对着的是三个团,实际上每次也就是与一个团交手而已。我们的火力纵深配置再应付它三天三夜也没有问题。希望团长好好待在掩体里,不要再乱跑就好。"

黄开轩叹口气道:"《三国》里的王允,又是美人计,又是离间计,好不容易干掉董卓,以为西凉军就此完蛋。结果谋士贾诩鼓动三寸不烂之舌,董卓所部李傕、郭汜便聚众十万,陷长安,挟天子,一刀两断斩了王允。这已经不再是一个温酒斩华雄的冷兵器时代,要想擒贼,先擒王,更要斩其头,诛其心。这个诛其心我们目前做不到。就算我们奇袭成功,捉了王均如,还有李均如、张均如。"

"仗不是按着书本上的套路打的。世道人心才是真学问。"黄开轩的手指在地图上来回比画,"要我说呢,军部参谋部还真是一群蠢材。为什么要守途牛山?没必要的。围三缺一,虚留生路,才是正理。只要吕副军长攻破太平桥,拦腰一钳,盯死此处，敌首尾不能相顾。敌 115 师必往途牛山而来，据险固守以图自保。我军完全可以集中三个师的兵力，一举击溃盘踞连城县的 138 师。再挟大胜之威，兵围途牛。围而不打，到时请一两位舌辩之士，115 师也唾手可得。途牛山虽然险峻，不过死地而已。"

一番话讲完，李德志张口结舌，额头上沁出一层黏密细汗。

"这些话你向吕副军长汇报过吗？"

"这本来就是吕副军长做的沙盘推演。我在一边看了。"黄开轩身体向前一倾，以那种要吐露机密的口吻说道，"是不是想问为什么仗没这么打吗？太平桥不好打，敌 135 师号称铁军，那是实打实地从尸山血海里挣出来的名声。就算能攻下，吕副军长 175 师的精华恐怕也要损失殆尽。没有必要去干这种为他人作嫁衣裳的事。"

李德志没话说了，半晌说道，"我总觉得哪里不对。如果那个二号高地真是王均如的指挥部，这位置也够突前了。说明途牛山，他们是势在必得。当然，这只是假设。黄参谋长，我还是想派一队人乔装突击，就算捉不到王均如，去探个虚实也是好的。若是能找到电报机或元件，我们能及时与军部及师部重新取得联系，那就更好了。"

"这个我不反对，只要你自己不去参加这个突击队就可以。子弹是真的没长眼的。"

黄开轩话音刚落，一名士兵飞奔而至。

"团长，敌人又冲上来了。不对，是敌人押着许多老百姓当人肉盾牌……我们怎么打？"

李德志一惊，抓紧望远镜往松林那边瞧去。

数百个饥民模样的百姓正被刺刀驱赶，跌跌撞撞前行。一个个面容惊恐，哭声震天。不时有人摔倒。有人拼尽全力在喊"不要开枪"。太阳的光在他们身后那些刺刀的刀尖上跳跃，连成明晃晃的一根线。刺眼。其中一个饥民分明就是李德志在刘庄时所见到的那个要卖掉自己换两个馍给弟弟的小姑娘。那个眼里始终没有一滴眼泪的小姑娘。

李德志对这个小姑娘记忆极为深刻。

小姑娘牵着她弟弟的手，走在队伍的最前面，走得不慌不乱。

很多年前的李德志，就是这样被姐姐李带娣牵着手，走出了那个兵祸连绵、灾荒不断的故乡。而这个眼里没有一滴眼泪的小姑娘，与小时候的李带娣真像啊，单薄、倔强，肯舍命为弟弟付出所有。也正是这个缘故，李德志才在刘庄动了恻隐之心。

黄开轩一把夺过望远镜，喊道："王均如，传令下去，开枪。"

士兵转身就要离去。

"等等。"李德志短促地叫道，"不要开枪！"

"你说什么？"黄开轩急了眼。

"我说不要开枪。"李德志的脸色也不好看了，"朝老百姓开枪，那我们成了什么东西？放这些饥民过去，再打不迟。"

"团长，你别这样幼稚了，行不行？这些饥民里十有八成混有敌人细作……"

"几个细作翻不了天。我们的火力纵深配置足够应对。"

"那我们的士兵就活该被这些细作走到跟前一枪打死吗？"黄开轩还真想把望远镜砸在李德志后脑勺上，"慈不掌兵，我的团长。"

黄开轩胸腔里一声哀鸣，掏出吕耀平当时写给他的手令，转身朝向士兵，说道："吕副军长有令，若遇紧急事务，我有便宜行事之权。传我军令，立刻开枪。迟疑者，军法从事。"

李德志愣了，劈手夺过吕耀平的手令。

确实是吕耀平的手迹与师部大印。

李德志的脑子里嗡的一声响。这些年在吕耀平阴影下累积的各种压抑，如同一堆火药被这"嗡的一声"点燃了。手中短枪顶住黄开轩的太阳穴，"这不是吕副军长的团，是我的团。"李德志厉声说道。

掩体外簇拥了数名军官，鸦雀无声，个个面色怪异。

"我们为什么打仗？为的就是我们的父母兄弟姐妹。如果有一天我们的父母兄弟姐妹也被这样赶到了枪口前，我们是不是也要开枪？"

"我们是军人，我们是战士。死则死耳，马革裹尸！"

李德志脸色铁青，对空鸣枪："放他们过来，再打不迟。这是命令。"

李德志的命令得到坚决执行。这应该与他这些日子辛苦积攒的威望、不怕死的战斗作风有关。命令执行的结果就是，他马上跌入了一连串让人心碎的噩梦中。黄开轩说得一点也没有错。饥民里果然混有敌军细作。

李德志为他的年轻鲁莽付出了代价。

该如何评价这种出于怜悯与同情，"奋不顾身"地帮助一个人或具体几个人，结果不仅于事无补，反而还导致更多人陷身险境的行为？

不能简单地说愚蠢。因为它又确实唤醒了人天性中美好的一面。或者说，仗打的不仅是军略装备，赏罚分明，更重要的是：人心向背。当然这种愚蠢的行为也为李德志赢得了一些士兵的忠心爱戴。尽管这个"一些"的数量屈指可数。

途牛山阵地的失去，李德志要负首责。黄开轩也难辞其咎。他失算了，他不知道王均如拿下途牛山的决心。那个死去的俘虏没说假话，王均如的前线指挥部就设在二号高地，就在李德志与黄开轩的眼皮底下。

王均如就用了一个团的兵力对途牛山正面阵地进行轮番攻击。这个团下辖的三个营分别佩戴三个团的臂章番号。王均如成功地迷惑了黄开轩。在这个团以"添油送死"的稳定节奏持续消耗着李德志所部的火力与精力的同时，另外两个团分别迂回至途牛山阵地侧翼，找到了薄弱环节并予以坚决突破。驱赶百姓作为人肉盾牌这事，并非胜负之关键，只是加速了此一过程。

有些东西，只有失去后，才能真正知道它的价值。又或者说，你拥有它的时候，其价值是一，但当你的敌人拥有时，其价值就要在后面加一个零，甚至两个零。

途牛山就是这种奇怪的东西。

现在敌军之势，纵横连贯，犹如率然之蛇。击其首则尾至，击其尾则首至，击其中则首尾俱至。韩启明所部三师随时可能被这条率然之蛇分割吞噬。形势岌岌可危，要想挽回颓势，吕耀平就必须去打，必须打赢太平桥一战，牢牢卡在这条率然之蛇的七寸上，不给其腾挪变换的空间。

这场战役的主动权已经失去。

自己对途牛山的判断是错的。途牛山是死地，但也是决胜之地。韩启明与吕耀平没看出这点吗？不可能。他俩葫芦里卖的是什么药？黄开轩心中异常懊恼，眼瞧着那个还躺在担架上晕迷不醒的李德志，真想再砸过去一枪把。如果自己不是因为过于忧虑这个王八蛋的安危，怎么可能被王均如的瞒天过海之策糊弄过去。事到如今也只能走一步看一步。

"弄醒他。"黄开轩下令。

等李德志悠悠醒来，黄开轩取下佩枪扔在李德志脚下，说道："刚才是我把你打晕的。我以下犯上，违了军纪。你现在可一枪毙了我，再率领残存的兄弟们仰攻途牛山，以卵击石，战死殉国。不对，不是殉国，是殉你的军令状，你的豪言壮志。"

停顿了片刻。

"你是团长，你说了算。"黄开轩继续说道，"再要么率领兄弟们退往上罗。吕副军长在那安排了人马接应。"

一脸灰尘与污血的李德志没再嗷嗷叫唤。

盯着尘土里的这把德制短枪，瞳孔涣散，眼眶里跳出几根血丝，突然大叫一声，捡起枪，对准自己的太阳穴扣下扳机。

"子弹在我这呢。"

黄开轩摊开手掌，瞅着咻咻直喘的李德志，脸上的表情半是苦涩，半是嘲讽，"你不想活，我还不想死。"

李德志一个虎跃，抱摔。两人滚作一团。论枪法，黄开轩号称枪神，曾用一支汉阳造步枪创下700米的狙杀纪录。子弹准确击中敌人眉心。从主阵地溃退之际，若非黄开轩弹无虚发，接连打死数名敌军营连级指挥官，独立团要想撤下，起码还要多流上百人的血；但论拳脚，黄开轩远不是李德志的对手。被按倒在地，连挨数拳，口鼻淌血。眼瞅着拳头要再次落下，黄开轩干脆放弃挣扎。拳头没有落下，骑在黄开轩身上的李德志身体开始剧烈颤抖。

那是羞愧，以及对自己的愤怒。

两个人都在彼此的眼里看见了这种复杂的情绪。

李德志松开拳头，起身，凝望着蔚蓝天穹下的途牛山主峰，良久说道："就地驻防，等候军令。"

2

夜深。一轮圆月。月光下的途牛山像睡着了，在打着鼾。

是从山里刮出来的风，滚烫的，风里夹有血的腥味与火的硝烟。

这里是距离途牛山主峰三十里的陈家沟。李德志望向西南方向天与地的交界处，那块被火光映耀的天幕，是太平桥所在之处，想必吕耀平正在死战。李德志心头似打翻调味瓶，没有甜，只有酸咸与苦辣。黄开轩与他对坐着，坐在一块废弃的石盘上。

"韩启明令你即刻动身，返回连城，令我暂时以团参谋长的身份接管独立团。"黄开轩哑着嗓子说道，"我不建议你回去。军法如山，韩启明这是要拿你立下的那份军令状说事了。就算他不杀你，你也会成为他对付吕副军长的一枚棋子。"

"你这是让我违抗军令吗？"

"不敢。我只是觉得活着比死了好。"

"死了比被当作人质的活要好。我替你把后半句话说出来。是不是有点后悔下午不该把子弹倒出枪膛？"李德志闷声说道，"黄参谋长，有件事我一直不理解。你是文武全才，为什么还要对吕耀平俯首帖耳呢，就因为他在东征时救过你一命？"

"不是。"

"算了，我也不想知道为什么。我不喜欢他这种把部队当作私军的做派，这与旧日军阀有何区别。中国人民一切困苦之总原因，在帝国主义者之侵略，及其工具卖国军阀之暴虐……这是国民革命军出师北伐宣言的第一句话。这篇宣言我能倒背如流。"李德志一叹，"我不是说他现在是军阀，我是说他有可能成为军阀。所以拼了命地想摆脱他的庇护。"

李德志起身说道："我回连城，接受军法处置。也请你替我转告他一句话，不要为我去斡旋转圜。当兵的能死，我李某人也敢死。只是有点遗憾，生为军人，死不能成为军魂啊。"

黄开轩一惊。李德志话里死志已决。当下脱口说道："团长，途牛山战败非你之责，我亦有过。"

"我知道。我们都上了王均如的当。但我是团长。立军令状的人是我。"李德志拍了下黄开轩的肩膀，"虽然打你来，我就看你不顺眼。但你是个汉子。独立团的兄弟们就拜托你了。"

李德志转身离去，月色在他脚下被一片片踩碎。

李德志与吕耀平的两封电报同时抵达军部驻地连城。一封只有四个字——"刀下留人"；另一封五个字——"已夺太平桥"。

军指挥部设在原连城县衙，坐北朝南，是一组占地千余平方米、规模较为宏大的建筑群。大堂两侧两人合围的木柱所刻楹联，字迹斑驳，仍隐约可见："吃百姓之饭穿百姓之衣莫道百姓可欺自己也是百姓"；"得一官不荣失一官不辱勿说一官无用地方全靠一官"。韩启明是在大堂东议事厅见李德志的。

戴一副珐琅眼镜的韩启明，鬓角头发略秃，露出一个布满皱纹的宽大额头，又因为嘴角两个下搭的法令纹，给人的感觉倒不像是执掌一军权柄的主帅，反倒像个落魄半生的私塾先生。韩启明把两封电报推至李德志面前，眯眼说道："一个问题。假如你是我，怎么办？"

"赏罚分明。"

"怎么赏，怎么罚？"韩启明的声音平平淡淡，又把头埋入报纸——《北平日报》。头版新闻是日军血腥暴行。李德志眉梢跳动。窗外阳光如瀑，洒在韩启明悬挂在墙壁上的那套军服上，跳出几点让人难以直视的金芒。

一名士兵在门外大声叫道："报告。许汉山团长求见。"

"让他进来。"

四方脸的许汉山是 103 团团长。广西人氏，韩启明一手带出来的。识字不多，嗜酒。李德志与他不算熟悉，听闻过一些故事。十年前，韩启明兵败阮水，负伤落江，就是这个许汉山背起他，硬是在几十条船的围追堵截中杀出一条血路。当日许汉山腹中一枪，肠子都流出来了。杀红了眼的许汉山一手捂肠，一手放枪，真可谓悍猛之人。后与军中同僚饮酒，也多喜掀衣露腹，指着那碗口大的疤，讲述那段历史，讲得唾沫四溅，还自号许褚。

有一次他醉醺醺地搂着李德志的肩膀，又要开讲，李德志递过去一句话："你觉得韩军长很喜欢听当年打败仗的故事吗？"这家伙总算才回过神来，从此闭口不言此事。

不久，他从副团升为团长。可能是因为这个原因，许汉山就把比他小了一轮的李德志当朋友了，隔三岔五让勤务兵给李德志弄来一些山珍野味。这回李德志守途牛山，他也奉令去守雁子口。到了雁子口还给李德志打来一个电话，说他狩猎到一只足有五百斤的野猪，已着人用盐腌制，等打完这场仗要办一场野猪宴。

这个宴应该是没有机会办了。李德志丢了途牛山，许汉山也丢掉了雁子口。

许汉山一身血污地进了屋，扑通一声跪下，说道："军长，我对不起你。"

"你没有对不起我。你对不起的是你手下死去的弟兄，是国民革命军，还有你自己。"韩启明拿起一纸文件，声音波澜不惊，"敌人攻上来的时候，你还醉着酒吧。"

"是。"许汉山根本没有顾及身边站着的李德志，膝行向前，"我犯糊涂。请军长给我戴罪立功的机会，我愿意重领138团的兄弟，夺回雁子口。"

许汉山的声音哽咽了，说话结结巴巴。

"戴罪立功？"

韩启明话语虽轻，李德志却是一凛。戴罪立功这四个字原本也是他想说的。

"军长，那念在我跟了你十五年的分上，给我一个战死沙场的机会吧。"

许汉山重重磕下三个响头，眼泪鼻涕全出来了。

韩启明起身踱到窗口。议事厅斜对面的山墙下躺着两块已被风雨侵蚀的匾额，"明镜高悬""执法如山"。一只色泽艳丽的鸟在匾额上方来回跳动，不时啄着已腐朽的木。不知道是什么鸟，一点也不惧怕那热。

韩启明鬓发间有星星点点的白发与细汗。

"汉山，你跟了我十五年。我会厚恤。你老家的孩子，我会保举上陆军学堂。"韩启明回望仍磕头不止的许汉山，声调没有起伏，就像一个老学究对着做错作业的孩子那般，"如果人人都要求一个战死沙场的机会，你说我还怎么带兵？"

许汉山的身子抖成一团。

守在一边的宪兵营长韦清琦扔下腰间佩枪。

几秒钟后，许汉山把枪口塞入嘴里，结果了自己。

"葬。"

韩启明弹出右手食指，弹死一只刚在窗棂上落下的苍蝇。等勤务兵拖走尸首，粗粗打扫完现场，踱到李德志的面前，"该怎么赏，该怎么罚？"

一步、两步、三步。

青砖地上留下三个血印。

从许汉山进屋，到尸体被拖走，李德志就一直保持着一个两眼向前平视的标准站姿。他从未怕过死，此刻双股却有了微颤。

韩启明抽动嘴角，似乎是在笑，说："知道我为什么会答应你守途牛山吗？"

"你与吕副军长不是一类人。你想成为一名真正的军人。"

"我想成全你。你让我失望了。"

"我给你一个戴罪立功的机会，三日夺回途牛山。"

李德志走了。

当李德志的背影消失在大门口后，韩启明舔了舔右手食指，上面还黏附了一些破碎的苍蝇内脏。韩启明回到桌前摊开地图。目光死死地盯着太平桥，手指在太平桥与途牛山之间的空白处连敲几下。

在亲眼看到许汉山自裁的那一刻，李德志彻底打消所有侥幸之念，准备举枪自裁。他没想到韩启明居然会给他一次戴罪立功的机会。说好的杀鸡儆猴呢。韩启明是杀许汉山这只鸡给自己这只猴看吧。自己有什么资格成为猴子？

自己不是猴子。猴子是吕耀平。自己只是吕耀平身上的一根猴毛。

这是一个让李德志备感沮丧的简单事实。

要想三日内夺回途牛山，区区一个团的兵力绝无可能。李德志已充分领教了王均如的阴险狠毒。除非吕耀平主动把太平桥交给韩启明的嫡系，用一个师的兵力才可能与王均如颉颃抗手。经过太平桥一役的175师已然疲惫，急需休整，若再长途跋涉，仰而强攻，胜算顶多五五开。就算吕耀平攻下途牛山，必是惨胜，实力大减。这支部队若打残了，吕耀平的军中地位也就岌岌可危。

吕耀平会为了小舅子干这样的蠢事吗？

韩启明这是用李德志的命，给吕耀平出了一道题，行的是阳谋。若吕耀平不出兵，韩启明三日后再杀李德志也不迟。

赶回陈家沟的李德志与黄开轩相顾无言。这道题是简单的，但不是他俩有能力回答的。

一灯如豆。马灯的玻璃罩上积了一层蚊蠓尸体。那些活着的蚊蠓，仍围绕着这点光，这点热，载歌载舞。若不是这层玻璃罩拦着，它们早已心甘情愿地投入这团跳动的火焰中。

"上下两策。"黄开轩低声道。

"下策，逃。逃有两种逃法：一种是立刻脱掉军装，有多远走多远。韦清琦此番跟来，虽负监督与执法之责，你若要走，他手上这几个人拦不住。韩启明心知肚明。你走了后，我肯定要受降级或撤职处分，掉不了脑袋。只要吕副军长在，我还有翻身机会。当然，你这样走，对吕副军长的声誉是一个打击，但不致命。另一种是你把队伍拉出去，有枪就是大爷，到时占山为王，见机行事。有多少士兵愿意跟着你起事，我不知道，这得问你自己。我也不会跟你走。你若起事，得把我与韦清琦他们都绑起来。不过据我对你的了解，你不会选择这个逃字的。"

"至于上策……"黄开轩沉吟。

"死。对吧。我这举枪自裁谢罪，吕耀平就不用为这事再烦心了。昨日，你为什么不让我死？你枪里若装着子弹，我已经死了。真怕吕耀平找你算账？未必。他顶多也就是抽你两记耳光。你是人才，难得的人才。别说我不过是他的小舅子，就算我是他爹，吕耀平也不会真崩了你。若没有这点胸襟气度，吕耀平就不是吕耀平了。这点我懂，你也懂。我只是有点不甘心啊，这仗打得太窝囊，窝囊透顶。"

"也许还有一策……"黄开轩缓缓说道，伸手蘸水在桌上写了两字。

“杀韩。”

然后衣袖一擦。

李德志脸色一变：“你到底是什么人？”

屋内死寂。

李德志把冰凉的枪口对准黄开轩的额头，低声道：“我没有你们这种人那么多根肠子。但也知道你这是摆明挑唆。鹬蚌相争，渔翁得利。韩启明是鹬，吕耀平是蚌，你要做渔翁，是吧？信不信我现在开枪杀了你，再把你刚才所言汇报上去？”

“你想多了。我只是不希望你死罢了。至于为什么，还没到告诉你的时候。”黄开轩皱眉，突然展颜，“凡为将者，不可不疑；但不可让人知其疑。你要记住。至于为什么不想你死，因为……因为像你这样的人世上太少了。”

黄开轩嘿嘿干笑，说：“当然这不是原因。我说过，等时机成熟了，会告诉你的。所以也请你带着这个疑问，好好活下去吧。”

李德志转身出了屋。黄开轩没跟过来。昏暗的灯光下，他那张脸皱巴巴的。许多话不必再说了。一阵热风跳过墙头，吹入衣领。李德志通体燥热。月光在院墙下那块废弃的磨盘上缓慢地流动。李德志慢步踱近，解开上衣，叠好放在一侧，在石盘上摊开四肢，像被一杯医用酒精洒在肌肤上，但是热的，很舒服的热。

李德志惬意地吁出一口长气。头顶正上方的月亮仿佛是一个被剪开的窟窿。也许这个广袤而又黝黑的世界，被另一个银子一样的世界所包裹着，是仙境，是所有脆弱的肉身最后要去的地方。李德志胡思乱想，以往所经历的种种电影片段，在大脑前额处渐次浮现。又过了半晌，他坐起身，掏出枪，像许汉山那样把枪口塞入嘴里，再闭上眼。

铁的味道有点腥。

月夜里有人唱歌。一个男声，唱的是山歌。

"月亮出来亮堂堂，对直照进妹的房。妹的屋里样样有，少个枕头少个郎。"

声音低沉嘶哑，断断续续，谈不上悦耳动听，但让人听后就想落泪，是一个来自云南的兵吧。

李德志就想扣下扳机，一个清脆的声音突然在耳边响起："你是想自杀吗？"

犹如炸雷。

一个女人的声音。

李德志一惊。一个人影齐耳短发，一身军服，脚上还打着绑腿。若非她开口说话，还真难辨其雄雌。军服并不贴身，被月光一映，隐约可见其婀娜身段。

"你哭了。"

女人有一双好看的杏眼，继续说道："世上最不值钱的东西就是眼泪，尤其是男人的眼泪。它除了让人变得软弱，没有任何用处。"

李德志想起这个女人是谁了。五天前，一名士兵把脸被太阳晒伤的她带到正在布置防线挖壕沟的李德志面前。眼神桀骜的女人手持军部函件，自称是《北平日报》的战场记者，手上多有荆棘拉出的血口，脖子上还挂着一个德国相机。这是稀罕货，李德志照着她的吩咐摆拍了几张，还扔给她一瓶阿司匹林，让她吃点药减轻晒伤引起的疼痛。没想到这个不怕死的女人居然还留在部队里。

李德志放下枪，瞪着女人。

"李团长，你想死，我不拦你。"女人挠了下后颈，似乎有点难为情，"夜里光线不大好。你若想自戕，能否换明天早上？太阳升起后，我给你拍几张好看的。"

李德志的身体抖了起来。

枪口下意识地对准女人，厉声说道："你要干什么？"

女人夷然不惧，说道："我就一个记者，你说我想干啥。啊，把你几天前叉着腰睥睨天下的照片，与你一枪打碎自个儿脑袋的照片搁一块发出去，再配上一行文字，内战者的下场，想必一定会有很多掌声的。"

李德志张口结舌。这女人还真是词锋犀利。

女人叫韩露，说话又急又快，跟从枪筒里蹦出来的子弹差不多。

"你立军令状的事，我听说了。我看你这个人不错，还算有点良心。也许我可以救你一命。怎么救，你就别问了。若我真救你一命，算你欠我一个人情，到时记得偿还就是。你也别抱太大希望。三日内我若没有消息传来，你再一枪崩了自己不迟。"

韩露说完，转身离去。

这女人的出现就像是一场梦。

夜更深了。远远近近，有夏虫在鸣。真要再等三天再重新把枪塞入嘴里吗？李德志的手指在冰凉的枪身上来回摩挲。"姐，我也不想死啊。可我不能活着给吕某人添麻烦。"这句话在李德志心中来回转动，像把生锈的匕首，一行热泪又情不自禁地从脸庞上淌下。

3

黑夜里睁着的眼睛有很多双，但谁也没想到吕耀平还真的发兵途牛山。更让人没想到的是，一夜之间，途牛山守军竟然兵变，王均如身死，他手下的三个团，一个团投了吕耀平，另两个团星夜撤走。

连城军部指挥所。韩启明凝视着面前端坐如钟的吕耀平沉声说道："想必你与王均如手下那个廖什么团长早有联系吧。"

"军长法眼如炬。"吕耀平语速不快，声音里有一种让人信服的力量，"托军长洪福。廖凯如团长在目睹王均如驱赶百姓，麻痹我军作战意志那刻，终于下定弃暗投明之心。"

"哦。照你这样说，李德志不仅无罪，还有功？"

"不敢。我只陈述事实。"

两人陷入沉默。

大堂后面忽然传来一个女声，响遏行云："姓韩的，有本事你一枪杀了我，把我关在这里算什么事？"

吕耀平眉毛微微跳了下。韩启明手指抖了下，缓缓道："李德志丢了途牛山也是事实。"

"军长不是许他三日内夺回途牛山，戴罪立功吗？"

"是啊，但三日内夺回途牛山的人是你，不是他。你立下大功，该赏，重赏；他违了军法，该罚。所谓赏罚分明。"韩启明摆摆手，"你或许会说用你的功补他的过，两相抵清。只是……"

韩启明转过身，细眼里眯出一道寒光，说："听清刚才那个声音了吗？《北平日报》的女记者。年轻人不知道死这个字是怎么写的，竟然跑到前线，还在李德志的唆使下，跑来与我算账。说什么李德志不仅无罪，还有功。只要写出这场败仗的真相，让全国百姓都知道对方就是残暴之师，就是政治胜利。打仗为的是什么，就是政治胜利。还说什么我若不放过李德志，她就要向全国百姓控诉……控诉我的真面目。耀平，你说李德志是不是其心可诛？"

其心可诛四个字，韩启明说得很慢。

以韩启明的性格，若真是区区一个《北平日报》的女记者，胆敢在他面前大放厥词，早嘱人拖下去毙了。战乱时代，什么样的理由不好找？韩启明为什么不杀她，还容忍她在军部后院大喊大叫。这女人与韩启明的关系不简单。

吕耀平咳嗽了一声："干脆把这个女记者一枪毙了，省得她在外面胡说八道。到时若有人来问，就说失踪。"

吕耀平的反击如羚羊挂角，完全出乎韩启明意料之外。韩启明对吕耀平的忌惮之心又重了一分，慢步踱到地图前："耀平啊，你我带兵多年，皆知功罪不可相抵。功是本分，是职责，居功自恃、邀功请赏尚不容忍，更何况是功罪相抵。这样吧，既然我给了他一个戴罪立功的机会，这个机会仍然有效，让他自陈家沟出，击天子岭，如何？"

韩启明这是退了一步。

吕耀平也不好再说什么，天子岭守兵不过一营，且军心已然不稳，这种形势下，李德志若再夺不下天子岭，是可以去死了。吕耀平起身告辞。

两人说话时，后院里那个尖厉的女声就没停止，还真骂，骂的是花样百出，蔚为大观。吕耀平对这个没谋面的女记者是真生了好奇之心，可惜此地不便久留，嘱咐副官留下打听，便直奔陈家沟方向而去。吕耀平走了，韩启明把手中的杯子摔在地上，叫来两个宪兵，本打算让他们把韩露的嘴给堵了，想想还是不妥，自己来到后院。韩露犹兀自骂个不休。

韩启明道："李德志，我饶了。你滚吧，滚回北平去。"

说罢，对两个宪兵道："你俩立刻把她押送回去。一直押送到北平。"

韩露被拖走。

一直跟在韩启明身后的马副官脸上堆起谄媚："大小姐脾气

可真大。幸好吉人自有天相，囫囵回来了。她失踪这些天可真把我急坏了。"

韩启明劈手一记嘴巴，说："我让你看牢她，你都是怎么看的？"又补充道，"何志祥呢，抓着了吗？"

"逃了。"

"饭桶。"韩启明又是一记耳光。

韩露是韩启明原配的女儿。十天前来到部队，拿着报社公函，说要到前线去，请军部提供方便，一副公事公办的口吻。韩启明不允，令何副官跟住，劝其返还北平。没想到韩露借口上店铺买东西，趁何副官疏忽自后门遁走。韩启明的性格，何副官是知道的，于是畏惧潜逃。结果胆大包天的韩露拿着自己用萝卜章伪造的军部公函，直接奔去途牛山。韩启明这也是把怒火撒在与这事没有半点关系的马副官头上。马副官不敢再多嘴，等韩启明扬长而去，看四周无人，这才小心翼翼地对着韩启明消失的方向，比出中指。

韩启明回到议事厅，叫来心腹刘子元。刘子元的意思倒也简单，卧榻之侧岂容他人鼾睡。吕耀平势力日益坐大，不可能拉拢，就当诛之。李德志不过疥癣微末。敲山震虎，杀鸡儆猴，这都没有实际意义，就是斩虎首，杀猴头。关键是一个怎么斩，怎么杀。斩得漂亮，杀得高明，谁也不好说什么。吕耀平离开连城后去了陈家沟，想必与李德志商榷取天子岭之事，待他从陈家沟返回太平桥师部之际……

刘子元附耳细言。韩启明不动声色。

最后，手指在桌上轻敲两下。

这几日，李德志的处境不比热锅里的蚂蚁好多少。几次三番都有一枪把自己崩掉的打算，可韩露那几句话一直萦绕于心。蝼蚁尚且惜命，况乎于人。突然听到吕耀平取了途牛山，紧绷的神经总算松弛半寸。但走在驻地里，又总觉得所有人看自己的眼神都是在说："看，这个孬货，被他姐夫救了。"心头郁闷，行为难免乖张，一个人坐在房间里把驳壳枪装了又卸、卸了又装。吕耀平进屋时，他正闭眼拆枪。从拆枪到装枪不到58秒。

吕耀平在他面前坐下，默不作声接过枪，也开始装卸，用时1分20秒。

吕耀平笑笑，说："这点我不如你。走吧，叫上开轩，咱们去外面打上几靶。"一番比试，十颗子弹李德志打了93环，吕耀平打了90环，黄开轩满环，更难得的是黄开轩的十颗子弹在靶环上形成了一朵梅花。吕耀平赞道："开轩，你可号称神枪了。"

三人拣阴凉处坐下。

"兵者，诡道也。王均如狡诡。开轩，你说说，你为什么会被王均如这个诡字瞒去？"

这个问题黄开轩思忖检讨甚久，当下一一答来。

"不对。是你的心神不在指挥上，所以没有发现那些已然明显的迹象。"吕耀平虽然未历途牛山当日之败，对当时之细节宛若亲见，此刻娓娓道来，说得李德志与黄开轩两人汗湿衣襟，"当日之败，主因当在德志。一团之长，胸中要有三千兵甲。不仅想自己这个团，还能想一个师，甚至一个军，这样才能取其势，用其兵。德志，你再改不掉这个喜欢在前线冲杀的坏毛病，以后若想有更大成就，也难。"

吕耀平之语切中肯綮，推心置腹。又说了今日与韩启明相见之事，说到夺天子岭，让李德志与黄开轩万不可轻敌，就算敌人是一只兔子，也务必用上以狮搏兔之力。战场上什么意外都可能发生。三人议罢，吕耀平辞别。

落日熔金。

吕耀平跃身上马。夕阳的余晖如同阵阵金粉铺洒大地，也洒在三人身上。壮阔天幕下，逶迤群山似一群行走的巨兽，庇护着它们足下的村庄。"大好河山啊！"吕耀平拍了拍李德志肩膀，"你没有下令朝百姓开枪，我很高兴。"说罢，纵身远去。

李德志望着他远去的背影，一时都痴了。

夺天子岭之仗摧枯拉朽，从吹响进攻号到敌军崩盘溃散，前后不到一个小时。

等到李德志站上天子岭主峰，眺望蓝天白云，一吐多日郁闷，惊变到来。黄开轩手脚并用，跌跌撞撞爬上山巅。黄开轩脸上有骇然欲绝的神情。这是李德志从未见过的，心脏猛然抽紧，指尖微抖。

像晴空响了一声霹雳。

师部急电。吕耀平在途经老虎崖密林时，遭遇伏击，摔落悬崖，生死不明。

李德志一个趔趄，像有某种东西猛然张口咬掉他的半边身子。李德志失去平衡，跌坐于地，一口血吐出，喃喃自语："怎么会这样？"这些年来，吕耀平就是他头上亭亭如盖的树，他无数次想过逃出这片树荫的覆盖，但当树荫突然失去，他才第一次真正感受到阳光的暴虐。"师部已派人到崖下沿溪仔细搜寻。军部听闻此事后，也派出了搜索队。"黄开轩话音未落，李德志已纵身而起，丈许宽的沟壑居然也一步迈过。

"我去找。"

军部议事厅，韩启明一脸铁青，说道："生死不明？这就是你斩得漂亮、杀得高明？"

刘子元眼角肌肉突突直跳，半晌道："我本欲着人连夜沿溪密寻。思忖再三还是放弃，怕落入有心人手里。军长，其实无论吕耀平生死，此时已箭在弦上。要以快打慢。趁175师还在寻找吕耀平之际，召开师以上干部紧急军事会议，把175师的那几个混蛋扣为人质，强行整编。"

"你这是逼他们造反！"韩启明甩手一记耳光。

"当务之急，不在谋，而在断。175师也不是铁打的一块。只要许以重金拉拢分化，我看未必不成。出生入死，刀口舔血，所图无非一个高官厚禄。有几个人相信那劳什子的三民主义？那个姓冯的副师长也是一个有野心的人物。"刘子元嘴角出血，也不擦拭，缓缓答道，"又或者一动不如一静。就算吕耀平活着回了 175 师，他也查无实据。夜黑林密，枪手七人皆蒙面行事，未曾与吕耀平照面，其间更不曾出过一声。"

"他们七个……"

"已密令处决，并浇以汽油焚烧，秘密掩埋。就算 175 师的人找到埋尸地点，也不能从中找到什么有用线索。"

"整编之事，不宜操之过急。"韩启明吁出一口气，"我去一趟 175 师，去会会吕耀平手下这些骄兵悍将。看看没了吕耀平后，他们的爪牙是否依然锋利。子元，你向来缜密，这事还是出了意外。我理解，战场上什么意外都可能发生，这样的意外下次不要再发生了。"

韩启明随手把书桌上的茶端给刘子元。刘子元略迟疑，便一饮而尽。韩启明笑笑，眼里却没有半丝笑意，说道："子元，你刚才说错了一点。我相信三民主义，吕耀平同样相信。不过我们的相信有点不一样。就像这次兵锋所向，我举双手赞同。攘外必须安内。剿匪戡乱，就是抗日御侮的初步；而吕耀平却相信可与叛军各弃成见，共御外敌，希望通过谈判途径消弭冲突。这可能吗？不可能的。"

茶里却有毒，氰化物剧毒。

刘子元五官溢血，眼里有错愕不解，手下意识地去拔枪，被韩启明一把扼住。韩启明的手力大得出奇。两人直视，刘子元四肢痉挛，眼神渐渐呆滞变直。

"子元，你急病暴毙，安心去吧。你的家人，我会善待。"

空气中有了一层苦杏仁气味。

　　韩启明把刘子元不肯瞑目的双眼合上，说："你这种人若活着，我芒刺在背。"士兵拖去尸体。韩启明召见马副官，问搜索队可有消息。马副官连擦虚汗，只说宪兵营的韦清琦正在搜寻。

　　"增派人手，务必第一时间找到。"

　　军部宪兵营，175师部特搜队，还有李德志，差不多要把谷深峡陡的老虎崖翻一个底朝天。也不知有多少只野鸡狍子倒了血霉，只是大家的注意力全然不在这些飞禽走兽上。还真在密林里堵住两群分别从太平桥与途牛山溃退的敌军散兵游勇，打死十几名，俘虏几十个。为了这些俘虏的归属，师部特搜队与宪兵营剑拔弩张，差点干架。最后还是韦清琦在请示军部后做出让步。

　　吕耀平杳无踪迹。一百多斤的人难道是被老虎给吃了？

　　说这话的宪兵被李德志砸了一枪托，又被韦清琦扇了几记耳光。气氛凝重，谁的脸色都不好看。谁都知道吕耀平遇袭一事蹊跷，可谁也不敢往这方面多说一个字。按理说，那些散兵游勇胆气早丧，又怎么敢做出伏击之事？可话又说回来，谁敢保证这些散兵游勇里就没有几个亡命之徒？

　　李德志心焦，从岩上潺潺细流里掬了把水浇在脸上，想下令扩大沿溪搜索的范围。

　　一个175师的士兵自山路上急速奔来。

　　"吕副军长找着了……在医院，师部医院。"

　　谁也没想到是韩露救下吕耀平。

　　韩露被两名宪兵押去车站。一路上收敛起大小姐脾气，嘴里喊着哥哥，把两个血气方刚的年轻士兵弄得面红耳赤，乖乖上车，等车启动后，说是要上厕所，自厕所窗户翻出，趴在车厢顶不动，候到两个士兵踢开厕所门慌不迭地跳车搜寻，她到下一站，搭了一辆反方向的车又回到连城。没走大路，雇了一条船溯流而上，打算去太平桥找连战连捷的吕耀平再做采访，就在晨曦微光里看见河面上一个人趴在浮木上载浮载沉。以为是浮尸一具，没想到船只与浮木交会之时，这人抽搐了几下。韩露赶紧让船老大打捞。捞上来仔细一看，这个右胸口中枪、晕迷不醒的人却是报纸上登过相片的吕耀平。连忙将他送到太平桥，上岸一说，175 师就炸了锅。

　　李德平赶到医院。

　　医生指指韩露，说要好好谢谢这位姑娘。幸亏送来得及时，命总算保住了。至于什么时候能够恢复清醒，要看脑组织的损害情况，及术后恢复情况。应该是脑外伤引起的颅内出血导致的晕迷。需要尽快手术，开颅清除瘀血，军部与师部两处野战医院皆无手术条件，建议立刻送上海。至于右胸贯通枪伤，止血包扎后已无大碍。

　　李德志见了韩露，心头微怔，此时也顾不得多说什么，行过军礼，扑到吕耀平病床前，双腿一软，差点跌倒。被雪白绷带浑身包裹着的吕耀平就跟一具木乃伊般，若非鼻尖犹有温热鼻息，还真不比一具尸体好多少。

　　李耀平心乱如麻。

外面一阵喧哗，却是韩启明来了。

韩启明听闻吕耀平没死，还被人寻着，是为一惊；又听闻吕耀平陷入深度晕迷，心中一喜。是喜出望外。吕耀平若死，这网就得立刻收紧，手上难免勒出几道血痕；若不死，这网就没法收。只有晕迷才是恰到好处，可以徐徐收之，尽揽军心。

到时就算吕耀平他在上海醒来，也已经是鞭长莫及。没有了吕耀平，他手下这群凶兵悍将就是一群没了爪牙的老虎。

韩启明温言劝慰，颁下三道军令。

着师部立刻派人护送吕耀平送上海就医，找最好的医生，务必救醒，所需经费皆由军部列支；着175师原副师长冯沅暂摄师长一职；着冯沅遣人与军部宪兵营组成特别小组，一起调查吕耀平遇袭事件。

韩启明是滴水不漏。众人对他的处置皆无二话。韩启明告辞，出医院，想起宪兵汇报时提到的那个把吕耀明送到医院的女人，心中生疑，该不会就是自己的女儿韩露吧。随口问跟过来的冯沅。冯沅说刚才还在，这回不见人影了。"把她找来，我要重重嘉奖。"韩启明想了下，又补充道，"是请来。"

韩启明前脚走，韩露后脚溜回病房。梳洗过的她比前两次相遇多了不少女人味。鹅蛋脸，杏眼，肤色虽黑，五官倒颇见清丽。大大咧咧地在李德志面前站住，双手抱胸，双目犹似一泓清水，说道："韩启明果然放了你啊。你该怎样谢我？"

失魂落魄的李德志根本就没听她在说什么。

韩露毫不客气地一脚踢在李德志的小腿上，说："你这人是怎么回事啊？"李德志一惊，条件反射般又给韩露敬了一个军礼，说："谢谢姑娘救了吕副军长。"韩露哭笑不得，说："拿出行动来谢我。这里不是说话的地方，你跟我来。"把李德志拖出帐篷，到僻静处，张口就问，"第一个问题，吕副军长遇刺是因为他提议以谈判方式解决中央与地方派系冲突的政治主张所致吗？这是不是另一个宋教仁案？"

李德志懵了。

"第二个问题，吕副军长既然明确提出和平统战共御外侮的主张，为什么还要血战太平桥？是以战逼和的策略运用，还是他说一套做一套？"

李德志更懵了。

"第三个问题，途牛山一战，我亲眼所见。王均如部驱饥民为前驱，不可不谓之阴狠毒辣。你觉得吕副军长提出的和平统战的范畴里，是否也包括了这种无耻之徒？"

……

韩露一口气提了六个问题。李德志一个也回答不了。两人大眼瞪小眼，韩露的杏眼快要瞪成牛眼。一拍李德志肩膀，说："你倒是给个痛快话啊。"李德志嗫嚅着嘴唇，半晌答道："我不知道。"

"你不知道？"韩露就差尖叫起来，"你还是不是一个团长啊？是不是一个男人啊？据说您与吕副军长为郎舅关系……"

　　韩露的嘴像一挺马克沁机枪，李德志就看见枪口冒出的一串串火舌，其他啥也听不见了。当下撤身退走，韩露去拽，李德志本能就是一个过肩摔，刚把人扛到肩头，猛然意识到不对，这是一个年轻姑娘，刚救下姐夫的姑娘，还曾出言劝阻自己自杀并声称要鼎力相救……这一摔的后半段动作改为往回搂，这一搂就变成了抱。

　　温香软玉抱满怀。

　　李德志的大脑嗡的一声响，他还是第一次这般接触异性的身体，手脚顿时僵硬。

　　韩露也傻了眼，劈手给了他一个嘴巴，喊道："你干什么？！"

　　李德志松手。韩露撩脚朝他裆部就是狠狠一记。李德志脸色煞白，屈身捂裆，嘴里倒抽冷气。韩露杏眼圆睁，戟指唾骂："该死的家伙，是不是以为四海之内皆你妈啊。"

　　这姑娘是百分之百的人间凶器。

　　李德志想死的心都有了。幸好冯沅及时出现，说："你们果然在这儿。大小姐，韩军长找你，你救了我们的吕副军长，我们全军、全师都要好好谢你。"

　　韩露狠狠地剜了李德志一眼，说："冯师长，我还正想找您呢。我是《北平日报》的记者韩露……"两人说着话，并肩远去。李德志喘匀气，望着韩露的身影，情不自禁打了个寒战。

　　李德志回到病房。

　　为吕耀平掖好床单，默视良久，小声说道："我就不送你去上海了。我会找出凶手的。不惜一切代价。"过了一会儿，他重复道："不惜一切代价。"也只有在被这条誓言反复催眠的一刻，李德志才发现自己已不再焦灼，不再恐惧。

4

李德志觉得自己在侦缉追凶，随时可能突破迷雾，发现真相。

在韩启明看来，李德志就是一头被一块红布激怒了的公牛。红布来回晃动，公牛徒然咆哮，满场飞奔。自己是披斗篷的斗牛士。对冯沅等 175 师指挥官的恩威并济，拉拢分化，即是那曲嘹亮动人的斗牛士进行曲。若非韩露对途牛山之战的报道，李德志一时被国人皆视为英雄，他早随手一剑刺入这头公牛的心脏。

牛就是牛，不管有多么狂野勇猛。

韩启明颁下军令，表彰李德志"精诚爱国，勇猛善战，堪为众人之楷模"，着自即日起擢升为 131 师的副参谋长，所部将官士卒，俱能深明大义，勠力同心，各有封赏。

真让韩启明心烦的倒是韩露。《北平日报》的报道，他算是最大的获益者。军内已有传言，说蒋委员长看完报纸后，当场说了八个字——翊赞中枢、敉平祸乱。司令部即将授予韩启明民国至高荣誉之中山勋章。韩启明打了一辈子的仗，所立战功无数，没想到还是一篇新闻稿让他得偿所愿。心中也是感慨万千。

枪把子，钱袋子，笔杆子。

这三者乃是一个政权，抑或一个组织、一个人赖以生存的命根子，缺一不可。韩启明自忖对枪把手握得还紧，对钱袋子抓得也牢，但对这个笔杆子的重视是付之阙如。当下提醒自己要好生重视。

韩启明有心与韩露化解陈怨。但韩露在《北平日报》上随后发出的数篇报道，让他心中一惊，皆是呼吁停止内战，共御外侮的腔调，并把矛头直指蒋介石，说他打的无非是驱虎吞狼的主意。

这是危险的。弄不好，是要掉脑袋的。

韩启明来访韩露。在韩露寄身的旅馆内，父女俩一番长谈。

韩启明试图与她谈明白攘外必先安内的道理，一统方能御侮，未有国不能一统而能取胜于外者。韩露说，兄弟阋于墙，外御其侮；现在国难当头，既是兄弟，为什么这个安内就不可以用政治手段解决，又有什么道理谈不成？又或者说，攘外，本来就是为了安内。保护自己的国民，是一个政府最基本的责任。韩启明本末颠倒，还偷换概念，把攘外必须安内，等同于攘外必先安内，是为诡辩。

韩露伶牙俐齿，一副大不了你再关我禁闭的样子。

韩启明强行咽下怒气，劝她此间事了，该早回北平。这个战地记者的活不干也罢。自己会托人替她另谋差事。就算非要干记者这行，也少对时事发言，否则怎么死的都不知道。别忘了所谓民国三大记者的下场。

"蒋委员长对史量才先生说，别把我惹急了，我手下有一百万军队。你猜史先生是怎么回答的？"韩露冷笑，盯着父亲一字一顿地说道："史先生说，我手下也有一百万读者。"

"你就等着看你嘴里这个史先生的下场吧。我肯定，不会比邵飘萍、林白水之流好到哪里去。"韩启明没再就这个问题与韩露争执下去，又以父亲身份说男大当婚女大当嫁。他也不是那种要求女性恪守妇道的守旧人士，希望她能早有归属，不要整日沐风栉雨，太过辛苦。

韩启明难得流露出几分儿女柔情。

韩露反唇相讥，说母亲当年不顾父母之命、媒妁之言，毅然与他私奔，含辛茹苦，望夫有成，如今可算有好归属否？韩启明羞恼，几要拍案。父女俩再次不欢而散。

韩启明走了。韩露到窗前目送父亲被警卫护送远去的身影，心中嘘唏不已。韩启明话语中的关心她又何尝听不出一丝半缕？从记事起，她还是第一次感受到来自父亲的温情。但国家兴亡，匹夫有责，所谓铁肩担大义，那就是杀头坐牢也在所不惜。

就算史量才先生以后真被宵小之徒暗杀，那还会有十个史量才、百个史量才……数万万个史量才。

我们这个民族就会有希望！

天空中堆起乌云，不过须臾，即是黑云压城城欲摧。偶有几道阳光自罅隙深处射出，把云层的边缘染作金黄。韩露痴望半天，像挂了寒霜一般的脸也慢慢解冻。韩露想得出神，浑然不觉危险已自身后迫近。

一个蒙面男子悄无声息地蹑足靠近，不待韩露回头，一掌劈在她右颈侧。

韩露闷哼，身子软了下去。

暴雪如注。闪电于厚密云层间蜿蜒游走，不时露出狰狞凶恶之貌。雷声击落，其威之烈，万物摧折，天地为之色变。

黄开轩把炒熟的黄豆一颗颗扔入嘴里，说："你确定？"

"我审问了那日抓捕的溃兵。其中几个人说，那夜确实听闻枪声骤响，极为密集。"

李德志缓缓说道："第一，假如吕耀平是遭遇溃兵伏袭，火力怎么可能有这么强悍？这不合常情。第二，你我勘查过现场。地面所遗弹壳都是 7.92 毫米的制式尖头弹。没有 7.62 毫米的，也没有 6.5 毫米的。敌人部队装备多是 7.62 毫米的。第三，假如确实有一小股全部使用这种制式子弹，又胆大妄为敢于拦路劫杀军人的溃兵，为什么我们把老虎崖都兜底翻过，也不见踪迹？我们的动作不可谓不快，他们到哪里去了？疑点太多。如果再做一个假设。这些伏兵根本不是什么溃兵，是我们的人，所有疑点迎刃而解。

"吕耀平遇袭，谁是最大的受益者。韩启明与冯沅。这些日子我想了又想，想起刘子元的暴毙身亡。此事太过蹊跷。他本是军中红人，韩之心腹。前夜我去掘了刘子元的墓，确定是中毒。什么毒还不知道。我刮下其舌苔上的附着物，已着人送往上海查验。这有两种可能。刘子元自杀服毒；主使毒杀。刘子元到底做了什么事，要畏罪自杀，就算他想自杀，他是军人，本能更应该是举枪，而非服毒。刘子元的尸体是在他的住所发现的。我细问过宅中用人。他说他当日清晨曾看到刘子元出门，并未见到刘子元回屋。翌日清晨打扫房间时才发现的尸体。一个人服毒自杀多半痛苦，难免会发出较大声响，为何用人半夜不曾听到动静？"

李德志声音转厉，说道："我确实查无实据，但所有的线索都指向他，也只有他有这个能力，有这个必要，杀吕耀平，毒刘子元。只要我有足够权限，不用一个月，当能把这件事查个水落石出。这不需要多少智商。但调查小组根本不理会我的建议，也不让我插手其中，只说正在进行中。我私下打听，他们的工作根本就没有实质性推进。为什么会这样？冯沅可是吕耀平一手提拔起来的。为什么在吕耀平出事之时态度强硬，等到自己暂摄师长后，就对此事打起太极拳？

"人之所以选择忠诚，是因为背叛的利益不够大。是不是，开轩？"

李德志声音里有难以抑制的愤怒与疼痛。这些日子他遭遇了太多太多。包括这份他正拿在手中"明升暗降"的擢升军令。所有人皆前来恭喜他升职，可他在这些人眼里看到的，更多是同情与嘲弄。

"可想而知，最后的结果必定不了了之。事实上，我们都知道这点。开轩，别说你没有看到这些疑点。我想韩也未必不知，只要他愿意，他有这个条件把这些线索一一斩断。比如，杀那个用人，这不比杀一只苍蝇更困难。我到现在都搞不明白他为什么非要杀刘子元。这是没必要的，这让我平白多出一条线索。也许刘子元是犯了其他事，触其逆鳞，所以杀之灭口。我想，更大的可能是他认定，军中根本不会有人真正追查这事。他现在着急的，也就是对175师的整编。而这事看起来也已经尘埃落定。"

李德志搁下军令，抽出佩枪，把枪支零件一一拆散，再一件件装回。动作很慢，手指在微微颤抖。

"你想干什么？"黄开轩咬碎了嘴里的黄豆。

"半月前，你说了一个杀字。你若出言，想必心中早有腹案。愿闻其详。"李德志道。

黄开轩的眉毛跳动了一下，半晌道："此一时彼一时。吕副军长现还躺在上海昏迷不醒。恐怕这辈子都醒不过来了。"

"你什么意思？"

"当日举事，若侥幸得成，吕副军长挟连胜之威，无人敢有半句闲话。现在，就算事成，也只是为他人作嫁衣裳。"

一记闪电穿窗入户，紧接着一声霹雳贯空直下。搁在桌上的黄豆碗顿时跃起。黄开轩出手如电，一把按住。"很好，黄团长。"李德志直视黄开轩的脸庞，顿了一下，慢慢说道，"行，那就不劳您大驾了。"

"你一个副参谋长，要人没人，要枪没枪。能做什么呢？"

"一把枪，一颗子弹，足矣。"

李德志相信自己当日能闯军部，立下生死状；今日也能闯进军部，一颗子弹要了韩启明的命。天子之怒，伏尸百万，流血千里。布衣之怒，伏尸二人，流血五步。

李德志起身要走，听见后脑勺叮的一声响。那是他熟悉的声音，是子弹上膛的声音。

李德志回头。黄开轩举枪对着他，说道："你说的都是猜疑，不是证据。没有证据乱说话，也是要掉脑袋的。"

"我早猜到你有问题。没想到你果然有问题。"李德志的脸色发了白，"你我搭档半年，你出手向来阔绰，远远高出每月薪金。你一不贪，二不赌，三不走私，哪来这么多钱供你拉拢那些营长、连长？你拿了军部特殊津贴。你是韩启明的人。吕耀平可能也正是发现了这点，为避免受你掣肘才把你打发到我身边，是不是？"

"你不懂。"

"我只是认清了你们这些人的嘴脸。"李德志咆哮，一拳砸在桌上，碗跳起滚翻，黄豆撒了一地，"我只是不明白，我想举枪谢罪的时候，你为什么要拦着？我死了，你不是更好上位吗？"

黄开轩沉默了一会儿，说道："我当吕耀平是长官，当你是兄弟。"

李德志就想纵身扑来。黄开轩一枪打在他脚前一寸，说："我保证，第二枪会打在你的膝盖上。"

"如果真当我是兄弟，那就告诉我是为什么。反正我这条命本来也是你救的。"李德志的脚踩碎几粒黄豆。屋外有人奔来的脚步声，应该是听到了枪响。李德志猛地拉开门，对着门外一声大吼："黄团长擦枪走火，都回自己屋里去。"

"吕耀平待我推衣解食，不可不谓之仁厚；你我同袍同泽，共修矛戟甲兵，不可不谓之深情。然此乃私情。国家元气，衰蔽已极。唯有上下一体，如臂指使，我国人才能愤然而起，拒外侮于国门之外。韩启明的剿匪戡乱，奉蒋委员长之令，我也深为认同。公私不敢废。"

黄开轩沉声道："德志。你逃吧。你知道的，他这个人向来心狠手辣。杀一个区区副参谋长，不比杀一个刘子元困难，就像掐死一只蚱蜢。这是他的部队。说到底，吕耀平也只是蒋委员长派来掺沙子的。沙子不是这样好掺的。"黄开轩吐出长长一口气，"至于我为什么救你，告诉你也无妨。这是我欠你姐的。若没有她当年一念之仁，我已是荒郊枯冢。所以请你，逃吧。"

李德志一怔。

"你勘查刘子元墓，询问其用人等事。韦清琦今日已报韩启明。我猜韩启明本想候至175师整编完成，才对你动手。你此般鲁莽行事，且丝毫不加掩饰，恐怕他会立刻动手。"

黄子轩搁下枪，问道："你信我吗？"

"我不信。"

李德志大喝，弓身发力，抢臂砸拳。鞋底黄豆滚动，一个趔趄，失去重心的身体猛然歪斜，李德志以手撑地，复又弹身站稳。也就须臾，片刻。但这点时间，黄开轩足已开枪把李德志打成一张筛子。没有枪响。黄开轩坐在那儿一动不动，眉间皱纹挤出。随即被李德志一拳打飞。爬起身来拭去嘴角的流血，语气森然，"别妄想再闯军部。你若再不走……"话音未落，门被重重撞开。四名披着雨衣的宪兵跟在韦清琦身后鱼贯而入。韦清琦目光扫过屋内，盯着黄开轩一字一顿道："副参谋长，韩军长请你前去商谈要事。"韦清琦的手已按在枪把上。

这是要拿人的节奏啊。

韩启明的动作还真是迅雷不及掩耳。

屋外雨声突然轻了，细了。有士兵呼喊口令声，急速奔跑的脚步声，身体摔倒在水洼里溅起的闷哼声，子弹上膛声。更远处是军号吹起的声音，是紧急集合号。这个世界上所有的声音似乎在这一刻都纤毫毕现，清晰可见。

黄开轩起身，盯着韦清琦身后那几个湿漉漉的脚印，盯着从韦清琦鬓发颈颌下滴落的水珠，盯着韦清琦那张刀刻斧凿没有表情的脸，慢慢开了口，说："韦营长，若副参谋长出营房后，发生意外，比如枪支走火，又或者车辆失事坠落悬崖，你说怎么办？"

韦清琦的嘴角抽搐了一下。

这恐怕也是韩启明给韦清琦的密令吧。一种无力感攫住李德志的五脏，猛地一捏。既然是死，既然死要以这种令人备感屈辱的方式来临，那也只能是接受。在自己下定决心要去追查真凶那一刻起，就应该想到这个结局。只是真不甘心啊。

李德志一叹："韦营长，我跟你去。到时请给个痛快。"

"且慢。"黄开轩摇头道，"韦营长，这是陷韩军长于不义啊。

毕竟副参谋长刚立下奇功、大功，国人皆视为英雄。若真出了什么意外，万一上峰追问起来……我们做下属的……"

"我等军人，服从为天职所在。"

韦清琦一声断喝。

与此同时，枪跳到黄开轩手上。啪一声响。子弹擦着韦清琦头顶而过。四名宪兵中的两位唰地一下将枪口指向黄开轩，另外两位的枪口仍指着李德志。这群经验丰富杀人如麻的老手，连眼皮都没眨一下，紫黑色的脸庞倒还浮现出几分阴沉笑意。驳壳枪在黄开轩手指上转过几圈。黄开轩干笑道："枪械走火，走火。"

韦清琦纵声长笑，说："黄副参谋长，你这是要抗令吗？"

5

屋内光线渐趋明亮，犹如刀剑反光。

一纸军令递至黄开轩跟前。是韩启明亲笔签发的擢升令。黄开轩担任175师副参谋长，即日起生效。短短三日，黄开轩连升二级。

"恭喜黄副参谋长，冯师长也在军部等着你。"韦清琦的声调没有起伏，眼里精光涌出，浑若一头盯紧猎物的鹰隼，"还有一事。韩军长嘱我亲眼看着黄副参谋长办妥。正巧，李副参谋长也在此处，就不烦我再多跑一趟了。"

韦清琦取出短枪与另一纸军令，搁在桌上，朝着黄开轩推去，嘴里一字一顿道：

"军长有令，李德志违抗命令，擅自撤退，始酿途牛山大败；

谋刺长官，欲行忤逆之举，实为豺狼野心之辈；暴戾跋扈，纵兵殃民，贪吞克扣饷银。此三罪，罪无可逭，着即枪决。"

黄开轩的脑子嗡的一声响，云烟四散，尽是峰峦松石，扭过头来，视线与李德志的目光一撞。韩启明这是让他杀李德志交投名状啊。李德志嘴角浮出一丝苦笑，原来沸腾的血冷静下来，自己这些日子的种种所为，还真是如同一只欲图摇撼大树的蜉蝣，可笑至极。朝黄开轩点点头，说："就不劳黄副参谋长脏手，我自己来。"

如果说眼神会说话，两人刹那间就已说百句。

"慢。"黄开轩陡然大喝，转过身朝韦清琦道，"韩露为人所掳，生死不明。据查，李副参谋长极可能牵涉其中，还请韦营长回禀军部，说黄某人正在一力调查。现在还不是枪决他的时候。"

韦清琦一怔，沉吟片刻，朝左右以目示意。一个马脸宪兵从怀中取出一副手铐扔在李德志脚下。韦清琦道："既然如此，那就请李副参谋长，陪着我们走一趟吧。"

军部已是虎穴，走这一趟，必定有死无生。倒是黄开轩为何一而再，再而三想救自己，不惜个人前程，甚至不惜赌上身家性命。韩露多半也是他所掳，以应对今日之变。他说自己的姐姐救过他一命，此话是否可信，他到底是什么人？不管是什么人，他想救自己这点是千真万确。

李德志心念电闪，诸般念头在胸肺间冒出炽热气泡。只是多问无益，再问徒然。李德志弯身去捡手铐，眼角余光瞥见黄开轩身形一侧，已拦在枪口之前，就要趁势起拔枪——

门咣当一下被踹开。

不是前门，通过里屋的后门。门口出现的赫然就是韩露。披头散发的她，揉着犹残有勒痕的手腕，眼里有燃烧的火，看清屋内形势，先不多话，先奔至黄开轩身前，提膝一撞。黄开轩竟然不敢避开，捂裆惨哼，脸色瞬间雪白，叫了声妈。后面那个"的"字尚未出口，被韩露劈手一记耳光，说道："你妈不在这儿。"回身来到李德志身前，捡起手铐，往李德志左手腕上一搭，再往自己右手腕上一扣，瞪着目瞪口呆的韦清琦叫道："回去告诉韩启明，说我劫持了李德志。不，是李德志劫持了我，想拿我的命抵他一命。听见没？看清楚了没？"又极不耐烦地从李德志的腰间拔出短枪，倒转枪柄，塞入李德志手里，"劫持也得像个劫持的样子。对着我的太阳穴。拿稳，手指别瞎抖。若是枪支走火……我呸。我做鬼也要掐死你。"

众人面面相觑，皆成呆头鹅。

这位大小姐怎么在这儿，这又是发啥子神经啊。

韩露恼了，冲着还在呻吟的黄开轩戟指骂道："姓黄的，我们的账以后再算。你不会真蠢得去军部，要干这个劳什子的副参谋长吧？还发什么愣啊，开车去！"

黄开轩牙缝里倒抽着凉气。韩露所为还真是出乎他的意料。他把韩露从旅馆绑来，本来是想作为替李德志保命的最后手段。没想到韩露挣脱绳索后，不仅不呼救脱身，居然还弄出这样一幕。也真是令人啼笑皆非。

韦清琦皱眉道："军营岂是儿戏之地。"

韩露杏眼圆睁，说："军营了不起啊？自己家打自家人，手段还这般歹毒，真是丢尽我们中国人的脸。有本事你去打鬼子去，把阴谋诡计都拿去对付日本人，哪天你战死沙场，我韩露绝对到你坟头去烧三炷高香。"

韩露根本容不得他人插嘴，眼见着韦清琦脸色不善，声调又高了几分，说道："姓韦的，有本事今天你一枪打死我，否则这个人我救定了。李德志丢了途牛山后，又夺回了天子岭，你们的韩军长不是允他将功折罪的吗？还什么谋刺长官，纵兵殃民，我呸。真是欲加之罪，何患无辞！姓韦的，我再重复一次，李德志我救定了，如果你胆敢偷偷摸摸从后面打枪，我就敢在报纸上把你们干的这些无耻之事全抖搂出来。"

韦清琦脸上一阵青一阵白。

马脸宪兵嘿的一声干笑。韦清琦反手就是一个巴掌。

"对不起，我奉令在身，你不能这样带他走。"

韦清琦拦下韩露。

韩露夷然不惧，手指头直戳向韦清琦眉心那个川字，说："知道我为什么要救他吗？就是他是我在这场战争中唯一见到的，能把老百姓的死活放在心上的军人。你们这些人，鼠狗一窝，真是玷污了军人这个词。"韦清琦还想说话，黄开轩插嘴道，"韦营长，要不这样行吗？让这几位宪兵兄弟看着他们，我这就跟你回军部，面禀韩军长。"

韩露这个变数出来，黄开轩是又高兴又郁闷。高兴的是这姑娘三言两语就给这个死局做出一个活眼，郁闷的是自己这些日子诸般思虑，效果还不如她一句"在报纸上全抖搂出来"击中要害。真是苍天有眼，居然让韩启明的女儿手握着这个笔杆子。黄开轩还真想在这个刚踹了自己裆部一脚、一脸愤怒的姑娘脸上吧唧亲上一口。这番痛斥真是大快人心。就连这个挨了一巴掌的马脸宪兵此刻也顺眼许多了。

黄开轩上前，脸上笑容绽放，就好像他刚才根本没对着韦清琦的头顶开过一枪。

"韦营长，马牌撸子我替你搞到了。名不虚传的东西啊。摸上去的手感比十八岁姑娘的脸蛋不遑多让，这要不是……"说到十八岁姑娘时，黄开轩瞟了眼韩露，声音迅速放低几度。韩露一口啐道："不要脸。"

两人前后出了门。

韦清琦突然道："韩露是你绑的吧。吃了熊心豹子胆。"

黄开轩没接话，脸上的笑容也没了，盯着韦清琦的黑脸看了半天，掏出烟给他点了一根，像是自言自语："军长是让我去盯冯沅吧。这活儿我腻了，能不能就让我干这个独立团团长？连升两级，这是要把我架在火上烤啊。"

韦清琦岔开话题："你为什么要放他走？"

"第一，吕耀平死而不僵，这样杀他，只怕军心不稳。第二，毕竟同袍一场，就算要他死，也不该是这种龌龊的死法。其实杀他与否，实是无关痛痒的微末之事。军长向来杀伐果断，不过此事未必需要如此手段。杀立威。滥杀，失其威。第三，也是最重要的一条，刚才大小姐已经说了。他是鲁莽幼稚，但是真把百姓死活放在心上。也许他是对的。"

黄开轩掐灭烟头，说道："清琦，你在军长身边，要多劝劝他，行霹雳手段，还得有菩萨心肠。我们是军人，是保家卫国的军人。这几个月，我从李德志身上也学到很多东西，感慨很深啊。"

韦清琦沉默下来。

细雨中有士兵列队奔过。更远处，不知是谁在哼唱，声音虽低，却也透过层层雨幕，直入耳膜。与昔日所闻少了几许慷慨悲壮，多了一寸苍凉仓皇。间有凝滞哽咽处，令人涕泪。"嗟我将士，尔肃尔听。国民痛苦，火热水深。土匪军阀，为虎作伥。帝国主义，以枭以张。本军兴师，救国救民……"这是北伐誓词。词，还是十余年前的词；曲，已不是当年的曲。韦清琦长叹，伸手与黄开轩重重一握。两人更不多话，踩着一地泥泞，并肩大步向前。

尾声

"你为什么要救我？"

"因为你蠢，蠢得还会在子弹横飞的战场后抱着一个小女孩的尸体掉眼泪。别抵赖，我都拍了照片。要我说啊，你这人根本就不适合当兵。婆婆妈妈，没一点男人的气概。我告诉你，我救了你，你可别打以身相许的主意。最讨厌你这种男人。对了，车站到了，你打算去哪儿？"

"回上海。去看吕耀平。"

"吕耀平有什么好看的？就算他干掉我爹，取而代之，也就是一个新军阀。他在病床上躺着，起码要少祸害几个人。要我说啊，你这人是蠢了点，脑子还管用，我在后屋里绑着时都听到你仔细分析过案情。要不，你跟我去北平，干记者？"

一辆沾满污泥的军用吉普车在车站前停下。

李德志与韩露前后下了车。手铐已被解开。开车的司机是那个马脸宪兵，帮韩露拎下行李，掉转车头，突然停下，从车窗里探出半个身子，冲着韩露高高翘起右手的大拇指。韩露抱以笑容，说了声谢谢，回身环视前面鳞次栉比的房屋，以及四周扶老携幼的人流，眼眶微微湿了。

晴空万里，是宜出行之日。

火车轰隆隆驶来。能听见远方的声音了。李德志抬起头，头顶是那蓝得不含一丝杂质的穹窿，一股奇怪的情绪忽然充溢内心。他的眼角无端沁出一滴眼泪。紧接着，一颗 7.92 毫米的尖头弹从远方飞来，准确地击中他。就像在跳一种该死的舞蹈，他的身体左右晃动了下，便扑倒在地。

韩露的眼泪下来了。